# Frantumi Speranza

SHATTERED HOPE

FRANTUMI
LIBRO UNO

KARIN WINTER

Copyright © 2022 di Karin Winter

Tutti i diritti riservati.

Contatta l'autrice:

Editor: Killing It Write

Titolo originale: Shattered Hope

Progettazione della copertina: Karin Winter

Nessuna parte di questo libro può essere riprodotta in qualsiasi forma o con qualsiasi mezzo elettronico o meccanico, inclusi i sistemi di archiviazione e recupero delle informazioni, senza il permesso scritto dell'autrice, ad eccezione dell'uso di brevi citazioni in una recensione del libro.

Questa è un'opera di fantasia. Qualsiasi somiglianza con persone, cose, luoghi o eventi reali è del tutto casuale.

# Prefazione

Il duetto infranto è un romanzo rosa piccante che contiene contenuti per adulti. Affronta argomenti che alcuni lettori potrebbero trovare angoscianti o difficili. Questi includono rapimenti, traumi ospedalieri, violenza grafica e situazioni non consensuali.

Questa storia parla di superare la tragedia, le relazioni violente e trovare il proprio vero sé.

## CAPITOLO 1
## *Ayala*

Manhattan è un buon posto per scomparire.

O almeno, così spero quando scendo dal treno alla Grand Central Station.

Ero già scappata una volta, ma non ero andata lontano, e lui mi aveva riportata indietro facilmente.

Questa volta ho migliorato il mio piano. Senza passaporto e con pochi soldi, credo che New York sia la mia migliore opzione. Qui vivono oltre otto milioni di persone. Nessuno mi noterà.

Esco nella strada affollata e alzo la testa. La punta del famoso Chrysler Building è visibile da dove mi trovo, scintillante al sole, catturando la mia attenzione.

Non sono mai stata a Manhattan prima, ma ho già la sensazione di conoscere la città da ciò che ho visto in televisione.

«Ahi!» esclamo quando qualcuno di fretta mi urta, e un'ondata di dolore colpisce il mio corpo, facendomi piegare in due. Accidenti, non ha nemmeno chiesto scusa. Lo fisso, sopraffatta, mentre continua per la sua strada.

È troppo. Non credo di poter farcela qui da sola.

Scuoto la testa. Non ha senso autocommiserarsi. Devo tenere a freno le mie emozioni, o crollerò.

Accidentalmente, scorgo il mio riflesso nella vetrina di un negozio mentre passo, vedendomi per la prima volta dopo diversi giorni, e rimango sciocata.

Il mio cuore si stringe. Ho cercato di non guardarmi allo specchio da quando sono fuggita, sapendo che il viso che avrei visto sarebbe stato irriconoscibile per me.

Non conosco questo mostro che mi guarda. Il mio viso è così gonfio: un occhio è viola e praticamente chiuso. Segni blu-violacei e gonfiori coprono la maggior parte del mio viso.

Un taglio rosso e doloroso attraversa il mio labbro inferiore, permettendomi a malapena di parlare. Le costole mi fanno ancora male quando mi muovo. Mi chiedo se tornerò mai a sentirmi normale. È un miracolo che sia viva.

Abbasso ancora di più il cappello sulla testa.

Forse è meglio così. La mia bellezza mi ha portato solo guai.

Alzo una mano verso i lunghi capelli biondi selvaggi che ho usato per coprirmi il viso. «Devono andare via», mormoro. Devo assimilarmi e scomparire nell'ambiente circostante. È la mia unica possibilità.

Non ho bisogno di controllare il portafoglio per sapere che non mi sono rimasti molti soldi. I pochi che avevo sono quasi finiti dopo averli usati per comprare i biglietti dell'autobus e del treno per arrivare qui dalla California.

Avrei dovuto risparmiarne di più, ma il piano che avevo in mente è andato in frantumi quando lui mi ha picchiata quasi a morte. Ho dovuto accelerare la mia fuga per sopravvivere.

La prima cosa che devo fare è trovare un lavoro e guadagnare qualche soldo. Comprare cibo, ricostruire la mia vita. Posso ricominciare da zero qui. Ma chi mi assumerà quando ho questo aspetto? Devo aspettare che i segni e i lividi guariscano prima.

Mi siedo sulla panchina, mi strofino il collo e apro la mappa che ho preso alla stazione, cercando di trovare un posto dove andare.

Un rifugio, forse? Sicuramente ci sono posti a New York che accettano senzatetto o distribuiscono cibo. Accidenti, ho così fame. E sono senzatetto.

Sono. Senzatetto.

Non riesco nemmeno a dirlo ad alta voce. Ma questo è meglio che tornare da lui. Preferirei correre il rischio e vivere per strada per il resto della mia vita piuttosto che tornare indietro.

Dopo aver studiato la mappa, mi rendo conto che i rifugi per senzatetto non sono segnati. Non so nemmeno perché mi sono preoccupata di controllare. Ma dato che ho lasciato il mio telefono, non riesco a pensare a nessun altro modo. Immagino che dovrò camminare in giro e cercare da sola.

Il mio stomaco brontola più forte, ricordandomi che devo mangiare presto. Mi sento già piuttosto debole dopo un giorno senza cibo.

«Ha bisogno di aiuto?»

La voce bassa e roca mi sorprende, e salto in preda al panico e sbircio oltre la mappa. Guardo le scarpe nere lucide e l'orlo di pantaloni che sembrano costosi.

Non oso alzare la testa. Non ha ancora visto il mio viso, e per il mio bene, è meglio che non lo veda. Forse se lo ignoro, se ne andrà. Ma lui rimane lì, in attesa della mia risposta.

«Va tutto bene, signorina? Ha bisogno di aiuto?» chiede di nuovo.

Mi faccio coraggio e alzo la testa, mostrandogli il mio volto grottesco.

3

Trattengo il respiro mentre sbircio quest'uomo. Anche nella mia posizione curva, è impossibile non rimanere colpiti da lui. Ha quell'aspetto rude, come un cowboy appena uscito da un western, anche se indossa un completo molto costoso.

Con una mascella decisa coperta da una barba di due giorni e capelli castano scuro acconciati in un taglio alla moda e relativamente lungo. I suoi occhi marrone chiaro, quasi dorati, fissano i miei. Sembra appena uscito da uno spot pubblicitario. Dev'essere illegale avere un aspetto così attraente.

Sbatto le palpebre.

Lui trattiene il respiro quando vede il mio viso, e la sua espressione cambia all'istante. I suoi occhi si riempiono di pietà. Emozioni in cui non sono interessata.

Mi aspetto che si allontani inorridito, ma lui chiede semplicemente, questa volta usando una voce più dolce:

«Cosa le è successo? Ha bisogno di andare in ospedale?» Allunga una mano verso di me, ma io mi ritraggo, soffocando un singhiozzo di spavento, e lui ritira la mano.

È troppo vicino. Il mio cuore batte così forte che posso sentire il sangue che mi pulsa nelle orecchie. Tutto il mio essere urla *scappa*, ed è quello che faccio.

Corro il più velocemente possibile con il mio corpo dolorante, sperando che quest'uomo non si prenda la briga di inseguirmi perché se lo facesse, non avrei alcuna possibilità di fuggire.

«Aspetti!» grida e, con mio grande terrore, inizia a corrermi dietro.

«Mi lasci in pace! Aiuto!» urlo, correndo più veloce che posso. Mio Dio, non posso vincere questa corsa. Mi prenderà. Mi guardo indietro e mi rendo conto che alcuni passanti lo hanno fermato, pensando che stesse cercando di farmi del male.

Attraverso di corsa Park Avenue e continuo a correre finché

non sono sicura che nessuno mi stia inseguendo. Tenendomi le costole doloranti, mi fermo per riprendere fiato. Sono sola. Nessuno mi sta inseguendo. Sono salva.

Continuo a vagare per la città, cercando un posto dove mangiare. Il mio stomaco brontola di nuovo. Sto per arrendermi quando scorgo un cartello all'angolo della strada che recita: "Community For All". Una piccola freccia punta a sinistra.

La seguo, tenendomi ancora le costole doloranti. Trovo una piccola vetrina con lo stesso cartello arancione ed entro per trovare una fila di persone, alcune più anziane, altre più giovani, tutte in attesa di cibo. Mi unisco alla fila e aspetto, abbassando la testa e cercando di mescolarmi.

Prendo la zuppa e il pane che mi offrono, ma mi dicono che non ci sono più letti liberi. Non so dove andare o cosa fare da qui. Devo spendere con saggezza quello che mi resta dei soldi.

Dopo aver finito il pasto, esco e considero le mie possibilità, decidendo di cambiare i capelli prima di tutto il resto. Cambiare il mio aspetto e non essere identificata è il mio obiettivo principale.

Anche se sono lontana, non so se lui abbia messo un annuncio di persona scomparsa o mandato dei detective privati a cercarmi. Torno al negozio Duane Reade che ho visto lungo la strada e compro un paio di forbici, della tinta per capelli, uno specchio e qualche altro articolo di cui ho bisogno. Tutti qui sembrano indifferenti e non mi guardano due volte.

Questa è un'altra ragione per cui ho scelto una grande città come Manhattan. La cassiera non alza nemmeno la testa dalla cassa. Mastica semplicemente la sua gomma e fa scorrere i miei prodotti sul nastro senza dire una parola.

Pago e vado alla stazione della metropolitana più vicina, chiudendomi in un gabinetto. Il mio viso distorto mi prende ancora in giro dallo specchio. Mi dice che non ho possibilità di farcela qui da sola, ma mi rifiuto di arrendermi. Non sono arrivata fino a qui per arrendermi semplicemente.

Alzo le forbici, ma la mia mano esita. I miei capelli biondi sono sempre stati lunghi, cadendo sulla schiena in grandi e belle onde. Ma i miei capelli sono stati parte del motivo per cui lui mi ha notata in primo luogo, mi ricordo. Devono andarsene.

Li taglio, pezzo per pezzo, fermandomi alla lunghezza del mento. Più corti sarebbe senza dubbio meglio, ma non ce la faccio. Anche così, sembra strano. E poi, ho bisogno di questa lunghezza per nascondere il viso. Tagliare la parte posteriore è una sfida. Mi giro davanti allo specchio. Quando finisco, li tingo di una tonalità di marrone molto neutra.

Dopo mezz'ora e un lavaggio improvvisato nel lavandino, mi guardo allo specchio soddisfatta della nuova me. Immagino i lividi guariti e scomparsi e decido che la nuova acconciatura mi farà sembrare così diversa, e questo è esattamente il mio scopo.

Ora devo trovare un posto dove passare la notte. Quali opzioni ho? Un hotel o un appartamento sono fuori discussione, visto che non mi restano abbastanza soldi. Dovrò dormire per strada, suppongo. Almeno fino a quando non troverò un rifugio con un letto libero. La scelta cade sulla metropolitana.

Che fortuna essere arrivata qui durante l'estate, così non devo affrontare il freddo terribile dell'inverno. Spero di avere un posto decente dove dormire per allora. Ogni anno le notizie riportano di qualche povero senzatetto morto per il freddo, e non voglio ritrovarmi in una sorte simile.

La stazione sulla Trentatreesima Strada è grande e spaventosa. Cerco un posto tranquillo, mi rannicchio a palla sul pavimento nudo e appoggio la testa sullo zaino. La mia mano si chiude sul coltellino tascabile che ho nascosto nei pantaloni, la mia unica arma.

«Alzati. Devi andartene» una voce forte mi fa sobbalzare.

Alzo lo sguardo verso il poliziotto in piedi sopra di me e i miei occhi si spalancano. Merda.

«Alzati. Non puoi dormire nella stazione» dice di nuovo.

«Va bene, va bene» mormoro mentre raccolgo le mie cose, tenendo la testa bassa in modo che non veda il mio viso.

«Se torni qui, ti metto le manette» mi grida dietro mentre mi precipito verso l'uscita, con le lacrime che mi salgono agli occhi. È stato così scortese. Non ho fatto niente di male.

Cammino verso il parco più vicino e mi sdraio su una panchina d'angolo, copro il viso con quello che resta dei miei capelli e cerco di scomparire nello sfondo. La stanchezza mi sopraffà e mi addormento velocemente, anche se sono in uno stato di paura. Ma gli incubi continuano ad arrivare.

La figura ombreggiata si nasconde nell'oscurità, in agguato per me. So che è lì che mi aspetta nelle ombre. Si avvicina. La sua mano gelida mi afferra la gola e stringe.

Non esce alcun suono quando provo a chiedere aiuto. Non c'è nessuno a salvarmi. Sono sola. Perdo il respiro. Il mio petto si alza e si abbassa pesantemente, cercando di afferrare l'aria, affamato di ossigeno. So cosa sta per farmi.

«No!» Mi sveglio urlando, bagnata di sudore freddo. I miei occhi si aprono sfarfallando, e mi strofino la piccola cicatrice sulla clavicola mentre faccio il punto della situazione. Sono sulla panchina al parco. Lontana da lui.

«Sto bene» mormoro. «Starò bene».

Il barista mi saluta con un sorriso. «Cosa posso prepararti?»

È passata più di una settimana da quando qualcuno mi ha sorriso. Per la maggior parte delle persone, sono la spaventosa senzatetto da cui distogliere lo sguardo quando si avvicina.

Beh, immagino che il trucco che ho applicato nella farmacia più vicina abbia i suoi vantaggi. Nasconde quello che resta dei lividi sul mio viso. Grazie, signore dei cosmetici, per l'invenzione dei campioni gratuiti.

«Ho visto il cartello 'cercasi aiuto' sulla finestra» dico.

«Sì. La proprietaria è nel retro». Indica a sinistra. «Puoi andare da lei».

Trovo la proprietaria seduta accanto a un tavolo carico di pile di fogli in una stanza piccola e affollata. Sembra sulla cinquantina, con qualche capello grigio e una piccola ruga tra le sopracciglia.

Entro nella stanza a piccoli passi. «Salve. Sono qui per il lavoro».

Alza lo sguardo e mi studia. «Sì, sto cercando qualcuno per pulire qui intorno. Sei disposta a farlo? È un lavoro fisico duro». Inclina la testa di lato, la sua espressione dice che non crede che accetterò.

«Sono pronta a lavorare sodo». Non posso fare la schizzinosa quando mi sono rimasti solo tredici dollari. «Se può pagare in contanti».

I suoi occhi si restringono. «Non hai documenti? Non assumiamo clandestini».

«No, non è questo» rispondo. «Sono in regola. Sono americana. È solo che... non ho un conto in banca» spiego, tirando fuori una scusa sul momento.

Ho già provato in almeno cinque posti questa mattina. Nessuno ha accettato di assumermi senza compilare il modulo con i dati personali, l'indirizzo, le informazioni sul conto bancario e il numero di previdenza sociale - cose che non posso fornire.

Esamina il mio viso in silenzio. «I segni sul tuo viso sono legati alla mancanza di un conto in banca?»

Mi tocco il viso. Probabilmente il trucco si è un po' sbiadito. Avrei dovuto fermarmi a rinnovarlo. Perché non ci ho pensato prima di entrare qui?

Sconfitta, rimango lì e abbasso la testa. Un altro tentativo inutile. Beh, c'è sempre un altro giorno. Mi giro e mi avvio verso la porta.

«Aspetta», mi chiama. «Va bene, puoi iniziare domani».

«Oh mio Dio, dav-davvero?» balbetto. Ho ottenuto il lavoro? «Non se ne pentirà. Sono una gran lavoratrice», sbotto.

«Ho avuto la mia dose di problemi», dice con un sospiro, «e ricordo di aver sperato che qualcuno venisse in mio aiuto. Non farmi pentire di questa decisione».

Annuisco. Non lo farò.

«Sono Dana Margolis». Mi tende la mano.

Le stringo la mano e sorrido. «Hope». Do il primo nome che mi viene in mente. Ora ho speranza.

«Dove vivi, Hope?» mi chiede.

«Qua e là», rispondo.

«Qua e là, eh?» Mi fissa come se potesse vedere attraverso di me, penetrando nel mio cuore. «Ho una stanza libera sopra il bar. Non è granché, ma potrebbe interessarti».

I miei occhi si spalancano per lo stupore. Mi sta offrendo una stanza?

«Non farti troppe illusioni», dice, affrettandosi ad abbassare le mie aspettative. «È più un ripostiglio che una stanza».

So che mi ha capito, vedendo tutto ciò che volevo nascondere, e nonostante questo vuole aiutarmi. Sono spaventata, ma il suo sorriso è genuino, ed è tutto ciò che ho in questo momento, quindi accetto la sua offerta.

Mi accompagna di sopra. È una stanza piccola e semplice. C'è un materasso in un angolo, e l'attrezzatura del ristorante occupa la maggior parte dello spazio. Una porta laterale conduce a un bagno angusto con doccia.

«È un po' affollata». Dana entra, cercando di impilare l'attrezzatura sparsa sul pavimento.

«No, è perfetta», dico con un sorriso. Dopo una settimana e mezza per strada, dormendo con un coltello a portata di mano, la stanza mi sembra un hotel a cinque stelle. E sarò qui da sola. Nessun ospite indesiderato.

Mi consegna una chiave. «Vuoi andare a prendere le tue cose?»

Abbasso gli occhi e guardo il mio zaino. «Ho tutto con me».

«Hmm... Più problemi di quanto pensassi». Sospira, poi se ne va.

Non posso credere alla mia fortuna. Nello stesso giorno, ottengo un lavoro e un posto dove dormire. Lavorerò il più duramente possibile per ripagarla di questo. Non se ne pentirà.

Mi guardo intorno. Ho una doccia. Una vera doccia con acqua corrente! Dopo più di una settimana di nient'altro che lavaggi con la spugna nei bagni pubblici, la prima cosa che faccio è chiudere a chiave la porta ed entrare in quella doccia.

Sto sotto l'acqua corrente, chiudo gli occhi e godo della sensazione della pelle bagnata e del sapone. Le piccole cose che non ho mai apprezzato nella vita quotidiana.

Domani comprerò del sapone per lavare i vestiti sporchi nella mia borsa. Ma in questo momento, preferisco andare a dormire su un vero materasso.

Mi sveglio terrorizzata quando gli incubi ritornano, e il mio stomaco si contrae in un forte spasmo. Corro in bagno per vomitare e mi siedo sul pavimento, cercando di calmare il mio respiro affannoso.

*Lui non sa dove sono. Non può più farmi del male.*

Torno a letto tremando e mi copro con la coperta che ho trovato ripiegata sotto il materasso. «Non può più farmi del male. Non può più farmi del male», mormoro più e più volte finché non mi riaddormento.

## CAPITOLO 2
## *Ethan*

I muscoli delle cosce mi bruciano mentre mi sforzo di correre l'ultimo miglio. I primi raggi del sole già brillano tra gli edifici. Gocce di sudore mi colano dalla fronte e la mia maglietta nera da palestra è fradicia. Accidenti, ho proprio bisogno di una doccia.

Rallento quando mi avvicino alla mia strada, preparandomi ad abbassare il battito cardiaco, ma mi blocco di colpo. Da dove sono spuntati tutti questi mezzi della stampa? Trovo un nascondiglio dietro un albero e li osservo mentre sostano fuori dal mio palazzo con le loro telecamere.

Cazzo. Come hanno fatto a scoprirlo già? Non ho ancora fatto un annuncio ufficiale. Chi diavolo l'ha fatto trapelare? Uno dei dipendenti? Chi avrebbe ignorato il mio avvertimento? Speravo di avere ancora qualche giorno prima di renderlo pubblico. Ho bisogno dei soldi di questo affare per sostenere la crescita di Savee per il prossimo anno. Non posso permettere che crolli tutto a causa di stupidi pettegolezzi. Nulla è ancora definito.

Mi guardo. I miei vestiti sudati non sono esattamente come vorrei presentarmi davanti ai giornalisti.

Giro sui tacchi e mi dirigo verso il vicolo che porta alla porta di servizio sul retro dell'edificio. Grazie a Dio porto sempre con me la chiave principale. Sapevo che un giorno sarebbe tornata utile. Mi muovo con cautela, assicurandomi che non ci sia nessun giornalista ficcanaso ad aspettarmi lì. Cazzo, se uno di loro mi sorprende dentro...

Saluto la guardia di sicurezza nella hall mentre entro e prendo l'ascensore, usando la mia chiave per salire all'attico. Forse dovrei assumere una seconda guardia finché non perdono interesse, solo per assicurarmi che nessuno si intrufoli.

Madeleine mi apre la porta, con il suo immacolato grembiule bianco legato in vita e uno sguardo preoccupato sul viso invece del suo solito sorriso.

«*Kýrios*, signore. Il telefono non ha smesso di squillare da quando è uscito. Chiedono di lei, e non so cosa dire.»

«Come hanno ottenuto il numero?» mi chiedo ad alta voce e do una rapida occhiata al mio cellulare. Non sembra che abbiano violato il mio numero di cellulare. Scrivo un messaggio al mio assistente per organizzare immediatamente un cambio del mio numero di casa.

Gli occhi di Madeleine si spalancano. «Non lo so. Non l'ho detto a nessuno» si affretta a dire.

«Da quanto tempo lavori per me, Madeleine?»

«*Fanta*. Cinque anni, signore. Sei, in realtà, se conta l'anno in cui pulivo l'edificio prima che mi assumesse per gestire il suo attico.»

«Sei anni. E ti ho mai accusata di qualcosa?»

«No, *Kýrios*, certo che no.» Un rossore le sale alle guance. «Mai.»

«Allora perché pensi che io sia preoccupato che tu abbia dato loro il numero?» Sorrido. «Non preoccuparti, Madeleine. Va tutto bene. Staccherò il telefono, così non ti daranno fastidio.» Non mi era nemmeno passato per la mente che fosse stata lei a dirglielo.

«Cosa è successo? Va tutto bene?»

«Non è niente. Ieri ho chiuso un accordo per vendere una delle mie aziende. I giornalisti devono aver scoperto della vendita un po' prima del previsto.» Almeno, spero che sia questo il motivo per cui sono qui e non per qualcuno dei miei altri segreti. Devo controllare le notizie.

«E questo è un buon affare?»

«Sì.»

«Sa che non ne capisco niente, ma se lei è felice, sono felice anch'io.» Sorride e si gira verso la cucina. «La solita colazione?» chiede, aprendo già il frigorifero.

«Sì, grazie.» Mi dirigo a grandi passi verso la mia stanza e salto sotto la doccia, guardandomi allo specchio. Il sole è appena sorto e ho già un aspetto di merda. Ho questo affare da concludere e una raccolta fondi a cui partecipare. Chiudo gli occhi e faccio un respiro profondo. *Lo sto facendo per te, Anna.* No, mi sto illudendo. Niente potrà mai compensare quello che ho fatto.

Indosso il mio completo, poi abbottono i gemelli fatti su misura con la lettera W incisa, infilo la giacca e mi dirigo verso la cucina.

La mia omelette proteica e l'insalata di verdure sono puntuali, come sempre. Guardo giù attraverso la grande finestra del soggiorno. Sono ancora lì, in attesa. Concentro lo sguardo sul parco e inspiro. Non ha senso stressarsi per i giornalisti. Devo portare a termine il lavoro.

Appoggio la giacca su una delle sedie della cucina, mi siedo e controllo i titoli dei giornali. Dannazione, hanno persino scoperto il prezzo di vendita. È grave. Come mai il mio responsabile PR non se ne sta già occupando? Forse è ora di sostituirlo. Scrivo un messaggio a Ryan per sollecitare la stesura del contratto e poi al mio responsabile PR per far uscire il comunicato stampa ufficiale il prima possibile. Dobbiamo controllare la narrativa prima che scrivano quello che vogliono.

Chiamo il mio autista per farmi venire a prendere. Devo scrivere ancora alcune email e ho bisogno di qualche minuto in più. Preferisco guidare da solo, ma in quest'ora di punta mattutina, sarebbe una colossale perdita di tempo. Ci sono molti dettagli da completare prima di firmare l'accordo, e ora con i giornalisti, la pressione è ancora più alta. Ho bisogno che tutto sia fatto prima dell'evento di raccolta fondi.

> La limousine sarà lì per te alle 19:00 domani.

**Olive**
pollice in su emoji.

Bene. Ho bisogno di Olive al mio fianco per tenere a bada mia madre, e immagino che ci sarà una copertura mediatica extra oggi, quindi devo anche tenere sotto controllo i pettegolezzi. Una relazione stabile fa sempre bella figura agli occhi degli investitori, anche se non sono sicuro del perché, visto che non ha nulla a che fare con il modo in cui faccio affari. Dovrebbero farsi gli affari loro e non ficcare il naso nella mia camera da letto. Ma dopo anni di titoli, la maggior parte dei quali poco lusinghieri, mi trovo bene a essere fuori dalla linea di tiro.

Olive è bellissima, una di quelle donne che fanno girare la

testa. Ed è dello status giusto, sa cosa indossare per ogni occasione e come comportarsi. Perfetta per il mio stile di vita. Diavolo, è un appuntamento organizzato da mia madre, quindi non potrebbe essere più perfetta.

Mi piace portare Olive a questi eventi, assicurandomi di alimentare il chiacchiericcio su un imminente fidanzamento, esattamente come previsto.

Finisco di mangiare e chiedo a Madeleine: «Puoi preparare per Olive i biscotti che le piacciono?»

«Certamente. E come sta la signorina Danske?»

«Adorabile come sempre.»

«So che non sono affari miei, ma posso chiederle una cosa?»

Annuisco.

«I giornali scrivono ogni tipo di cosa su di lei, e so che sono piene di stronzate, ma dicono che voi due siete fidanzati?» Alza un sopracciglio.

«Non sono fidanzato. Lo sapresti se lo fossi.» Sorrido. Non pensavo che leggesse i pettegolezzi su di me. Non mi sposerò mai. Sono troppo incasinato per una relazione.

Annuisce. «Lo immaginavo, dato che lei e la signorina Danske non sembravate mai... Sa. Perché lascia che scrivano cose del genere su di lei?»

«Ho le mie ragioni». Anche se mi fido di Madeleine, non posso dirle dell'accordo che ho con Olive. Non è un segreto mio da rivelare. «Come sta tua figlia?»

«Si sente bene. A guardarla ora, non diresti mai che sia stata malata». Madeleine raggia di felicità.

«Se ha bisogno di qualcos'altro, fammelo sapere».

Lei annuisce di nuovo. «Hai fatto più per me di quanto potrò mai ripagarti».

«Non mi aspetto nulla in cambio. Sei famiglia».
«Hai un grande cuore, *Kýrios* Wolf». Mi abbraccia.

Mi sforzo di sorridere. Un grande cuore? Il mio cuore è nero. Niente di ciò che farò potrà mai redimermi dalla colpa di aver ucciso Anna.

## CAPITOLO 3
### *Ayala*

«**O**h, merda!» Un grido proviene da uno degli uomini seduti al bancone, e getto un'occhiata nella sua direzione. Ancora una volta, qualcuno ha rovesciato la birra. Cos'hanno gli uomini che non riescono a bere senza rovesciare una volta che sono un po' ubriachi? E non è nemmeno l'happy hour.

Prendo il mio straccio e lo spray e mi avvicino a loro.

«Johnny, guarda che tette», borbotta l'uomo. «Me la scoperei. Che ne pensi? Non è sexy? Forse la porteremo a casa con noi. La piegherei...»

*Piegati sul tavolo ora, puttana.* Rabbrividisco e mi blocco sui miei passi. Cosa ha appena detto? Non riesco a muovermi, e lui lo prende come un consenso. Mi afferra, e tremo mentre la mano sconosciuta mi sale sulla gamba. Le mie gambe iniziano a tremare violentemente. La sua mano si sta alzando e avvicinando, e soffoco un gemito.

«Ehi, lasciala andare», una voce chiama dietro di me, e l'ubriaco rimuove immediatamente la mano da me. Inspiro, cercando di far entrare aria nei miei polmoni contratti. I miei respiri sono brevi e irregolari mentre cerco di mantenermi composta. Non posso permettermi di crollare davanti a tutti.

«Penso sia ora che ve ne andiate», consiglia Dana, inclinando la testa verso la porta.

«Lei lo voleva», argumenta l'uomo. «Non ho fatto nulla che lei non volesse che facessi».

«Ve ne andate da soli o devo accompagnarvi fuori?»

Alza le mani in segno di resa, poi si alza, barcollando dalla sedia. «Ok, me ne vado. Non è successo niente. Dai, Johnny, andiamo».

L'uomo seduto accanto a lui si alza, con riluttanza in ogni suo movimento, e li seguo con lo sguardo fino all'uscita.

«Stai bene?» chiede Dana, studiandomi con i suoi occhi che vedono tutto.

No, non sto bene. «Sì». Annuisco.

«Chiamami se qualcuno ti dà fastidio». Si gira e torna nella direzione da cui è venuta.

«Qual è il problema questa volta?» borbotta Robin, una delle cameriere, a Nicky, che sta lavorando dietro il bancone stasera, mentre Dana se ne va. «Da quando Occhi Blu è arrivata due settimane fa, Dana le ronza intorno come se fosse fragile. Dana le ha persino dato doppi turni ogni giorno della settimana».

Abbasso la testa, non sapendo cosa fare.

«Perché ti interessa quanti turni fa?» chiede Nicky. «Lei lavora alle pulizie, non come cameriera. Vuoi pulire i bagni? Devo andare a dire a Dana che sei interessata?»

Robin storce la bocca. «No, non voglio pulire i bagni. Occhi Blu qui dovrebbe solo fare il suo lavoro e stare lontana da me». Prende i bicchieri di birra dal bancone e li mette sul suo vassoio.

Mi giro verso il bancone per ringraziare Nicky, che è intervenuta in mio favore, e le sorrido con gratitudine. Da quando ho iniziato a lavorare qui, Robin si è comportata come se avesse qualcosa contro di me senza motivo apparente. Mi piaceva Nicky prima, ma ora ancora di più.

Quando finalmente il turno finisce, prendo un mocio e inizio a versare acqua sul pavimento mentre Nicky chiude la cassa e pulisce il bancone.

«Ho visto il nuovo episodio di Law and Order ieri», mi dice, iniziando una conversazione. «L'hai visto? Dicono che sia basato su un caso reale. Quando diventerò un avvocato, un caso del genere è il mio sogno». Nicky continua a chiacchierare mentre pulisco il pavimento. «Questo se mai riuscirò a guadagnare abbastanza per andare alla facoltà di legge».

Mi fa male non poterle dire nulla di me stessa. Sono una falsa. Tutto ciò che sono è solo una grande bugia. Ma non posso correre il rischio che scopra di me.

«Hope. Hope!»

Mi ci vogliono alcuni secondi per scuotermi dai miei pensieri e rendermi conto che sta chiamando il mio nome. Il mio nuovo nome.

Giro la testa verso di lei. È in piedi dietro il bancone, tenendo il suo telefono.

«Cosa?» Cosa c'è di così importante da dovermi fermare nel bel mezzo della pulizia del pavimento? La maggior parte delle volte, non le dispiace avere una conversazione unilaterale.

«Ho appena ricevuto un messaggio dal mio secondo capo. C'è un evento in arrivo e gli mancano delle cameriere».

«Ok, e...?»

«Allora stai cercando più entrate, giusto? Mi hai detto che stavi risparmiando per la scuola», mi ricorda.

«Oh, sì». Annuisco. Glielo avevo detto, anche se non

frequenterò la scuola tanto presto. Solo un'altra delle tante bugie che ho raccontato da quando sono arrivata qui.

«Gli mancano cameriere per domani sera. Sai come servire, vero? Non è così difficile. Basta tenere un vassoio e camminare». Sorride. «E gli eventi sono sempre per i ricchi e famosi, quindi danno buone mance».

Andare a un evento del genere, essere esposta di fronte a molti sconosciuti... non sono sicura di essere pronta per questo. Lavorare qui, dietro le quinte, lontano dalle altre persone, sembra più sicuro. Ma Nicky non accetta un no come risposta.

«Dai, dovresti farlo. L'ultima volta ho guadagnato duecento dollari solo di mance, senza contare lo stipendio. Ed è un lavoro più facile di quello che fai qui».

Devo ammettere che mi tenta. Duecento dollari sono molti soldi. Dovrò trovarmi un appartamento abbastanza presto, poiché non voglio essere un caso di carità per sempre. Ho davvero bisogno dei soldi extra.

Cosa può succedere? È solo una serata, no?

---

MI PRESENTO ALL'ORA e all'indirizzo esatti che Nicky mi ha dato a Soho. L'insegna annuncia che è una galleria che attualmente ospita una mostra di un artista chiamato Paulino. Secondo Nicky, Paulino è uno degli artisti più popolari di Manhattan oggi.

Entro dall'ingresso posteriore nella sala del personale. Nicky mi accoglie con un abbraccio e mi registra per il turno. Il suo capo, il signor Nielsen, non si presenta per nome ed è ritratto come una persona dall'aspetto severo con un'espressione ostile. È un'antipatia a prima vista.

Nicky si precipita a vestirsi e mi fa cenno di seguirla.

Guardo l'outfit fornito, che non sembra troppo comodo. Una gonna a tubino stretta e una camicia bianca abbottonata. La camicia aderente è stretta sul mio seno non così piccolo, e i bottoni minacciano di scoppiare.

«Forse dovrei prendere una taglia più grande?» dico mentre continuo ad abbottonare.

Nicky sorride. «Sei sexy. Vuoi le mance o no?» Mi porge dei tacchi a spillo neri. «Numero 36, giusto?»

Annuisco. Dovrei servire con i tacchi a spillo? Anche se sono abituata ai tacchi, servirci è tutta un'altra cosa.

Mi metto le scarpe guardandomi intorno. I camerieri e le cameriere attorno a me stanno facendo gli ultimi preparativi. Vestiti in elegante bianco e nero, sono tutti di bell'aspetto.

Nielsen ci fa mettere in fila e ci scruta con il suo sguardo cupo.

«C'è una macchia sulla tua camicia. Vai a cambiarti», dice a un cameriere.

«Troppo spiegazzata», dice a un altro. «Vai a cambiarti».

Rabbrividisco. Michael mi guardava proprio così ogni volta che uscivamo di casa. Dovevo assicurarmi di non metterlo in imbarazzo con il mio aspetto. C'erano regole precise su cosa potevo indossare in pubblico. Tiro la gonna e la sistemo, superando il controllo qualità di Nielsen.

«Prendi». Un vassoio pieno viene spinto nelle mie mani, e riesco a malapena a equilibrarmi per evitare che cada.

«Fai attenzione!» mi grida un altro cameriere quando cerco di farmi strada. Basta. Sono pronta a mollare tutto e scappare. Do un'occhiata a Nicky, e lei mi sorride alzando il pollice. Faccio un respiro profondo e porto il vassoio di bicchieri di champagne fuori per il ricevimento, per distribuirli agli ospiti.

Un piccolo fischio di ammirazione mi sfugge alla vista del posto. Vasti dipinti decorano le pareti. La maggior parte dell'arte ritrae donne in una varietà di pose, tutte di spalle alla fotocamera, sdraiate su uno sfondo industriale. La sala stessa ha un aspetto industriale. Enormi lampade pendono dal soffitto, e c'è molta vegetazione sparsa ovunque. Molta. Enormi vasi di fiori in ogni angolo. Piante verdi e persino alberi che non mi aspettavo di vedere qui. È unico e sottolinea il contrasto tra le vedute industriali nei dipinti e la natura.

Uomini in smoking e donne in abiti eleganti che costano più del mio reddito mensile riempiono il posto. E lo saprei, dato che fino a poco tempo fa ero una di loro. Camminano in giro, esaminando l'arte, sfoggiando sorrisi finti. Quanto sono insignificanti queste feste. Tutti sembrano così perfetti, così sereni. Eppure nessuno ti conosce una volta che torni a casa. A nessuno importa.

Nemmeno ai miei genitori importava.

Offro lo champagne, completamente invisibile nel loro mondo. Non mi dedicano un secondo sguardo. Va bene così. Non ho bisogno di attenzione. Non la voglio.

*Cammina e basta con un vassoio.*

*Cammina e basta con un vassoio.*

Lo vedo troppo tardi, il fotografo. Non sta cercando di fare una foto a me, ovviamente. Punta la macchina fotografica verso una coppia bellissima e probabilmente famosa nei loro abiti da sera. Ma io sono proprio dietro di loro. La macchina fotografica è puntata direttamente dove mi trovo, e catturerà il mio viso nella foto. L'universo traballante che ho ricostruito in queste ultime settimane qui sta per andare in frantumi.

Giro il corpo, voltando le spalle. Il vassoio di champagne che ho in mano si scontra con qualcuno che cammina proprio dietro di me.

Merda.

Come in una commedia degli errori, tutto si svolge davanti

ai miei occhi al rallentatore, il suono della collisione, i bicchieri che si infrangono sul pavimento e lo champagne che si rovescia proprio sul completo di quest'uomo.

Per la forza della collisione e i tacchi alti che indosso, cado all'indietro, dritta sul sedere, e mi ritrovo a terra, un po' scioccata.

*Guarda il danno che hai fatto. Distruggi tutto ciò che tocchi.*

Chiudo gli occhi e inspiro, poi mi guardo intorno per vedere la distruzione che ho creato. Per favore, non chiedetemi di pagare per i danni che ho causato, prego silenziosamente. Tutti i soldi che ho risparmiato da Dana non saranno sufficienti a coprire le spese. Inizio a tremare mentre la realtà mi colpisce.

«Stai bene?» chiede a bassa voce l'uomo il cui completo ha ricevuto gran parte dello champagne.

Conosco quella voce. Merda.

Un viso appare all'angolo del mio occhio. Alzo lo sguardo verso l'uomo in completo che si china su di me.

Il mio sguardo trova il suo viso, ed esalo. È il modello di punta della strada, quello del mio primo giorno qui.

Una ciocca di capelli gli cade sulla fronte, e per qualche motivo, ho un impulso incontrollabile di spostarla dal suo viso.

«Stai bene?» chiede di nuovo con quella voce profonda che sembra ribollire dall'interno, dal fuoco ardente che tiene dentro.

Allunga la mano per aiutarmi, i miei occhi si spalancano e mi ritraggo in preda al panico.

Per una frazione di secondo, la mia mente danneggiata pensa che stia per colpirmi. È solo per un breve momento, ma lui se ne accorge. La sua mano tesa si blocca a mezz'aria. Torno in me e prendo la sua mano. Devo giocare il gioco. Non posso attirare altra attenzione inutile ora.

Mi tira in piedi e non lascia andare. La mia attenzione si concentra completamente su questo punto di contatto, sul calore che irradia, come se ci fosse una corrente elettrica che scorre tra noi.

Ritiro la mano e raddrizza la gonna e la camicia, cercando di rendermi di nuovo presentabile.

«Stai bene?» chiede per la terza volta.

Lo guardo, cercando di capire dalla sua espressione se mi riconosce. Ma non c'è alcun barlume di riconoscimento. Non sembra ricordare il nostro precedente incontro. Bene.

«Sì, mi dispiace tanto, signore. Mi sono girata troppo velocemente», balbetto.

Una folla incuriosita inizia a radunarsi intorno a noi, e cerco di farmi più piccola. Vorrei poter semplicemente svanire. Il mio sguardo coglie il signor Nielsen che si avvicina a noi, con un'andatura rigida e uno sguardo di pura rabbia sul viso. Si rivolge all'uomo di fronte a me.

«Mi dispiace tanto, signor Wolf. È nuova. Mi assicurerò che non lavori più qui. Come posso rimediare?»

Rimango lì, con le guance che bruciano di vergogna, e tengo la testa bassa.

L'uomo mi guarda, poi torna a guardare Nielsen. «Sono stato io a urtarla», dice, «Ho fatto cadere il suo vassoio. È colpa mia. Non voglio che la licenzi».

I suoi occhi dorati, che fino a un momento fa avevano un fuoco dentro, si trasformano in ghiaccio. La sua mascella si indurisce. È chiaramente un uomo abituato a ottenere ciò che vuole.

«Certamente, signore». Nielsen mi lancia un altro sguardo arrabbiato, cercando di uccidermi con gli occhi, ne sono sicura. Come ha potuto accettare così facilmente la sua richiesta?

«Ha bisogno di aiuto con i vestiti, signore?»

«Non ce n'è bisogno», risponde il signor Wolf con la sua voce bassa, e un brivido mi attraversa. Il direttore scuote la testa e si allontana da noi con passi veloci.

Lo sguardo dell'uomo torna su di me. Le pagliuzze d'oro nei suoi occhi ora brillano di rabbia, ma la rabbia non è diretta a me.

«Perché l'hai fatto?» Non riesco a trattenermi, e la domanda mi sfugge come un proiettile. «Perché hai difeso una cameriera che non conosci?»

«Non mi piacciono le persone che godono nel sentirsi forti a spese di qualcuno più debole. Un capo deve proteggere i suoi dipendenti, non umiliarli. Quest'uomo non lavorerà più per me». Il suo tono suona minaccioso.

Non lavorerà più per lui? Cosa intende?

«Ethan Wolf», si presenta con voce più dolce, la mano tesa per una stretta.

Il nome mi suona familiare. Credo di aver letto di lui sul giornale qualche giorno fa. La mia mente si gonfia mentre cerco di ricordare. Dannazione, avrei dovuto leggerlo con più attenzione.

«Hope», mi presento, senza dare alcun cognome. L'elettricità tra noi riappare quando gli stringo la mano.

«Tu-»

«Mi scusi, signor Wolf, i suoi vestiti». Arriva un uomo con un nuovo completo, avvolto e dall'aspetto appena stirato. Il signor Wolf si scusa e si congeda, lasciandomi a indovinare cosa volesse dire.

Riesco a superare il resto della serata senza ulteriori problemi. Quando sento di nuovo la voce bassa e sexy al microfono, mi giro e scopro Ethan Wolf - come ora so che si chiama - sul palco. Parla con entusiasmo. La sua postura è sicura e rilassata. Posso dire che è una persona abituata a stare sul palco. Il nuovo completo blu scuro che indossa non può nascondere la sua solida corporatura. Mi guardo intorno, osservando il pubblico nella sala. Ha catturato la loro completa attenzione, il suo carisma è presente in ogni angolo. È impossibile non ascoltare questa voce.

Una donna leggermente più anziana e imponente in un abito bianco lungo fino a terra sale sul palco. Il suo aspetto sembra simile al suo, ma la sua bellezza è più classica. Raffinata.

«Sono lieto di presentarvi mia madre, Laura Wolf, direttrice esecutiva della Wolf Nation Foundation», dice, proprio mentre mi chiedo quale sia il loro legame. Gli applausi riempiono la sala.

Rifletto mentre lei parla con altrettanta passione sul palco. Entrambi hanno una presenza impressionante e una bellezza vertiginosa, ciascuno a modo suo.

Mentre lei prende il microfono, Ethan Wolf la lascia per tenere il suo discorso e si avvicina a una donna in un abito blu che avvolge un corpo sottile e gambe infinitamente lunghe. Il suo viso è simile a quello di una bambola, e i suoi lunghi capelli scuri fluiscono sulle spalle. Lui si avvicina e la bacia, e il mio stomaco si contrae per il desiderio. Una volta volevo essere amata così. Era il mio sogno.

## CAPITOLO 4
## *Ethan*

«Sei soddisfatto delle donazioni di oggi?» mi chiede Olive nella limousine dopo l'evento.

«Mmm... sì», mormoro, assorto nei miei pensieri.

Lei rinuncia alla conversazione e si immerge nel suo telefono. La nostra finta relazione è tutto ciò che ho sempre desiderato in una donna, ma senza il sesso. Ha un bell'aspetto, dà a tutti i giornali qualcosa di cui parlare e tiene lontani i genitori ficcanaso. E, cosa migliore di tutte, sa quando non ho voglia di parlare e non le dispiace stare in silenzio. Nessuna aspettativa, nessuna delusione.

L'immagine della cameriera non mi abbandona la mente. Continuo a rivedere l'evento più e più volte nella mia testa. Non ho mai visto una creatura così spaventata come questa piccola cameriera.

Dove diavolo l'ho già vista? Mi sta facendo impazzire. È come se ci fosse una lampadina che lampeggia nel retro della mia testa, dicendomi che l'ho già incontrata prima.

È strano perché ho un'ottima memoria per i volti, eppure

non riesco a capire dove l'ho vista. E non ha un viso che potrei dimenticare. Un viso delicato, labbra piene e occhi blu enormi, così grandi rispetto alle dimensioni del suo viso, del colore blu più intenso che abbia mai visto, quasi luminosi. E quando mi è stata davanti, non ho potuto fare a meno di notare il suo corpo magnifico: curve infinite, seno prosperoso e vita stretta. Esattamente il mio tipo.

Il pensiero di invitarla a casa con me era travolgente. Ho persino chiesto al mio assistente di verificare dove lavora di solito. Ma poi mi sono detto che la donna è troppo nervosa per i miei gusti, un Bambi spaventato. Preferisco donne forti con molta sicurezza in se stesse, quindi ho deciso che avrei dovuto dimenticarla.

Ma per quanto ci provi, non riesco a smettere di visualizzare le sue lunghe gambe nude distese sul pavimento davanti a me mentre la gonna si sollevava, il suo petto che si alzava e si abbassava mentre ansimava, e i suoi occhi enormi spalancati.

Volevo allargare le sue gambe proprio lì sul pavimento e assaggiarla. Dio, deve avere un sapore fantastico. Ma non sono più un ragazzino di sedici anni. So controllarmi. Beh, forse non completamente. Ho ancora dei bisogni. Mando un messaggio ad Adele per farle sapere che sto arrivando.

L'unico lato negativo del mio accordo con Olive è che ora la mia vita sessuale deve essere nascosta sotto il radar. Devo intrufolarmi nelle case delle mie amanti come un criminale.

Non mi piace. Non mi piace così tanto che ho quasi annullato l'accordo poco dopo averlo iniziato. Ma Olive ne ha bisogno e, sorprendentemente, anche i miei investitori sono più generosi ora. Appaio più "sistemato" ai loro occhi quando cammino con la giusta partner al mio fianco. Questo è stato un effetto collaterale inaspettato e molto gradito dell'accordo tra noi, e no, non sono ancora pronto a rinunciarci. Ho bisogno degli investimenti.

Lascio Olive a casa sua e, pochi minuti dopo, mi intrufolo nell'appartamento di Adele dall'ingresso posteriore. Ho bisogno di sfogare un po' di tensione.

---

STO FINENDO DI CENARE, da solo, quando il mio telefono squilla. Uno sguardo allo schermo mi mostra che è Ryan che chiama.

«Che succede?» rispondo.

«Ethan. Ho litigato con Maya».

«Beh, cosa c'è di nuovo? State sempre litigando. È il lato negativo del fatto che siete pazzi l'uno dell'altra. Aspetta il sesso di riconciliazione. A volte mi sembra che litighiate solo per potervi riconciliare dopo». I loro litigi avvengono circa due volte a settimana e finiscono sempre in sesso appassionato. Almeno secondo i racconti di Ryan.

«Questa volta è serio, Ethan. È andata da sua madre. Ha detto che non sarebbe tornata. Non so cosa fare».

Sospiro. «Sto arrivando».

La Porsche nera si sveglia con un rombo quando premo l'acceleratore. È divertente guidare di notte. Le strade sono relativamente libere, e ci siamo solo io e l'auto. Il viaggio non è lungo, quindi mi prendo il mio tempo per godermi il tragitto.

Prendo l'ascensore fino all'appartamento di Ryan, solo per trovarlo sdraiato sul divano, a crogiolarsi nell'autocommiserazione. È sicuramente una delle situazioni più basse in cui l'ho visto, e ne ho viste parecchie. Siamo amici fin dall'infanzia.

«Quanto hai bevuto?»

«Solo un po'», dice.

Penso che sia più di un po', ma non lo contraddico. Verso a entrambi un bicchiere di whisky dal suo bar, gli porgo un bicchiere e mi siedo sul divano.

«Questa volta ho fatto un casino», dice. «Non so cosa sia successo. Stavamo cenando e Maya ha iniziato a parlare di figli. Ho risposto, come sempre, che non sono pronto per i figli. Siamo giovani, voglio passare del tempo da solo con lei, e i bambini sono un casino. Ne abbiamo parlato diverse volte prima, e lei ha sempre detto che avevamo tempo. Ma oggi è impazzita».

Beve il whisky in un sorso, e preoccupato, lo studio. «Ha preso le sue cose, ha detto che andava da sua madre per pensare, ed è uscita. Non capisco cosa sia successo. Non ha mai lasciato la casa nel bel mezzo di una discussione. Facciamo sempre pace. Fare pace è la parte divertente». La sua bocca si solleva in un ghigno al ricordo.

Ho un presentimento su dove stia andando a parare questa storia, ma se lui non vede quello che ha davanti, solo Maya può illuminarlo.

«Vieni», ordino, «hai bisogno di uscire da questa casa e prendere un po' d'aria fresca. Andiamo a bere qualcosa da qualche parte».

Ryan si alza dal divano. «C'è un pub amichevole all'angolo».

«Andiamo al Lunis. È anche vicino», dico e me ne pento quasi immediatamente. Avevo detto che non l'avrei inseguita. Che diavolo sto facendo?

Il Lunis è un piccolo pub di quartiere con un'atmosfera tenue e piacevole. Entrando, vedo che il bar è abbastanza pieno, ma non sembra troppo affollato. Una canzone dei Pearl Jam suona in sottofondo.

Prendiamo posto sulle sedie vuote in fondo al bancone. Mi

guardo intorno, esaminando le cameriere, cercando quegli indimenticabili occhi blu. Ugh. Non è qui.

«In memoria dei nostri giorni di dissolutezza?» dice Ryan, alzando il bicchiere in un brindisi. «Grazie per essere qui per me».

«Sempre. Ti ricordi quando abbiamo iniziato Savee?»

Annuisce. «Come potrei dimenticare? Abbiamo ricevuto così tanti no, e ogni volta bevevamo fino all'oblio. Penso che fossimo ubriachi più che sobri all'epoca». Sbuffa.

«Mi manca un po' quel periodo». Vedendo il suo sguardo perplesso, aggiungo: «Non i no. Sono contento che sia acqua passata. Ma il tempo che passavamo insieme prima che tu diventassi un avvocato di successo».

Mi sorride. «Prima che tu diventassi un CEO impegnato, intendi. Mi tieni occupato giorno e notte con tutte le tue aziende. Ma hai ragione, dovremmo farlo più spesso. Mi manca anche a me».

Una donna arriva dietro di me per sparecchiare il bancone dai bicchieri vuoti.

Le do una rapida occhiata e per un momento mi si ferma il respiro. È Hope.

Gli occhi azzurri mi guardano e posso vedere il barlume di riconoscimento brillare in essi mentre le sue pupille si dilatano e le sue labbra formano un cerchio di stupore. Non è un'illusione. È lei. È qui.

Abbassa lo sguardo per un momento e le sue lunghe ciglia coprono i suoi occhi meravigliosi. Il suo sguardo vaga da me a Ryan e ritorna, ma non dice nulla.

«Ehi», dico, ma la mia voce sembra solo spaventarla e si affretta ad allontanarsi. È solo un cerbiatto spaventato. Non è quello che sto cercando. Non è il tipo di donna con cui mi piace scopare. Allora perché il mio battito cardiaco è accelerato come se stessi correndo una maratona? Cazzo. Sono troppo attratto da lei.

La seguo con lo sguardo mentre si allontana in fretta, vestita con semplici jeans e una maglietta nera di Lunis. La maglietta è troppo grande per lei, nascondendo il corpo fantastico che so si cela sotto. Mi ha stregato. Non c'è dubbio. Questa ragazza è una strega. Non riesco a pensare ad un'altra ragione per come mi sento in questo momento.

Ma da dove la conosco? Questa sensazione di familiarità è così forte che non posso sbagliarmi. Mi guardo intorno di nuovo. Non sono mai stato in questo bar prima. Non può essere da qui. Forse lavorava in un altro bar? Forse lavora in una delle mie aziende? Cazzo, spero che non lavori in una delle mie aziende. Torno a guardare Ryan, trovandolo intento a studiarmi con grande interesse.

«Ti stai godendo la vista?» chiede con una risatina. «Non credo di averti mai visto fissare una donna in quel modo. Di solito sono loro a inseguire te, brutto bastardo».

«Non sto fissando», nego. «Non lo sto facendo», ribadisco al suo sorriso irritante.

«Chiedile il numero di telefono», dice, insistendo nel continuare il suo tormento. Ryan è l'unico che sa del mio accordo con Olive. L'unico che sa che in realtà sono single e completamente libero. Ha redatto lui il contratto tra noi.

«Non è il mio tipo», dico, anche se è ovvio che Hope è decisamente il mio tipo a prima vista. Ma ho già deciso che coinvolgermi con lei non sarebbe una buona idea. Se avessi voluto scoparla, glielo avrei chiesto allora. Quindi perché diavolo ho scelto di venire qui? Per torturarmi?

L'universo mi ha presentato una prova e devo affrontarla.

Per il resto della serata, concentro tutta la mia attenzione su

Ryan, incoraggiandolo e cercando il più possibile di ignorare la bellissima donna che passa di tanto in tanto.

Dopo aver gustato mezza bottiglia di whisky e qualche altro drink, la maggior parte dei quali finisce nello stomaco di Ryan, mi rendo conto che se non lo trascino a casa ora, dovrò raccoglierlo perché è già pericolosamente ubriaco. È un tipo grosso e non voglio tentare la sorte. Pago il conto e lo rimetto in piedi. Spero che sia ancora abbastanza stabile da riuscire a tornare a casa.

Mi trattengo dal rubare un'ultima occhiata a quei bellissimi occhi azzurri, ma non posso negare che sono quasi tentato di girare la testa per rivederla.

Trascino il corpo barcollante di Ryan fino a casa e lo butto sul letto. Grazie a Dio abbiamo scelto un pub vicino. È fottutamente pesante.

Sono troppo ubriaco per guidare fino a casa. Dovrò dormire sul divano di Ryan stanotte. Mi ci lascio cadere sopra, ma i miei pensieri continuano a tornare a lei. Mi giro da un lato all'altro mentre i suoi grandi occhi azzurri mi perseguitano.

Posso vedere il suo viso, sentirla gemere e urlare il mio nome in estasi. Dio, la voglio sotto di me. Voglio assaggiarla. Non sono stato così eccitato da molto tempo, così eccitato da disturbare il mio sonno. Non capisco perché la desidero così tanto. Questo stile da Bambi spaventato non è mai stato la mia tazza di tè, ma la voglio. Non c'è dubbio.

Dopo un'ora di giri e rigiri, il sonno mi sfugge ancora. Prendo una decisione affrettata di tornare al pub e cercare di ottenere il suo numero. Immagino, basandomi sul suo livello di preoccupazione, che ci vorrà un po' di persuasione. Non salterà nel mio letto stanotte come le altre donne a cui sono abituato. Ma va bene così. Sono pronto per una sfida. Forse aggiungerà anche un po' di interesse alla mia vita. Ammetto che ultimamente mi sono annoiato. Forse è questo il punto. Forse ciò di cui ho bisogno è la sfida. Il mio bel viso e i miei soldi fanno sempre il loro effetto.

Mi assicuro che Ryan stia bene prima di uscire e lo trovo che russa pacificamente nel suo letto. Penso che domani avrà un mal di testa colossale, ma ora sta perfettamente bene.

Esco e l'aria fresca della notte mi aiuta a smaltire un po' la sbronza. Mi sento più lucido quando raggiungo il pub dopo una camminata veloce, solo per scoprire che Lunis è già chiuso. Merda. Sono arrivato troppo tardi.

No, aspetta. C'è ancora una luce accesa all'interno.

Avvicino la testa alla porta, appoggio il naso al vetro e cerco di sbirciare attraverso le fessure delle tapparelle per vedere cosa sta succedendo dentro.

La vedo. Ha un mocio in mano e sta ballando. Sorrido. Anche con quei vestiti orribili, sembra fantastica. Sporge il sedere e lo scuote. Cazzo, il mio cazzo si indurisce immediatamente.

Busso alla porta, poi più forte, e dopo qualche colpo, le tapparelle si muovono e vedo il suo viso alla finestra. I suoi occhi si spalancano. Mi fa segno con le mani che il locale è chiuso e rimette la tapparella al suo posto.

Busso di nuovo, chiedendole di aprirmi la porta. Vedo l'esitazione sul suo viso. Non si fida di me. Ma dopo un'altra breve esitazione, apre la porta, solo uno spiraglio. Potrei entrare facilmente. Il suo peso piuma non è paragonabile al mio. Ma non ho intenzione di spaventarla. Al contrario, devo guadagnarmi la sua fiducia.

«Penso di aver dimenticato la mia carta di credito qui. Puoi controllare, per favore?» Sfoggio un grande sorriso, ma lei non sembra impressionata.

Mi sta esaminando, cercando di capire se sono una minaccia. «Va bene. Aspetta qui un minuto». Chiude di nuovo la porta e sento il clic della serratura che scatta.

Aspetto che cerchi la mia carta di credito, che so non essere lì, mentre cerco di pensare a cosa dirle.

Qualche minuto dopo, socchiude di nuovo la porta. «Non riesco a trovare la sua carta.»

«Hope, giusto?» chiedo come se non ricordassi il suo nome, come se non l'avessi immaginata nuda per ore.

Annuisce ma continua a stare lì, guardando il pavimento. Dev'essere almeno un po' interessata a me. Devo solo trovare la cosa giusta da dire.

«Posso lasciarti il mio numero così mi chiami quando la trovi?» Spero di nascondere la carta qui domani e farla chiamare con un falso pretesto.

«Certo. Può scrivere il numero e lo darò al proprietario domani», dice senza guardarmi, e ora mi sto innervosendo. Come faccio a impressionarla così? Metto una mano sulla porta, impedendole di chiuderla.

Ora ho la sua attenzione. Mi sta guardando direttamente. Le sue mani si stringono sul manico dello spazzolone.

«Posso accompagnarti a casa?» chiedo. «È tardi.»

Sorride sarcasticamente. «No.»

Alzo un sopracciglio. La sua reazione mi sorprende. Niente sta andando come mi aspettavo. Mi piace.

«Perché no? Sono un personaggio pubblico. Non sono pericoloso.» Cerco di convincerla della mia affidabilità, anche se le mie intenzioni non sono così innocenti.

«Semplicemente no.»

Okay, non sta andando affatto bene come pensavo.

«Allora mi piacerebbe portarti a cena o qualcos'altro se non ti piacciono le cene. Cosa ti piace fare?» Di solito non faccio appuntamenti. Sono una perdita di tempo. Perché passare ore inutili in appuntamenti quando si può andare direttamente a letto? E da quando ho l'accordo con Olive, cerco di non apparire in pubblico con una donna che non sia lei. Ma è chiaro che devo ammorbidire questa prima. Va bene. Sono pronto.

«No, grazie.» La sua risposta è breve e concisa. Cerca di chiudere la porta, e io metto il piede nello spiraglio.

«Allora magari qualcos'altro? Voglio conoscerti.»

«No. Grazie», insiste.

Sto iniziando a perdere la pazienza. «Beh, dammi una possibilità. Non mordo.» A meno che tu non voglia che ti morda... Mi immagino mentre le mordo i capezzoli ed esalo. Oh, sarà fantastico.

«Non sono interessata. Lasci il suo numero e la informeremo se qualcuno trova la sua carta. Devo finire di pulire e chiudere il locale.»

Vedendo che non sto ottenendo nulla, cedo e la lascio chiudere la porta. Avevo detto che non volevo spaventarla.

Mi mordo il labbro inferiore. Sono stato selezionato come uno dei cento scapoli più desiderati di New York. Ho soldi, so di essere attraente, e dannazione, sono anche molto bravo a letto. Le faccio urlare ogni volta. Sono noto per la mia reputazione. Perché qualcuno rifiuterebbe di uscire con me?

Non so come convincerla. È così testarda. Non è qualcosa a cui sono abituato. Ma so dove lavora, e posso essere testardo anch'io.

Il brivido che avevo dall'alcol è svanito, e ora sono solo incazzato. Posso aspettarla, però. Finirà presto e andrà a casa, e allora potrò accompagnarla, non lasciandole scelta.

Decido di aspettare, ma passa mezz'ora e non c'è traccia di lei.

Schiaccio di nuovo il naso contro il vetro per sbirciare all'interno. Il posto è buio e lei non si vede da nessuna parte. Come ho fatto a non vederla? Deve esserci un'entrata sul retro da qualche parte. Deve avermi visto aspettarla. Faccio il giro dell'edificio ma non riesco a vederla né un'uscita su un'altra strada. Strano.

Ho già il telefono in mano e, indipendentemente dall'ora, mando un messaggio a Jess. È il mio *procacciatore*. È discreto, costoso e può procurarmi qualsiasi cosa voglia senza fare domande.

> Jess, ho bisogno delle planimetrie di questo edificio a Chelsea.

Gli scrivo e allego una foto dell'edificio, aggiungendo l'indirizzo al messaggio.

> Inoltre, procurami i dettagli sul proprietario dell'edificio e sul proprietario del pub al piano terra.

È un po' estremo, ma sono disposto ad andare fino in fondo. Qualunque cosa serva, la otterrò.

---

MI SVEGLIO TARDI SABATO nel mio appartamento dopo la lunga notte e mando un messaggio a Ryan per assicurarmi che stia bene. Non risponde e immagino che stia ancora dormendo. Non ho bevuto nemmeno lontanamente quanto lui, e posso ancora sentire le tracce di whisky nelle vene.

Madeleine non lavora nei fine settimana, quindi mi faccio un caffè e dei toast mentre controllo e rispondo alle mie email. Dopo aver finito con quelle importanti, noto un'email da Jess.

39

È il migliore. Devo dargli un bel bonus sostanzioso. Aggiungo un compito alla mia lista e apro l'email con curiosità.

C'è un allegato che presumo siano le planimetrie dell'edificio che ho richiesto. Leggo prima il messaggio. Il proprietario dell'edificio è Jeffrey Johnson. Ho già lavorato con lui. È duro ma giusto. L'informazione è utile se decido di fare qualcosa di estremo e ho bisogno di lui, ma spero di non arrivare a tanto. Il pub è in affitto a Dana Margolis, di cui non ho mai sentito parlare.

Apro il file e, infatti, Jess ha fornito le planimetrie dell'edificio. Ingrandisco il primo piano e cerco le uscite.

Sì. Lo sapevo. Mi do una pacca sulla spalla. C'è un'uscita laterale che porta a quello che sembra un sentiero, probabilmente che conduce all'area dei rifiuti. Come ho fatto a non vederla ieri?

Guardo più da vicino. Merda, sembra che il sentiero porti anche alla strada principale, lo stesso posto dove stavo io. Se fosse uscita dall'edificio da lì, l'avrei vista. A meno che... L'uscita non sembra esattamente come nelle planimetrie. Non sarebbe la prima volta che vedo planimetrie che non riflettono la situazione sul terreno. Dovrò andare lì e controllare con i miei occhi.

Prendo le chiavi della Porsche, poi mi ricordo di averla lasciata da Ryan, dato che ero troppo ubriaco per guidare fino a casa. Cazzo. Posso prendere la Jeep e mandare qualcuno a riportare indietro la Porsche, ma non mi piace far guidare la mia bambina ad altri.

Posso andarci di corsa. Cambio la mia routine e prendo due piccioni con una fava.

Arrivo al pub più sudato e stanco del solito. La fatica di ieri mi sta influenzando più di quanto mi aspettassi. Di norma, finisco una corsa come questa senza problemi.

Imbocco il sentiero laterale e trovo la porta. È chiusa a chiave, come previsto. La strada porta direttamente alla via principale, esattamente come nei piani. Se fosse uscita di qui, avrebbe dovuto passarmi davanti. Come ha fatto a sgattaiolare via senza che la vedessi? Non ero così ubriaco.

In una decisione irrazionale e sconsiderata, decido di fare qualcosa che non faccio da quando ero adolescente.

Entrare di nascosto.

Ho fatto molte cose illegali a quei tempi, lottando con emozioni che non riuscivo a gestire. Ma farlo ora, da uomo adulto con attività di successo, non è esattamente intelligente. Se venissi scoperto, potrebbe costarmi tutto. Ma per qualche ragione, non riesco a trattenermi. Devo capire questa situazione, trovare la donna che mi è entrata sotto pelle e che ora occupa tutti i miei pensieri da quando l'ho incontrata. Questo posto è il mio unico indizio.

L'abilità è ancora lì, proprio come andare in bicicletta. Qualcuno dovrebbe dire al proprietario di migliorare la sicurezza di questo posto. Uso il codice dell'allarme che Jess mi ha mandato per disattivarlo senza problemi. Un giorno dovrò chiedergli come ottiene tutte queste informazioni. O forse è meglio di no.

È ancora presto, il pub è buio e non c'è nessuno, grazie a Dio. Ma non c'è nemmeno nulla che gridi: «Sono un indizio!»

È solo un pub. A cosa pensavo quando sono entrato qui? Cosa mi aspettavo di trovare in un pub? Sto tornando verso la porta, deluso, quando il mio occhio coglie una debole luce proveniente da sinistra. È una porta, e la luce filtra da sotto. La apro con cautela, non sapendo cosa aspettarmi.

Scale.

Ricordo che i piani mostravano una piccola stanza e un bagno situati al secondo piano. Esito per un momento. Chi sa cosa c'è lassù? Sono disposto a rischiare tutto? Ma l'impulso di scoprire la verità mi spinge avanti, e inizio a salire, prendendo ogni gradino in punta di piedi.

Mi fermo sulla soglia aperta di una piccola stanza piena di articoli da ristorante, sedie e elettrodomestici ordinatamente impilati su un lato della stanza. Dall'altro lato, c'è un materasso sistemato sul pavimento con una coperta e un cuscino, e accanto c'è un piccolo armadio con alcuni vestiti piegati con cura. Una bottiglia d'acqua è posata sopra.

Sembra che qualcuno viva qui. Il proprietario? O la ragazza che sto cercando?

Mi avvicino al piccolo armadio per dare un'occhiata più da vicino ai vestiti all'interno. Non c'è molto, alcuni jeans e magliette. Niente di straordinario. Ma potrebbero essere i suoi vestiti. Potrebbe vivere qui? Nel pub? Allungo la mano verso la maglietta nera con la scritta Lunis...

## CAPITOLO 5
## *Ayala*

Esco dalla doccia, mi avvolgo in un asciugamano e strofino il piccolo specchio con il palmo della mano, cercando di tenere lontano il vapore per potermi pettinare i capelli corti.

Rumori.

Un ladro.

Le mani iniziano a tremarmi e faccio cadere il pettine. Non è Dana, non viene mai qui la mattina e mi chiama sempre dal piano di sotto. Non invade mai la mia privacy. Nessun altro sa che sono qui.

Michael mi ha trovata.

È venuto a finire ciò che ha iniziato. Cosa dovrei fare?

Devo uscire di qui, scappare. Non posso lasciare che mi prenda. Non posso tornare a quella vita. Qualsiasi cosa è meglio che tornare indietro.

Dopo una rapida occhiata intorno, afferro l'unico oggetto che può aiutarmi: il mocio.

Spengo le luci ed esco, avvolta in un asciugamano, tenendo

il bastone alto con entrambe le mani. La stanza è buia e lui non mi nota.

Un uomo è accovacciato accanto al mio letto e sta frugando tra le mie cose. Non è Michael, noto con un sospiro di sollievo. Non ha la stessa corporatura. Michael è magro e non largo di spalle come quest'uomo. Ma potrebbe comunque essere uno dei suoi messaggeri.

Mi avvicino furtivamente alle sue spalle e lui non si accorge di me. Cosa pensa di trovare nelle mie semplici magliette? Non c'è niente da rubare qui.

Alzo le mani e faccio roteare il mocio sopra la sua testa con tutta la mia forza. E lo colpisco. Lo colpisco forte. Non posso credere di averlo fatto. L'ho fatto! L'uomo cade a terra, tenendosi la testa. Cerca di alzarsi e lo colpisco di nuovo.

«Non ti lascerò riportarmi là!»

Rimango in piedi ansimando, il bastone ancora sollevato in aria, pronta per un terzo colpo, ma lui non si rialza più. Giace semplicemente sul pavimento. Ho lasciato cadere l'asciugamano a terra, ma non mi importa. È ora di andarsene da qui.

«Bambi, sei tu?» chiama con voce debole.

Riconosco quella voce. La voce bassa, indimenticabile.

È lui. Ethan Wolf.

Cosa ci fa qui nella mia stanza, a frugare tra le mie cose?

Mi ha chiamata Bambi. Lo sa. Dannazione, lo sa. Ha scoperto il mio vero nome.

No. Non ha senso. Chi saprebbe che il nome Ayala significa Bambi? Non lo sapevo nemmeno io finché mia madre non me l'ha spiegato. Non è nemmeno in inglese.

«Hope», sussurra, e mi fermo sulla porta, non sapendo cosa fare. Ora sta usando il mio nome falso. Non ha nemmeno menzionato Michael. Cosa sta cercando qui?

Non sono del suo ceto o del suo rango. Non più, comunque. Non ho nulla che possa interessare a un uomo come lui. Non ho nulla da dare. Dovrei restare o scappare? Se avesse voluto attaccarmi, l'avrebbe già fatto, no? Non gli sono mancate le opportunità.

Accidenti, gli ho aperto la porta ieri sera quando il locale era chiuso ed ero sola. Sapevo che era pericoloso, eppure gliel'ho aperta. Per qualche motivo, lui non mi spaventa, a differenza degli altri uomini che ci provano con me. Forse perché mi ha protetta nell'incidente dello champagne?

No, è solo la mia immaginazione che corre. Non lo conosco affatto. Potrebbe essere un criminale pericoloso, per quanto ne so.

Mi volto e lo guardo. È sdraiato a pancia in giù, geme di dolore. Il sangue scorre dalla parte posteriore della sua testa e forma una piccola pozza sul pavimento. Mi copro la bocca con la mano inorridita. Dannazione, è brutto, e l'ho fatto io. Mi avvicino un po', cercando di intravedere il suo viso, confermando ciò che già so. I suoi lineamenti affilati sono solo parzialmente visibili, ma non c'è dubbio che sia lui. Lo spingo con il piede, ma non si muove. Non sembra un buon segno.

«Ethan Wolf?» chiamo e ottengo solo un gemito in risposta. La sua coscienza sembra confusa.

Merda, come faccio a spiegare a Dana perché c'è un uomo ferito nella mia stanza? Oso e mi piego accanto a lui, cercando di capire come sta.

Indossa una maglietta sportiva sudata e dei pantaloni della tuta. È venuto qui dalla palestra? Fisso per un momento i suoi muscoli delle braccia nudi e lucidi.

«Ethan», chiamo di nuovo, più forte questa volta. Forse dovrei chiamarlo signor Wolf? Non ci conosciamo. Ma d'altra parte, è qui nella mia stanza. Non è esattamente un incontro ufficiale.

Sono nei guai. Grossi guai.

Geme di nuovo e muove un po' la testa. Il suo bel viso si contorce dal dolore. Almeno non l'ho ucciso. Afferro una maglietta dall'armadio e me la infilo rapidamente sulla testa per nascondere il mio corpo nudo.

Prendo il mio unico asciugamano e lo tengo premuto sulla sua testa per fermare l'emorragia. Perché c'è così tanto sangue? Non si ferma. Dio, cosa devo fare? Morirà dissanguato sul mio pavimento. Mi vengono in mente immagini del sangue che gocciola attraverso il pavimento sul soffitto del pub.

Penso che abbia bisogno di un dottore, ma come faccio a portarlo da uno? E con quali soldi? Non conosco nessuno e non c'è modo che possa portarlo giù per le scale.

*Sei inutile.*

Scuoto la testa, cercando di zittire le voci.

*Dannazione Ayala. Pensa.* Ma non riesco a pensare a nessuna soluzione praticabile. Cammino avanti e indietro per la stanza, spaventata da ciò che sta per accadere.

Forse dovrei fare le valigie e semplicemente scappare. Ogni opzione che immagino finisce con me in prigione per omicidio o di nuovo per strada, questa volta con meno opzioni di prima. Se scappo, almeno eliminerò l'opzione della prigione. Ma so che se lo lascio così, morirà. Non posso lasciarlo-

Una suoneria inizia a suonare e mi fa sobbalzare. La suoneria proviene dalla sua tasca. Qualcuno sta cercando di raggiungerlo. Dovrei rispondere?

Mi piego e prendo il telefono dalla tasca dei suoi pantaloni.

Lo schermo si illumina con il nome del chiamante accanto alla sua foto.

Ryan Blake.

Riconosco la foto. Non è lo stesso uomo con cui era qui ieri? Sì, è lui. Ne sono abbastanza sicura. In una decisione affrettata, rispondo. Sembravano vicini e la loro relazione mi ha colpito. Forse è la mia soluzione.

Faccio scorrere il dito sul segno verde. «Pronto?»

Il silenzio regna per un momento dall'altra parte.

«Chi parla?» chiede una voce decisa. «Dov'è Ethan?»

«Non può rispondere in questo momento», dico con voce tremante. Il chiamante non suona come l'uomo sensibile di ieri.

«Chiamalo al telefono, ora. Non m'importa se sta dormendo o se sta scopando», continua Ryan, e io rabbrividisco. Il mio dito esita sul pulsante per riagganciare. Mi sta mettendo sotto pressione. Non è quello che mi aspettavo. Ma mentre guardo Ethan immobile sul pavimento, mi ricordo che quest'uomo al telefono è attualmente la mia unica opzione. Gli dirò cosa è successo e spererò che mi tiri fuori da questa situazione. Se non può aiutarmi, l'unica cosa che mi resta da fare è scappare di nuovo.

«Ho bisogno di aiuto», dico. «Sono la donna delle pulizie del pub di ieri», aggiungo, così Ryan capisce chi sono.

Rimane in silenzio per un momento. «Dal pub? Oh, quindi ha preso il numero... Avrei dovuto immaginarlo. È proprio un puttaniere». Ryan ora sta sbuffando.

Di cosa sta parlando? Puttaniere? Non capisco cosa intende. Non ho molto tempo. Do un'occhiata a Ethan sul pavimento. C'è troppo sangue.

«Aiutami, per favore». La mia voce inizia a tremare e le lacrime cominciano a scorrere contro la mia volontà.

Ryan smette di ridere. «Cosa? Cos'è successo?»

«Io... Lui è qui nella mia stanza, e ho pensato fosse un ladro, quindi l'ho colpito con il mocio, e ora è sul pavimento. C'è sangue. Tanto sangue. Non volevo colpirlo. Non so cosa fare», singhiozzo.

47

«Ladro? Sangue? Sul pavimento? Non capisco niente di quello che stai dicendo. Cosa è successo? Dov'è Ethan? Spiegami lentamente».

«Sul pavimento. Privo di sensi. Credo». Lo spero. Perché l'altra possibilità è che sia morto.

«Dove sei? Sto arrivando».

«A Lunis. Vieni in fretta, per favore».

«Lunis? Pensavo avessi detto nella tua stanza? Non importa. Sono vicino. Sarò lì tra dieci minuti».

---

Pochi minuti dopo, sento bussare vigorosamente alla porta del pub. I colpi sono così forti che temo che la porta possa cadere. Avrei dovuto scappare prima che arrivasse, lasciare la porta aperta per lui e sparire. Perché non ci ho pensato prima? Ora è troppo tardi.

Penso di aver fatto un errore coinvolgendo quest'uomo, ma non lo so. Non so cosa farà. Potrebbe chiamare la polizia.

Mi alzo, mi asciugo le tracce di lacrime dalle guance e mi affretto a scendere per aprirgli la porta.

Ryan irrompe e chiede: «Dov'è?» Lo sguardo dolce di ieri è scomparso ora. Sembra diverso. Sobrio e potente. I suoi occhi scuri sono feroci, come quelli di qualcuno con cui non vuoi avere a che fare. Come Ethan. Penso di aver fatto un errore nella mia valutazione. Non mi aiuterà. Andrò in prigione.

Indico le scale. «Su».

Mi supera di corsa salendo due gradini alla volta, e io lo seguo. Si inginocchia accanto a Ethan e cerca di svegliarlo come ho fatto io, ma non ottiene risposta se non gemiti. «Cazzo», mormora Ryan mentre controlla le condizioni della ferita, e le sue labbra si stringono in una linea sottile. «Non è buono. Ha bisogno di un medico».

Lo so.

Ryan si alza e cammina per la stanza. Mi ritiro in un angolo, abbracciandomi. Ethan morirà e io andrò in prigione per omicidio colposo. O per omicidio.

«Cosa è successo qui?» Ryan si gira verso di me, i suoi occhi si stringono in un'accusa. «Non capisco. Cosa ci fa lui qui? Perché l'hai colpito?»

«Non so cosa ci faccia qui». Scuoto la testa.

Ryan si avvicina, sembrandomi minaccioso. «Perché non hai chiamato un'ambulanza?»

Mi sfrego il collo, cercando di allontanarmi da lui. «Non lo so. Mi ha spaventato. Ero sotto la doccia e lui è semplicemente apparso qui nella stanza. Non so come sia entrato», dico, alzando la voce. «Pensavo fosse un ladro». Pensavo fosse Michael.

«È entrato con la forza?» Ryan si avvolge le dita intorno al mento. «Non ha fatto niente del genere da quando...» Il resto delle sue parole viene mormorato sottovoce. Parole che non riesco a capire.

I suoi occhi mi scrutano dalla testa ai piedi, e mi affretto a tirare giù la maglietta sulle gambe. Ho avuto il tempo di mettermi la biancheria intima, ma non indosso pantaloni e mi sento nuda sotto il suo sguardo scrutatore.

Non parla, e sento il bisogno di interrompere il silenzio. «Non voglio mettermi nei guai».

«Immagino che se vivi qui, ti sei già messa nei guai». Agita la mano e fa un gesto verso la mia stanza. «È per questo che non hai chiamato un'ambulanza? Ethan ha fatto qualcosa oltre a entrare nella tua stanza?»

Scuoto la testa. Perché dovrebbe pensarlo? È già successo

49

prima? Ethan è pericoloso? Non ho avuto questa impressione. Ma sono già caduta in questa trappola prima. Perché non imparo? Una volta non è stata sufficiente?

«Okay». La voce di Ryan mi riporta alla realtà. «Ti farò una proposta. Gestirò l'incidente senza che nessuno sappia del tuo coinvolgimento, e tu non dirai a nessuno che lui è entrato qui con la forza. D'accordo?» La sua testa è inclinata di lato, in attesa della mia risposta.

Annuisco vigorosamente. «Sì, d'accordo». È esattamente quello che voglio. Far sparire tutto come se non fosse mai successo.

«Vieni ad aiutarmi a portarlo fuori di qui», dice. «Devo portarlo da un medico il prima possibile».

«Non è pericoloso?» chiedo. «Spostarlo, intendo».

«Preferiresti che chiamassi un'ambulanza?» Solleva un sopracciglio.

Scuoto la testa. «No».

«Starà bene. Mi prenderò cura di lui». Ryan si inginocchia e tira su il corpo riverso del suo amico in posizione eretta. Io non mi muovo. Non ho toccato un uomo che non fosse Michael in anni.

«Allora?» Ryan mi sollecita.

Mi metto sotto l'altro braccio di Ethan, gli afferro i fianchi e lo aiuto a sostenerlo.

Come può un uomo sudato avere un così buon odore? Lo stesso profumo di agrumi che ho sentito l'ultima volta, questa volta mescolato con il suo odore naturale. E il suo corpo si sente così solido accanto a me...

«Muoviamoci», dice Ryan, esortando il suo amico a reggersi sulle proprie gambe.

Non dovrei pensare a Ethan in questo modo. Devo concentrarmi.

Scendiamo le scale, rischiando di cadere ad ogni gradino, ma riusciamo a raggiungere il piano terra.

Sto ansimando pesantemente. Ethan è più grande e pesante di me, e anche con l'aiuto di Ryan, tutto il mio corpo fa male. Noto la Mercedes nera parcheggiata sul marciapiede di fronte al pub. Ryan appoggia Ethan contro l'auto e riesce a farlo entrare nel sedile posteriore. Ryan si gira di nuovo verso di me, e posso vedere le gocce di sudore sulla sua fronte.

«Dimentica che sia stato qui».

Annuisco. È esattamente quello che voglio, dimenticare che sia mai successo. Sarei felice se non rivedessi mai più Ethan Wolf. Guardo Ryan salire al posto di guida e allontanarsi, lasciandomi in piedi per strada in maglietta e biancheria intima.

## CAPITOLO 6
## *Ethan*

Sbatto le palpebre contro la luce accecante nella stanza, cercando di capire dove mi trovo. La testa mi pulsa dal dolore. Allungo la mano e sento la piccola benda dietro la testa. Che cos'è?

«Oh, vedo che hai deciso di tornare nel mondo dei vivi», sento dire da una voce familiare, e la mia vista finalmente si concentra sul viso di Ryan.

«Ryan», gemo, «Che sta succedendo? Dove sono? Da quanto tempo sono qui?»

«Sei in ospedale. Sono passati tre mesi», mi dice, e io balzo fuori dal letto in preda al panico. Il cuore mi batte forte e un'ondata di dolore mi attraversa.

«Cazzo. Cazzo!»

Lui sorride sarcasticamente. «Calmati. Sei qui da circa due ore.»

«Ti ucciderei se la mia testa non sembrasse una palla da bowling», gemo. «Figlio di puttana.» Improvvisamente, un paio d'ore sembrano una buona cosa. Per un momento, ho creduto di aver perso qualche mese. «Come sono arrivato qui?»

«Non ti ricordi?» chiede, inclinando la testa di lato come se pensasse che io abbia completamente perso la testa.

Dovrei ricordarmelo? Cerco di estrarre i dettagli dalla mia memoria sfuggente. «Ricordo di essere entrato nel pub. C'era una stanza di deposito al piano di sopra, con un materasso e dei vestiti, come se qualcuno ci vivesse.» È lì che sono stato colpito? Sì. Ricordo il dolore lancinante dietro la testa. «Credo che qualcuno mi abbia colpito», dico. Non gli dico che ricordo una donna nuda con un corpo divino che si chinava su di me. Qualcuno mi ha colpito forte se ricordo bene.

«La cameriera o la donna delle pulizie o qualunque cosa sia, quella che abbiamo visto ieri nel pub. È lei che ti ha colpito. Pensava che fossi un ladro. E non aveva torto, vero? Ethan Wolf, un rispettabile uomo d'affari, fa irruzione in un pub», dice Ryan, imitando un drammatico presentatore del telegiornale. «Che diavolo ci facevi lì?»

Le sue labbra si incurvano in un sorriso sarcastico, ma continua senza aspettare una risposta. «Ha risposto al tuo telefono. Era molto stressata. Pensava che stessi per morire lì sul pavimento. Si è scoperto che non muori così facilmente. Solo qualche punto di sutura. Fortunatamente non sono sulla tua brutta faccia. E hai una lieve commozione cerebrale. Niente di grave.»

Hope era lì. Forse la mia immaginazione non mi sta ingannando come pensavo. Era nuda, e me lo sono perso. Cazzo, sarei pronto a farmi colpire di nuovo per vederla nuda.

«Presenterà denuncia?» chiedo.

«No. Era abbastanza chiaro che non voleva chiamare la polizia, quindi ho usato questo a tuo vantaggio. Ovviamente, qualcuno che vive in una stanza di deposito sopra un bar è già in qualche tipo di guaio. Le ho detto che non l'avremmo coinvolta se non avesse presentato denuncia contro di te.» Ryan sorride di nuovo sarcasticamente. «Fortunatamente per te, non si è resa conto di quanti soldi avrebbe potuto ricavare da questa situazione.»

Chi se ne frega dei soldi? «Vive lì?» È quello che pensavo, ma non ho avuto il tempo di accertarmene.

«Sembra di sì. Ma davvero, amico, che ti prende? Fare irruzione in un pub? Pensavo avessimo superato quella fase quindici anni fa. Sai, la situazione è diversa ora. Anche se sono un ottimo avvocato, non sono un mago. Non potrò salvarti se vieni beccato. Potresti perdere tutto quello che hai. Tutto ciò per cui hai lavorato. Non capisco perché rischieresti tutto così.» Scuote la testa.

«Lo so. È stato un errore. Non succederà più.» A cosa stavo pensando? Se la voce si diffonde, sono finito. I miei genitori hanno insabbiato le mie stronzate quando ero giovane, ma non sono più un ragazzino. E ho superato la merda con Anna. Non faccio più cose del genere.

«È successo qualcosa?» continua. «Vuoi parlarne? Sai che sono qui per te, sia come avvocato che come amico. Puoi parlare con me.»

Apprezzo il gesto. So che c'è per me. È un amico leale e farei qualsiasi cosa per lui, proprio come lui farebbe per me. Ma non so perché ho fatto quello che ho fatto. Qualcosa in questa donna mi fa impazzire. Non mi è mai successo prima. Devo capire da dove la riconosco, penso che sia questo il problema. Forse se ricordo dove l'ho vista, questa ossessione passerà.

Sento Ryan parlare e scaccio i pensieri mentre cerco di concentrarmi e ascoltarlo.

«Quindi sei entrato lì di nascosto per quella cameriera?» chiede, e io annuisco.

«Non capisco. Perché non le hai semplicemente chiesto il suo numero?»

«L'ho fatto», dico.

«Ti ha rifiutato? Qualcuno ha rifiutato il fantastico Ethan Wolf? Sul serio? Come può essere?» Sento la derisione nella sua voce, ma la ignoro. «E pensi che fare lo stalker la farà innamorare di te? In qualche modo non credo.»

Ha ragione, ovviamente, ma questo mi irrita ancora di più.

«Non è così. Non pensavo che lei fosse lì. Stavo solo cercando di capire alcune cose per conto mio. Chi diavolo vive sopra un bar?» C'è qualcosa di strano lì. Devo starne alla larga. Mi porterà solo guai. Ma per qualche motivo, ne sono attratto ancora di più. Voglio risolvere questo mistero.

«Stanza di deposito o no, ho promesso a quella ragazza che non l'avrei denunciata. Quando verranno a chiederti cosa è successo, di' loro che sei caduto e ti sei fatto male con un tavolo. D'accordo?»

Annuisco. «I miei genitori sanno cosa è successo?» chiedo con improvvisa preoccupazione.

Scuote la testa. «Non l'ho detto a nessuno. È una tua decisione.»

Grazie a Dio. Non ho bisogno di altre prediche da mia madre, come se non ne ricevessi già abbastanza.

«Vado a chiamare un dottore per dimetterti, e ti porterò a casa. Hai bisogno di riposarti. Sei stato privo di sensi per qualche ora, dopotutto.» Posso sentire il tono di preoccupazione nella sua voce, quello che cerca di nascondere con le battute.

Sì, la mia testa pulsa di dolore e ho bisogno di riposare. Ma ho anche perso mezza giornata in questa avventura e ho del lavoro da fare. E devo stare lontano da questa donna. Devo starle lontano.

Allora perché non vedo l'ora di rivederla?

Il dottore arriva e mi fa ogni tipo di domanda. Mi attengo alla versione di Ryan e rispondo laconicamente.

«Sono caduto.»

«No, non ricordo cosa sia successo.»

«Non sono stato coinvolto in una rissa.»

«No, nessuno mi ha colpito.»

So che non ci crede, ma non m'importa. Se non c'è denuncia, non c'è nulla da investigare. La storia è finita. Non sono un bambino che hanno bisogno di proteggere.

Cercano di convincermi a rimanere in osservazione, ma insisto per essere dimesso. Prendo gli antidolorifici che mi offrono e nel giro di un'ora sono fuori, in attesa che Ryan porti la macchina.

Non chiamo il mio autista per venirmi a prendere, ma gli chiedo di riportare la mia auto a casa, visto che ora non ho altra scelta. Inoltre, non ho detto a nessun altro che ero in ospedale. Ryan manterrà il segreto. Nessuno ha bisogno di sapere della mia stupidità.

So che è stato un errore. E uno serio. Ma mando comunque un messaggio a Jess.

> Voglio sapere tutto su una donna di nome Hope che lavora alla Lunis.

Ryan mi lascia al mio attico. È primo pomeriggio e devo completare del lavoro. Mi siedo davanti al computer, leggo la stessa email più e più volte, e ancora non riesco a ricordare cosa ho letto. Passa mezz'ora e non ho fatto alcun progresso. Sbatto lo schermo e mi alzo. È una battaglia persa. Devo parlarle.

Pochi minuti dopo, sono sulla Jeep e mi dirigo verso la Lunis.

Di nuovo.

## CAPITOLO 7
## *Ayala*

I miei piani per andare a fare shopping di vestiti invernali vanno in fumo. Invece, passo la maggior parte della mattinata combattendo un attacco di panico, camminando avanti e indietro nella piccola stanza.

Uso un'intera bottiglia di candeggina sul pavimento e sfrego la macchia di sangue, ma una lieve traccia è ancora visibile. Dana non deve scoprire cosa è successo qui.

Faccio e disfaccio la valigia con tutte le mie cose. Non so cosa fare. Dovrei scappare? Dovrei rimanere?

E se l'avessi ucciso? E se morisse?

E se non morisse, ma non accettasse quello che il suo amico ha suggerito e dicesse che l'ho aggredito?

Forse dovrei andarmene subito. Salvarmi dall'essere arrestata. Ma dove andrò? Controllo i soldi che sono riuscita a guadagnare nelle ultime due settimane. Non sono molti, ma posso comprare un biglietto dell'autobus e andarmene.

Non voglio andarmene dopo che Dana è stata così buona con me. Ho un lavoro e un posto dove dormire. Mi piace qui. Ma non vedo altra scelta. Rimanere qui è un rischio che non posso correre. In qualsiasi momento, la polizia potrebbe bussare alla mia porta.

Inizio a fare di nuovo la valigia con tutte le mie cose. Non ho avuto il tempo di comprare molto ancora, e tutto entra facilmente nel mio zaino.

Scendo le scale e mi affretto lungo il corridoio tra i tavoli, passando la mano sul bancone di legno liscio, quello che pulisco ogni sera. Questo posto è stato la mia casa nelle ultime settimane. Mi siedo dietro il bancone per diversi minuti, cercando di imprimere ogni dettaglio nella mia memoria. So che è ridicolo, ma mi mancherà questo posto. Qui mi sono sentita libera per la prima volta dopo tanto tempo. Ero me stessa e non qualche personaggio finto che Michael aveva deciso che dovevo essere.

Tiro fuori un foglio di carta e una penna da dietro la cassa e inizio a scrivere una lettera per Dana. La ringrazio per l'aiuto, per il suo cuore generoso, e mi scuso per andarmene così. Cerco di spiegare che non avevo scelta.

Metto il biglietto nel suo ufficio e esco con il cuore pesante, solo per trovare una figura familiare in piedi sul marciapiede.

Ethan Wolf.

Mi blocco come se vedessi un fantasma. È solo un miraggio. È in ospedale. Non può essere lui. Ma è lui. Vivo e che respira.

È in piedi qui come se nulla di insolito fosse successo questa mattina. Come se non l'avessi colpito. Forse ha un fratello gemello? Ma mentre si avvicina, vedo la benda dietro la sua testa per la ferita che gli ho causato. Il suo viso non mostra alcuna espressione.

È venuto a riscuotere.

Dovrei scappare via. Ma se mi insegue, non ho alcuna possibilità contro di lui. Non sono una corridora. Passo in rassegna rapidamente tutte le opzioni nella mia testa.

Posso scappare.

Tornare al Lunis e chiudere a chiave la porta.

Lasciare che mi prenda.

Urlare.

Parlargli.

Decido di rientrare, ma le mie gambe sono pesanti come pietre e sono troppo lenta. Mi raggiunge e si mette davanti a me, bloccandomi la strada.

I suoi occhi brillano di un oro scintillante nella luce del mezzogiorno. Deglutisce, e questo attira il mio sguardo verso la sua mascella affilata. È così maledettamente bello.

«Stai andando da qualche parte?» Sbircia dietro la mia spalla verso la borsa. La borsa che contiene tutta la mia vita.

Non rispondo, e lui continua. «Voglio solo parlare con te.»

*Voglio scappare via prima che tu decida di chiamare la polizia.* Questo è quello che voglio dirgli, mentre lui se ne sta lì in silenzio a fissarmi, aspettando la mia risposta. *Prima che Michael venga a riprendermi.*

«Non sei in ospedale?» chiedo quando ritrovo la voce. Che domanda stupida. Ovviamente non è in ospedale. È proprio qui davanti a me.

«Mi hanno dimesso. Lieve commozione cerebrale.» Agita la mano come se una cosa del genere gli capitasse ogni giorno. «Allora, possiamo parlare?»

«I-io... mi dispiace,» balbetto, supponendo che voglia parlare di quello che è successo questa mattina. «Mi dispiace di averti colpito. Mi hai spaventata. Pensavo che stessi entrando con la forza.»

Mi guarda, le sue pupille si dilatano e le sue labbra si curvano in un sorriso.

«Oh, non preoccuparti. Ho mantenuto l'accordo che hai

fatto con Ryan. Non ho menzionato te. Non sei nei guai o altro.»

Rilascio l'aria che trattenevo nei polmoni. Non ha detto che ero stata io. Nessuno mi sta inseguendo. Non ho bisogno di scappare via. Il sollievo mi invade e i miei muscoli si rilassano.

«Voglio solo parlare. Ti accompagnerò ovunque tu debba andare.»

«Io...» Ora che non devo scappare, non ho nessun posto dove andare. Mi sento come se un peso enorme mi fosse stato tolto dalle spalle.

Lui continua a stare lì, il suo sguardo che si sposta tra me e la borsa. Ma non sembra che se ne andrà finché non avrà detto ciò che deve dire.

«Va bene,» dico con una scrollata di spalle, «parla.» Inizio a camminare senza una destinazione precisa, preferendo non rientrare al Lunis.

Iniziamo a camminare lungo la strada, e il silenzio regna sovrano. Voleva parlare, ma rimane in silenzio, e non sarò certo io a iniziare questa conversazione. Dopo un lungo minuto di silenzio, si gira verso di me e chiede: «Hai fame? Perché io sto morendo di fame. Compriamo qualcosa da mangiare e sediamoci?»

Annuisco. Ho fame, ma accetto più che altro per rompere l'imbarazzo.

Mi prende la mano e mi tira con sé. Guardo stupita il suo grande palmo che tiene il mio. Voglio ritirare la mano, ma allo stesso tempo non voglio. È possibile? Una sensazione di freddo si forma sulla parte bassa della mia schiena e inizia a salire. In pochi istanti, non sarò più in grado di respirare.

«Conosco un'ottima gastronomia qui vicino. Ci saremo presto.»

La sua presa su di me mi stressa fino al midollo. Un uomo mi sta tenendo e mi sta portando in un posto sconosciuto.

Sento l'attacco di panico in arrivo e cerco di controllarlo.

Inspira... Espira... Alzo lo sguardo verso di lui e tiro la mia mano, cercando di farlo fermare, ma lui non nota la mia paura e continua ad andare avanti, trascinandomi con sé. Cerco di ricordarmi di respirare, ma mi sento come se non avessi aria. Il freddo gelido mi stringe i polmoni.

Siamo in una strada pubblica. Ci sono persone qui. Non mi succederà nulla.

Percorriamo rapidamente due isolati e finalmente si ferma davanti a un piccolo negozio affollato di clienti e lascia la mia mano.

Mi affretto a mettere le mani in tasca per impedirgli di prendermi la mano di nuovo e cerco di ignorare il mio cuore che minaccia di saltarmi fuori dal petto. *Non è Michael. Non sta cercando di farmi del male.* Lo ripeto nella mia testa come un mantra mentre cerco di mantenere un'espressione calma.

«Cosa ti piace mangiare? Hai qualche allergia?» chiede, completamente ignaro della tempesta che infuria dentro di me.

*Non puoi ordinare da sola. Sei inutile.*

Cosa mi piace? Non ordino da sola da anni. Non riesco nemmeno a rispondere a una semplice domanda. «Io... non lo so.»

«Ordinerò io per entrambi.» Entra e mi lascia ad aspettare fuori.

Dovrei entrare con lui? Decido di rimanere sul marciapiede e riprendere fiato.

Nonostante la lunga coda, vedo che viene servito subito, e dopo una breve attesa, riceve una borsa piena di scatole da uno dei dipendenti ed esce.

«Non sapevo cosa ti sarebbe piaciuto, quindi ho comprato

un po' di tutto.» Sorride e solleva la borsa verso di me. Il sorriso gli illumina il viso. Sembra così giovane. Più accessibile. Mi chiedo quanti anni abbia.

Continuiamo a camminare, ma questa volta lui tiene la borsa e mi lascia camminare al suo fianco senza cercare di afferrarmi. Mantengo una distanza di sicurezza finché non raggiungiamo un piccolo parco, e lui si affretta a posare la pesante borsa al centro della panchina. Si siede da un lato, lasciandomi sedere dall'altro.

Lo ringrazio nel mio cuore per lo spazio che la borsa ha creato tra noi e tiro la mia maglietta oversize sui fianchi. Non è quello che mi aspettavo quando mi ha chiesto se avevo fame, ma il cibo profuma di buono e il mio stomaco brontola.

Prende dei tovaglioli dalla borsa, me ne porge uno e stende l'altro sulle sue ginocchia. Poi tira fuori le scatole una ad una e mi presenta una vasta selezione di insalate e panini che sembrano tutti ottimi.

Prendo il piatto e la forchetta che mi porge e osservo mentre riempie il suo piatto di cibo e porta la forchetta piena alla bocca. Non sembra preoccuparsi di come appare.

Sembra così rilassato, quasi spensierato. Solo poche ore fa, pensavo che stesse morendo sul pavimento della mia stanza. Non lo capisco. Come fa a non essere arrabbiato?

Si accorge che lo sto fissando e si ferma con la forchetta a metà strada verso la bocca. Un sorriso imbarazzato appare sul suo viso.

«Mangio come un maiale. Scusa. Ho così fame. Di solito mangio subito dopo aver corso», dice, e mi ritrovo a sorridergli di rimando.

Pensa che lo stia fissando per il cibo. Non ricordo l'ultima volta che ho sorriso a un uomo. Non ricordo nemmeno quando un uomo mi ha comprato del cibo e si è seduto a mangiare con me su una panchina. In realtà, lo ricordo: mai. Cerco di immaginare Michael in questa situazione, e semplicemente non ci riesco. Un pasto su una panchina scioccherebbe Michael. I pasti dovrebbero sempre essere serviti su una tavola accuratamente preparata.

Oso e mangio un po' del cibo. È delizioso. Insalate e prelibatezze che non ho mai assaggiato prima. Non so cosa voglia da me, ma almeno il cibo è buono. Mangio ma resto all'erta. Pronta a scappare se necessario.

«Vivi in quella stanza del magazzino?» chiede, e alzo lo sguardo per trovarlo che mi esamina. I suoi occhi scrutano il mio viso e poi si fissano nei miei. Non c'è altro che curiosità in essi.

Annuisco.

«Perché?»

«È una lunga storia.»

«Ho tempo.» Prende altro cibo dal piatto e se lo mette in bocca. Seguo come le sue labbra piene avvolgono la forchetta, e un calore sconosciuto mi sale nello stomaco.

«Preferirei non parlarne.»

«Va bene.» Si morde il labbro inferiore. «So di averti già vista prima. Ne sono sicuro. Ho un'ottima memoria per i volti. Ma non riesco a capire dove. Magari dimmi dove ci conosciamo così posso togliermelo dalla testa? Mi sta facendo impazzire.»

Aspetta, si ricorda del nostro primo incontro fuori dalla stazione? Era solo un momento insignificante. Non può riconoscermi. I miei capelli allora erano lunghi e di un colore diverso. Il mio viso era gonfio per le botte, oltre ogni riconoscimento. Come potrebbe ricordarsene? Non ha senso.

«Non ci conosciamo», rispondo. È vero. Un incontro

casuale per strada non conta come conoscenza. «Probabilmente ho solo un viso familiare.»

Sembra ancora più frustrato ora che non gli ho fornito le risposte che cercava.

«Sei troppo bella perché io possa scambiarti per qualcun'altra. Sono sicuro di averti vista prima.» Si passa una mano tra i capelli, tirandoli indietro. «Non so perché ma mi sta facendo impazzire non riuscire a ricordare.»

Pensa davvero che io sia bella? Sento le guance che si scaldano.

Prende un altro boccone e continua, ancora masticando, in modo non molto educato, «Mi dispiace per quello che è successo questa mattina.»

Non capisco. Dovrebbe essere arrabbiato. Sono io che dovrei essere dispiaciuta.

«Pensavo fosse una stanza vuota», aggiunge. «Non sapevo ci fosse qualcuno. Scusa se ti ho spaventata.» Continua a scusarsi, e io rimango semplicemente immobile a guardarlo con stupore. Questo non è quello che mi aspettavo. Per niente.

«Mi dispiace di averti colpito», mormoro di nuovo. «Come mai non sei arrabbiato con me?»

Sorride di nuovo. Dio, perché è così bello? È distraente.

«Non sarebbe la prima volta che mi metto nei guai. Non hai nulla di cui preoccuparti. Qualche punto di sutura e un mal di testa. Ho avuto di peggio.»

Mi chiedo perché un uomo ricco come lui dovrebbe finire in risse, ma tengo la bocca chiusa. Non credo che gli importi, e in qualche modo sono riuscita a cavarmela.

Sbircio il suo braccio nudo. Ha un tatuaggio all'interno. Alla luce del giorno, posso vederlo bene. Il colibrì sembra letteralmente prendere vita, e le lettere arricciate sotto di esso formano il nome Anna.

Mi chiedo chi sia, ma non oso chiedere. Forse la donna nel vestito blu?

«Perché mi hai comprato questo pasto?»

«Perché volevo parlare con te, e ho fame», dice. «Ti ho già detto che sono interessato a te. Non hai accettato di uscire con me, ma sembra che sia riuscito a farlo accadere.» La sua bocca si curva in un sorriso divertito.

In effetti, ci è riuscito.

«Allora, dimmi qualcosa di te oltre al fatto che lavori come cameriera.»

Cosa posso dirgli? Ho lasciato tutto ciò che avevo alle spalle. Non ho niente. La nuova me non ha storia.

«Sei riuscito a trascinarmi qui con un pretesto, ma non otterrai nulla da me.» Sorrido.

Inclina la testa e una piccola ruga appare tra i suoi occhi mentre li socchiude. «Sotto falsi pretesti, eh? Beh, voglio comunque il tuo numero.»

Scuoto la testa. «No.»

«Perché? Non mi darai nemmeno una possibilità? La maggior parte delle donne farebbe di tutto per darmi il proprio numero.»

«Io non sono come la maggior parte delle donne.»

I suoi occhi sono di nuovo fissi su di me. «Lo vedo. Eppure...»

«Non ho un numero da darti perché non ho un telefono», ammetto. Non potevo portare con me il telefono che avevo perché Michael lo avrebbe usato per rintracciarmi. E ho spese più urgenti di un nuovo telefono. Per esempio, un cappotto e delle scarpe per non congelare quando arriverà l'inverno.

«Non credo di aver mai incontrato qualcuno che non abbia un telefono. E non ho mai incontrato nemmeno qualcuno che vive in un ripostiglio.» Mormora quest'ultima parte sottovoce, ma riesco comunque a sentirlo. «Perché non hai un telefono?»

Alzo le spalle. Non ho intenzione di spiegarmi con lui.

«Allora... posso comprarti un telefono?»

Inarcò un sopracciglio. «Cosa? Perché dovresti comprarmi un telefono? Non ci conosciamo nemmeno.»

«Oh, per motivi puramente egoistici. Voglio essere in grado di parlare con te senza dover irrompere da nessuna parte.» Sorride maliziosamente. «È solo un telefono, non una proposta di matrimonio.»

Rabbrividisco. Non mi sposerò mai. «Non voglio parlare con te.» Faccio una pausa e poi rifletto per un momento su quell'idea ridicola. È ridicola. Perché dovrei permettere a un perfetto sconosciuto di comprarmi un telefono? Ma d'altra parte, oltre al costo, c'è un netto vantaggio. Questo dispositivo non avrà nulla a che fare con me perché non sarò io ad acquistarlo. Non dovrò fornire dettagli falsi e non potranno rintracciarmi attraverso di esso. Sarebbe sicuro. E ho bisogno di accedere a internet. Ho bisogno di connettermi con il mondo.

Improvvisamente l'idea non sembra così male. Ma questo non è un pasto informale su una panchina. Lasciare che mi compri un telefono creerebbe un impegno da parte mia. Non qualcosa per cui sono pronta. Anche Michael sembrava gentile all'inizio, e guarda dove mi ha portato.

«Non c'è alcun obbligo da parte tua», si affretta ad aggiungere come se mi leggesse nel pensiero.

Mi mordo la guancia. È allettante. Troppo allettante. Disconnettersi dal mondo è pericoloso anche questo. Non so nemmeno se Michael mi sta cercando.

«Va bene, ma non risponderò alle tue chiamate se non vorrò», dico, e lui annuisce.

«Nessun problema. So già come entrare nella tua stanza se ne avrò bisogno», dice con un'espressione seria.

In qualsiasi altra situazione, suonerebbe come una minaccia, ma io sorrido in risposta.

## CAPITOLO 8
## Ayala

Fisso il mio nuovo iPhone, e un senso di disprezzo per me stessa mi travolge. Mi sono fatta accecare di nuovo dal denaro, lasciando che il mio desiderio di essere connessa al mondo prendesse il sopravvento sul buon senso. Queste cose non sono mai gratuite. L'ho imparato nel modo più duro.

Come diavolo ci sono cascata di nuovo?

Dopotutto, è così che è cominciato tutto.

Ero al secondo anno di economia aziendale, completamente immersa negli studi e nel lavoro. Anche con una borsa di studio, dovevo comunque finanziare il mio alloggio, quindi passavo tutte le sere a lavorare in un call center.

L'esperienza universitaria mi è passata sopra la testa. Feste e uscite? Non facevano per me. Sapevo di dover eccellere per mantenere la borsa di studio.

Ma quando Katya, la mia coinquilina, festeggiò il suo compleanno, non avevo modo di evitarlo.

Quella festa mi ha cambiato la vita.

Ho conosciuto Michael Summers a quella festa. Uno

studente di giurisprudenza del terzo anno. Ricco, bello, carismatico. Il re del campus che faceva cadere ai suoi piedi tutte le ragazze.

E poiché ero una che passava facilmente inosservata, fui un po' troppo lusingata che scelse di passare del tempo con me.

Abbiamo iniziato a frequentarci, e mi faceva girare la testa. Andavamo in ristoranti costosi, mi portava ovunque in macchina e mi comprava tutto ciò che volevo. Ero l'invidia del campus. Mi piaceva.

Tutti mi convincevano che avevo vinto il premio grosso. L'uomo più desiderato del campus mi amava. Ero cieca.

Cieca ai primi segnali d'allarme. Cieca al fatto che non mi permetteva di incontrare nessuno tranne lui. Cieca al fatto che mi costrinse a smettere di lavorare così che potessi avere più tempo per lui.

Pensavo che mi amasse. Che stupida che sono stata.

Ho confuso l'ossessione con l'amore. Solo pochi mesi dopo, ho scoperto il vero volto del mostro. E ora ci sto ricascando. Un incontro su una panchina, e ho già accettato questo impegno.

*Non vali nulla senza di me.*

Mi mordo forte il labbro inferiore finché non sento il sapore del sangue. Devo fermare tutto questo immediatamente e restituirgli il dispositivo. Devo mantenere le distanze dagli uomini in generale e da lui in particolare.

---

MI SVEGLIO la mattina seguente dopo un lungo turno a causa di un fastidioso bip, e mi ricordo che ora ho un telefono. Un messaggio di Ethan illumina il mio schermo, e lo ignoro con aria di sfida. Nonostante il modo pessimo in cui l'ho ottenuto, ora ho accesso al mondo. Devo vedere se Michael ha pubblicato qualcosa su di me. Ma invece, apro una ricerca e digito velocemente prima di pentirmene. Ethan Wolf. Guardo mentre i risultati si svelano.

«Ha una pagina Wikipedia, per l'amor del cielo» mormoro mentre i risultati appaiono davanti ai miei occhi, e clicco sul link.

*Ethan Wolf, ventotto anni, single.*

*All'età di diciannove anni, ha fondato l'azienda high-tech Savee, nota per l'applicazione telefonica con lo stesso nome, destinata ad aiutare le vittime di stupro, violenza e a fornire supporto mentale.*

*All'età di ventidue anni, ha fondato Wolf Fortress, che si occupa di sicurezza dei dati nel cloud. [Aggiornamento] L'azienda è stata venduta in un'exit di successo valutata oltre un miliardo di dollari.*

*Wolf possiede anche un fondo di venture capital noto per i suoi investimenti in nuove startup. È l'investitore principale nella nota azienda Landen Gaming e...*

Sto saltando alcuni paragrafi che mi interessano meno, che forniscono ulteriori dettagli sulle aziende di sua proprietà. Quante attività ha?

Dove sono io e dov'è lui? All'età di ventotto anni, ha un impero da un miliardo di dollari, e io vivo in un magazzino senza un soldo in tasca e pulisco tavoli per vivere. Non capisco cosa voglia da me.

Fisso per un momento il logo dell'azienda Savee. Conosco questa app. Dovrebbe aiutare donne e uomini in difficoltà. Non l'ho mai installata sul mio vecchio telefono, ma ci ho sicuramente pensato. Sapevo che Michael aveva il mio telefono sotto sorveglianza, così come aveva ogni aspetto della mia vita sotto controllo. Non potevo rischiare. Potevo fidarmi solo di me stessa.

Guardo di nuovo il logo dell'azienda. È quello che penso? Ingrandisco l'immagine. È un colibrì. Il logo è solo il contorno dell'uccello, ma è quasi identico al tatuaggio che Ethan ha sul braccio. Cerco dati sul significato del simbolo del logo, ma non trovo nulla. Qualunque sia la storia dietro, non è pubblica.

Continuo a leggere e clicco su alcuni dei link, arrivando a un articolo che annuncia che è stato scelto come uno degli uomini più sexy di NYC. Ingrandisco la sua foto, una foto pubblicitaria di Ethan in completo. Ha un aspetto fantastico, ovviamente, ma ricordo come appariva seduto accanto a me sulla panchina in maglietta e con un sorriso. La semplicità gli si addice di più.

Apro altre foto di lui fotografato con diverse donne. Uno degli articoli afferma che ha una fidanzata. Riconosco nella foto la bella donna che ho visto con lui all'evento, Olivia Danske.

Il leggero formicolio di irritazione che provo mi infastidisce, e decido di metterlo da parte. Non è per questo che sono scappata da tutto. Devo ricominciare da capo e costruirmi una nuova vita.

Da sola.

## CAPITOLO 9
## *Ethan*

Mi sveglio la mattina con un mal di testa e mi rendo conto che gli antidolorifici che mi hanno dato in ospedale ieri hanno smesso di fare effetto. Mi affretto a ingoiare altre due pillole con un bicchiere d'acqua.

Ryan mi ha informato che andrà dai genitori di Maya per risolvere i problemi tra loro e non sarà disponibile oggi. Gli dico di non avere fretta.

L'ho trattenuto qui fino a mezzogiorno con tutto il dramma dell'ospedale, e so che senza di esso sarebbe andato da Maya ieri mattina. Spero che il ritardo non abbia danneggiato la loro relazione.

Ho l'impulso di correre. I miei muscoli formicolano per il bisogno, essendo abituato all'esercizio quotidiano, ma il dolore pulsante alla testa mi ricorda che non dovrei. Sono riuscito a ignorare la leggera commozione cerebrale ieri, ma è ancora presente.

Mi siedo e inizio a scorrere le email. Mi immergo nel lavoro per diverse ore. Quando alzo lo sguardo dal computer, è quasi mezzogiorno.

Le mie dita esitano sui tasti prima di inviare il messaggio.

> Ciao

Fisso lo schermo, cercando di farlo risvegliare con uno sguardo determinato. Non mi risponderà? Ero sicuro di averla ammorbidita dopo il pasto al parco.

Vado in cucina e apro il frigorifero con un po' più forza del necessario, e le bottiglie di birra sulla porta tintinnano rumorosamente. Prendo il pasto che Madeleine mi ha lasciato, lo riscaldo e mi siedo a mangiare.

Il telefono emette un bip e mi precipito a prenderlo dal bancone, facendo una pausa di un secondo prima di aprire il messaggio.

Che diavolo mi sta succedendo, saltando come un ragazzino per un messaggio di una donna che conosco appena? Devo controllarmi. Rimetto il telefono sul tavolo. Prendo la forchetta e do un morso. Poi un altro, tutto mentre lancio occhiate al mio dispositivo. Uff.

Sollevo di nuovo il telefono e il mio petto si espande quando vedo che mi ha risposto.

> **Hope**
> Ciao

Come posso essere così eccitato da una sola semplice parola?

Voglio sapere qual è la sua storia. Perché vive in un bar e perché non ha un telefono? Sicuramente c'è una storia lì, qualcosa in cui si è coinvolta.

**Hope**
Mi dispiace per ieri. Come sta la tua testa?

L'ho già dimenticato.

Le rispondo con nonchalance simulata. Sono ancora dolorante, ma non c'è bisogno che lo sappia ora. Voglio convincerla a passare del tempo con me. Voglio conoscerla, ricordare da dove la conosco e capire perché non riesco a togliermela dalla testa. Ma devo essere calcolato. Invitarla al ristorante prima senza pensare alle conseguenze non è stato molto intelligente. I paparazzi saranno felici di cavalcare la notizia e Olive ne soffrirà.

Passo in rassegna le opzioni nella mia testa finché non mi viene un'idea. Il lago Mohonk. Ho soggiornato decine di volte nella casa sul lago e conosco bene i dintorni. La posizione è abbastanza vicina da poter fare una gita di un giorno. Fare escursioni nel bosco è una delle mie cose preferite. È un posto popolare e di solito molto affollato, ma conosco la zona. Conosco tutti i nascondigli segreti. La natura, il silenzio, il rumore che fanno le scarpe sul terreno, il definitivo schiarimento della mente. Ci sono anche alcuni percorsi semplici che possiamo prendere. Un picnic in riva all'acqua sembra buono per un primo appuntamento.

Non ci ho mai portato nessuno. Viaggio sempre da solo, perso nei pensieri. Sono disposto a condividere l'esperienza con qualcun altro? E, cosa più importante, accetterà anche di venire con me?

Posso convincerla. Non c'è ancora stata una donna che non ho convinto.

Quando hai un giorno libero, Bambi?

**Hope**
Bambi?

Hope non ti si addice. Quindi ho deciso per Bambi.

C'è una breve pausa mentre guardo i puntini lampeggianti che indicano che sta scrivendo.

**Hope**
Non ho un giorno libero.

Com'è possibile? Andiamo. Un piccolo ostacolo non mi fermerà.

Trovami un giorno.

Forse suona un po' arrogante?

Per favore.

**Hope**
Non sono interessata ad andare a letto con te, quindi puoi smettere di provarci.

Oh, come siamo arrivati al sesso? Beh, allora, sono interessato, ma ho pazienza. Quando scoperò con lei, cosa che accadrà presto, mi supplicherà. Mi interessa abbastanza da voler investire il tempo.

Ci sono altre cose che mi piace fare.

Non risponde, quindi continuo a scrivere,

> Voglio mostrarti un posto fantastico. Vieni a fare un'escursione con me. Solo camminare. Prometto di non provare nulla.

**Hope**
Niente?

> Prometto. Solo amici.

La vedo digitare e aspetto finché non risponde.

**Hope**
Hai una fidanzata.

> Non ho una fidanzata. Totalmente single.

**Hope**
Va bene allora. Sabato.

Eccolo. Sapevo che poteva essere persuasa. Peccato che manchi quasi una settimana, ma devo comunque lavorare. Ci sono ancora molti dettagli nella vendita che devo chiudere prima di poter andare sabato con la mente libera.

**Hope**
Dove andiamo? E cosa devo portare?

> Natura. Porta vestiti comodi e scarpe sportive. Sabato, ore 7.

Spero che non odi camminare. Forse dovrei offrire il ristorante?

**Hope**
Ok. Emoji sorridente.

Ho ottenuto un sorriso. Sorrido tra me e me e lancio il telefono sul divano. La caccia è iniziata.

---

Chiamo Jess per fare il punto su tutti i compiti che gli ho assegnato questa settimana, ma sono particolarmente interessato a sentire cosa ha scoperto su Hope. Lo lascio per la fine.

«Wolf, che succede?» risponde.

«Che cosa hai per me?»

Passiamo i successivi dieci minuti ad aggiornamenti riguardanti diverse aziende che ero interessato ad acquistare e di cui avevo chiesto a Jess di fare un'indagine approfondita. Mi dispiace scoprire che una delle compagnie assicurative ha problemi con i bilanci.

«Qualcosa non quadra lì», riferisce. «Ci sono spese che non si possono giustificare. Vuoi che continui a scavare?»

«No». La cancello dalla mia lista. Non ha senso correre il rischio. Ho altre opzioni. «Chi è il prossimo?»

L'azienda successiva ha superato l'indagine con successo, e sto passando il rapporto alla fase successiva con uno dei miei manager per un'ulteriore revisione.

Dopo aver finito di esaminare la lista, chiedo: «E per quanto riguarda l'incarico personale che ti ho dato su Hope?»

«Mmm...» dice. «Dovrò tornare da te su di lei. È un caso complicato. Non ho trovato molto. Sto cercando di scavare più a fondo».

Non è buono. Jess è il migliore nel campo. «Cosa hai trovato?»

«Non è elencata da nessuna parte. Nemmeno un cognome. Lavora al Lunis e vive lì, come già sai, ma non ha un contratto di lavoro. Sembra che ci sia qualcosa di sospetto».

«Sospetto in che senso?»

«Ha iniziato a lavorare lì circa un mese fa, e prima di allora non esisteva. È come se fosse nata un mese fa. Nessun documento, nessuna conoscenza, nessun amico, niente».

«Ha anche lavorato come cameriera a quell'evento alla galleria», dico. «Hai controllato lì?»

«Sì. Un barista del Lunis le ha procurato questo lavoro, ma si è registrata lì come Hope King».

«Oh, ok, quindi hai un cognome».

«Hope King non è il suo vero nome. E quella è stata l'unica volta che ha lavorato lì».

Quel figlio di puttana del manager probabilmente l'ha licenziata dopo tutto. Non lavorerò più con lui per i miei eventi.

«Qual è il suo legame con il Lunis? Come è finita lì?» Se lavora lì senza documenti, forse è imparentata con il proprietario.

«Non sono riuscito a trovare alcun legame. Non ho trovato prove che conoscesse il proprietario o chiunque altro di lì. La situazione diventa un po' complicata quando non c'è un cognome. Ho cercato nel database della polizia per segnalazioni di persone scomparse, cose del genere, ma non c'è nulla. Sono sicuro che sarai d'accordo con me che Hope probabilmente non è nemmeno il suo vero nome. Ho anche perquisito i suoi effetti personali, ma non ho trovato documenti di alcun tipo lì. Sto facendo passare la sua foto attraverso i database dei ricercati, quindi vedremo se otteniamo qualche risultato. Ho anche contattato amici all'Interpol, pensando che forse non è americana. Ma ci vorrà del tempo. Sarò in debito con loro».

«Non importa il costo», aggiungo, capendo l'allusione nelle sue parole. Questa è più strana di quanto pensassi. «Forse è nel programma di protezione testimoni o qualcosa del genere?»

«È improbabile. Quel programma è molto organizzato. Se ne facesse parte, dovrebbe avere un'identità organizzata con documenti e tutto. Si assicurerebbero che non destasse sospetti. Ma questa donna non ha alcuna identità».

«Ok, continua a controllare per me», dico con un sospiro. Forse durante il nostro viaggio, potrò ottenere qualche indizio.

Questa settimana passerà così lentamente.

## CAPITOLO 10
### *Ayala*

Questa settimana è passata velocemente.

Ethan mi ha scritto che sarebbe venuto a prendermi alle sette. Non mi ha detto dove saremmo andati, ma so che è prevista una camminata.

Mi ha detto di indossare abiti comodi, quindi ho messo i miei nuovi leggings neri, una maglietta di cotone e sopra una felpa larga e lunga, dato che so che di solito al mattino fa un po' fresco. Nel mio zaino c'è solo una bottiglia d'acqua, e sto valutando se avrei dovuto portare anche del cibo. Ma ormai è troppo tardi per andare a prendere qualcosa. Non ho nulla qui. Dannazione, come ho fatto a non pensarci prima? Ora potrei restare a digiuno fino a stasera.

Esco ad aspettare circa cinque minuti prima delle sette, spostando il peso da una gamba all'altra e soffiando nei palmi delle mani per scaldarmi.

Alle sette e cinque, penso che non verrà. Merda, deve star solo giocando con me, facendomi credere che un uomo ricco e attraente sia interessato a una come me. E ho comprato vestiti nuovi, apposta per questa uscita. Stupida. Mi lascerà qui sul marciapiede e poi probabilmente riderà di me con i suoi amici. O forse questa è la sua vendetta per il colpo che gli ho dato.

Forse dovrei rientrare.

Una Jeep nera arriva sfrecciando per la strada e sale sul marciapiede accanto a me. Faccio un salto indietro, spaventata.

Il finestrino scuro si abbassa e vedo Ethan che mi sorride attraverso di esso. Una sensazione di calore mi pervade e deglutisco pesantemente.

«Buongiorno.»

Apro la portiera e salgo. Indossa pantaloni scuri con grandi tasche e una maglietta nera con il logo dei New York Knicks. Ok, almeno i miei abiti sportivi saranno adatti. Si passa una mano tra i capelli e mi sorride di nuovo. Sembra essere eccitato quanto me. Questo è sorprendente.

Si sporge verso di me. Per un abbraccio? Un bacio? Ma si ferma e si appoggia di nuovo al sedile. Sono sorpresa dalla piccola fitta di delusione che mi attraversa. Questo è esattamente ciò che volevo. Ha promesso di non tentare nulla, e così non lo fa.

«Ti piacciono i Knicks?» Indico la sua maglietta.

Il suo sguardo è offuscato. «Qualcuno che conoscevo una volta li amava. Andavamo alle partite insieme.»

«E non più?»

Ignora la domanda. Lo guardo con interesse, ma non voglio insistere.

«Spero non ti dispiaccia fare un po' di trekking?» chiede, guardandomi e valutando la mia reazione. «Niente di difficile, solo un percorso facile e piacevole.»

«No, nessun problema. Mi piacerebbe camminare un po'.» È la verità.

Allunga una mano sul sedile posteriore e tira fuori dal nulla una tazza di caffè e un croissant caldo.

«Colazione? L'ho comprata strada facendo. Ecco perché ho tardato un po'.»

Sembra così alla mano rispetto alle mie aspettative su qualcuno che ha somme di denaro sconosciute. Immagino un qualsiasi membro della famiglia di Michael in maglietta e rabbrividisco. Sono quanto di più lontano possa esserci dall'essere alla mano e amabili. Sono più simili a vampiri.

Mette in moto la Jeep e partiamo. Do un morso al dolce e lo spio con la coda dell'occhio, approfittando del fatto che sta guidando e non può vedere che lo sto facendo.

«Che tipo di musica ti piace?» Gira la testa verso di me. «No, in realtà, sai cosa? Prendi il mio telefono e metti qualcosa di bello.» Clicca sull'app della musica sul suo telefono e me lo passa.

Oh, cosa dovrei mettere? Mi piace il vecchio rock, ma non è per tutti. Non sono abituata a essere interpellata per la mia opinione. Non mi è stata data una scelta per così tanto tempo che la situazione mi mette in agitazione.

Apro una playlist di vecchi successi rock e scelgo una canzone. L'auto si riempie dei ricchi suoni di basso e chitarre, è una canzone dei Rolling Stones, e per un momento posso credere di essere in un club e non in una macchina.

«Una scelta interessante,» afferma, e le sue lunghe dita tamburellano sul volante seguendo il ritmo in un modo che è chiaro che conosce e ama la canzone.

«Non hai l'accento di New York,» dice, più come un'affermazione che una domanda.

Sto valutando cosa rispondergli. Non posso dirgli nulla su da dove vengo. «È vero, non sono originaria di New York.»

«Mi dirai da dove vieni?» chiede, notando la mia evasività.

Rimango in silenzio, e lui continua. «Ok, se non vuoi dirmi da dove vieni, magari raccontami qualcos'altro su di te. Non so nemmeno il tuo cognome. Cosa ti piace fare? Quanti anni hai? Sai, le cose basilari.»

Non puoi mai scoprirlo.

«Mmm... Sono Hope B...» Esito per un momento, rendendomi immediatamente conto del mio errore. Stavo quasi per rivelare il mio vero nome. Avrei dovuto pensare a una risposta appropriata in anticipo. Posso solo sperare che non l'abbia notato.

«Hope Brown,» dico. «Ho ventidue anni. Lavoro al Lunis.» Cerco di pensare a qualcosa di buono da dire su me stessa. Ma cosa si può dire dopo essere stati rinchiusi in casa per più di due anni?

«Mi piace leggere e la vecchia musica rock.» Sembro la persona più noiosa dell'universo.

«Andiamo,» mi prende in giro. «Ci deve essere qualcosa di interessante che puoi dirmi. C'è qualcosa che vorresti fare da grande?»

So che sta scherzando e si aspetta che gli dica che sto studiando una professione o che sono un'artista dilettante, ma sta toccando il mio punto sensibile. Ho abbandonato l'università quando Michael mi ha convinto a farlo. E ora che non posso usare il mio vero nome, non potrò mai più finire o studiare. Sembra che sia bloccata con lavori come il Lunis. Non che sia male, ma pulire i tavoli non è mai stato il mio sogno.

Merda. Sento le lacrime che si formano e giro la testa verso il finestrino così non se ne accorgerà. Il paesaggio fuori non è più urbano e stiamo sfrecciando sull'autostrada. Il silenzio imbarazzante si frappone tra noi per un momento, ma poi inizia a parlare.

«Beh, io ho ventinove anni. Ho diverse aziende high-tech

che richiedono troppo del mio tempo, ecco perché ne ho venduta una di recente. Amo le auto. Amo correre, e corro ogni mattina. Mi piacciono il whisky e la birra, i bei film, soprattutto quelli horror, e il buon cibo. E amo fare escursioni nella natura, arrampicare, cose del genere. Ma non preoccuparti. Ho scelto un percorso semplice e facile per noi oggi.»

Le parole gli escono così facilmente. Beh, è facile quando sei un uomo famoso e di successo e hai tutto di cui essere orgoglioso.

«Google diceva che hai ventotto anni,» dico.

«Google, eh?» Alza un sopracciglio. «Quindi mi hai cercato?»

Sembra fin troppo compiaciuto di sé. «Non lusingarti troppo. Volevo assicurarmi che non stessi pianificando di portarmi nel bosco per uccidermi.»

«Pensi che Google ti dirà se sono un serial killer?» Ora sta ridendo.

Dio, è così bello quando ride. Il mio stomaco si contrae, e giro la testa per l'imbarazzo.

«Beh, tecnicamente, non avrò ventinove anni per un'altra settimana.»

«Sabato è il tuo compleanno? Cosa hai intenzione di fare?»

«Non ho fatto programmi,» dice. «Non festeggio i compleanni.»

Non festeggia? Ma i compleanni sono divertenti. Lo guardo. «Nessuno ti sta organizzando una festa? Neanche la tua ragazza?»

«Niente feste.» La sua voce è fredda e rigida. Così diversa dal tono leggero che ha usato finora. «Non mi piacciono le feste di compleanno. E ti ho già detto che non ho una ragazza.»

Rabbrividisco un po' e mi strofino il collo. Cosa ho detto di sbagliato? Aspetto di vedere cosa dirà dopo, ma rimane in silenzio. Decido di cambiare argomento. «Corri davvero ogni mattina?»

«Sì.» Afferma senza distogliere lo sguardo dalla strada, ancora con il tono freddo di prima.

«Ogni mattina?» Chiedo, cercando di alleggerire di nuovo la conversazione.

«Sì. Cioè, ci sono alcune eccezioni, ma ci provo sicuramente. Mi alzo alle cinque e vado a correre. Mi schiarisce le idee. Mi aiuta a iniziare la giornata lavorativa con molta energia.»

«Alle cinque?» A quell'ora sono ancora profondamente addormentata, ma d'altronde, di solito finisco il turno di notte alle due del mattino.

«Corro per un'ora, torno a casa, faccio la doccia, mangio, vado in ufficio, dormo e lavoro ancora un po'. Questa è la mia vita. Impegnata.» Sorride, ma il sorriso non raggiunge i suoi occhi.

Non sembra che si stia godendo molto la sua vita. Pensavo che un uomo nella sua posizione potesse fare qualsiasi cosa volesse. «Quindi, quando riesci a metterti nei guai?» Sto cercando di essere divertente.

«Guai?» Inclina la testa, cercando di capire cosa intendo.

«Quando abbiamo parlato nel parco, hai detto che non era la prima volta che ti mettevi nei guai.»

«E questo è ciò che ricordi?» Rimane in silenzio per un momento. Sembra che non risponderà, ma poi parla.

«Quando ero adolescente, c'è stato un periodo in cui ho provato ogni tipo di cosa di cui oggi non sono così orgoglioso. Mi sono messo in un sacco di guai, comprese le risse. Quel periodo è alle mie spalle,» dice e non elabora ulteriormente. Posso capire che per lui è difficile condividerlo con me.

*Every breath you take* dei *Police* inizia a suonare, e canticchio, incapace di trattenermi dal muovermi al ritmo.

Devo essere una pessima ballerina perché Ethan gira la testa verso di me stupito e ride. Non so perché sono così aperta in sua compagnia. Mi fa sentire così a mio agio, come essere con un buon amico che conosco da anni. E non so perché, ma lo accolgo a braccia aperte.

Non ho mai avuto un amico maschio. In realtà, per molto tempo, non ho avuto amici del tutto. Non dalle superiori.

Con mia sorpresa, inizia a cantare. Conosce tutte le parole, e la sua voce è incredibile. Bassa e roca, come una rock star. Lo guardo con stupore. «Sai anche cantare?»

Si ferma, e mi pento del mio commento. «Non lo faccio. Canto solo sotto la doccia a volte.»

Non è vero. Sa cantare. «Con un po' di allenamento e sviluppo della voce, potresti sostituire il cantante principale.»

«Grazie, credo.» Non mi guarda, e penso che arrossisca un po'. È divertente che la piccola me riesca a mettere in imbarazzo quest'uomo forte. Ma non canta più, e mi dispiace di aver detto qualcosa.

Ci avviciniamo a una zona popolata, ed Ethan rallenta finché non si ferma in un punto panoramico sul lato della strada.

Scendiamo, e lui tiene la sua tazza di caffè, stiracchiandosi dopo il lungo viaggio. Non posso fare a meno di fissarlo. È un esempio perfetto di figura maschile. La sua camicia si alza un po', rivelando un po' di pelle abbronzata, e sento il bisogno di stringere le gambe.

«Vieni a vedere.» Mi offre una mano, ma non la prendo, ricordando l'attacco di panico che ho avuto l'ultima volta. Ritira la mano, e il sorriso scompare dal suo viso. Non dice nulla ma aspetta che lo segua.

Ci spostiamo verso le rocce sul lato della strada, e mi indica un sentiero di legno che scende attraverso gli alberi. Camminiamo sul sentiero, e dopo pochi passi, gli alberi non nascondono più la vista, e la mia bocca si apre.

Davanti a me c'è un lago pastorale circondato da scogliere rocciose. Si possono vedere persino diverse barche nell'acqua, anche se all'altezza in cui siamo, sembrano più piccoli puntini. Ciò che cattura immediatamente la mia attenzione è un grande edificio sulla sponda opposta, simile a un castello, con piccoli tetti rossi, una fortezza eclettica che consiste in molti edifici in stili diversi. È strano e bello allo stesso tempo, e mi sento come se fossi entrata in una fiaba.

«Wow,» dico.

Ethan mi fa cenno di continuare a camminare finché non raggiungiamo una panchina di legno e ci sediamo di fronte al panorama. Continuo a fissare il castello e il lago. Lui sorseggia il suo caffè, e mi dispiace di aver già finito il mio.

«Mi piace venire qui di tanto in tanto per schiarirmi le idee e rilassarmi,» dice con improvvisa onestà. Posso capire perché. Questo posto è una fuga dalla realtà.

Sediamo in silenzio per alcuni minuti finché non è pronto a continuare.

«Potrei stare seduto qui per ore, ma ho altri piani per oggi.» Si alza e inizia a camminare indietro, questa volta non preoccupandosi di provare a darmi una mano.

Torniamo nella Jeep e continuiamo a guidare finché lo strano castello non è proprio di fronte a noi. Ethan parcheggia, mi chiede di rimanere vicino all'auto, ed entra in un edificio che sembra un ristorante trasparente. Lo guardo mentre parla con uno dei lavoratori, poi torna tenendo un grande cesto.

«Cibo,» dice brevemente in risposta al mio sguardo interrogativo. Sembra che abbia portato del cibo anche per me. *Fiuu.*

«Pronta?»

Annuisco, e iniziamo a camminare.

Il percorso è semplice, proprio come aveva detto lui. Camminiamo tra gli alberi e lungo il lago, per la maggior parte del tempo in silenzio. Lui sembra pensieroso, e io non lo disturbo, godendomi anch'io la pace e la tranquillità. Dopo un'ora di escursione nel bosco, comincio a sudare. Fa caldo. Mi tolgo la felpa dalla testa e la ripiego nella borsa. Alzo lo sguardo e trovo Ethan che mi osserva. Non riesco a decifrare cosa stia pensando dall'espressione sul suo viso, ma i nostri sguardi si incrociano per lunghi secondi.

«Ho caldo», dico.

«Anch'io. C'è un lago qui. Che ne pensi?» Un bagliore di malizia si accende nei suoi occhi.

«Cosa ne penso del lago?» Non capisco. Ma lui si sta già affrettando attraverso gli alberi verso la riva del lago, quindi mi affretto a seguirlo.

Ci avviciniamo all'acqua e lui si ferma. Mi chiedo cosa intenda fare, e ottengo la mia risposta. Si china, si toglie le pesanti scarpe e i calzini, e prima che mi renda conto di cosa sta succedendo, è già in piedi con la schiena rivolta verso di me, completamente nudo, con i vestiti gettati sulla roccia. Noto un altro tatuaggio sulla sua schiena e cerco di concentrare lo sguardo lì e non su quel sedere sodo e rotondo. Il tatuaggio sembra un lupo che scompare nel fumo, ma non riesco affatto a concentrarmi. I miei occhi continuano a scendere, studiando ogni muscolo. Dovrebbe essere illegale avere un aspetto del genere. Non so cosa si suppone che io debba fare.

Sto lì, così ipnotizzata dalla vista della sua ampia schiena, dal modo in cui i suoi muscoli si muovono mentre cammina, e prima che possa decidere cosa fare, lui si tuffa in acqua. Rilascio un respiro e mi lecco il labbro inferiore.

Scompare sott'acqua, poi la sua testa riemerge di nuovo, e si tira indietro i lunghi capelli bagnati.

«Dai», mi chiama. «L'acqua è fantastica».

Nuota un po' e si allontana dalla riva. Mi avvicino all'acqua e la tocco con la punta delle dita. È fresca, e lui sembra divertirsi così tanto che mi viene voglia di unirmi.

«Non ho portato il costume da bagno», mormoro con voce debole. Come posso anche solo considerare questa cosa? Entrare in acqua con un uomo nudo che conosco appena?

«Neanch'io», dice ridendo. «Ma non ti serve un costume da bagno. Dai, non c'è nessuno qui».

L'acqua sembra così piacevole e fresca...

«Non guarderò. Dai, entra».

Non ho mai fatto niente del genere. Nuotare nel lago? E con un uomo? Ma lui mi fa sentire avventurosa in sua compagnia, come se volessi provare cose nuove.

Viva.

Sì, questa è la parola. Mi sento viva.

Negli ultimi due anni e mezzo, non stavo vivendo. Ero l'ombra di una donna. Voglio vivere di nuovo. Voglio nuove esperienze. Non è per questo che ho accettato questo viaggio in primo luogo?

«Girati!» Gli grido e aspetto che mi dia le spalle.

Mi tolgo i vestiti, ad eccezione della biancheria intima, e li metto in un mucchio ordinato. Nel frattempo, do occhiate rapide all'acqua per vedere che non stia sbirciando come ha promesso. Rimane con la schiena rivolta verso di me per tutto il tempo. Mi copro il più possibile con le mani e mi affretto a tuffarmi prima di pentirmene.

Lo schizzo che faccio nell'acqua lo spinge a girarsi verso di me, e nuota nella mia direzione.

«Va tutto bene?» chiede, osservandomi.

Annuisco. Mi sento benissimo. L'acqua è piacevole sulla mia pelle e tutto è perfetto. Com'è possibile che non mi senta in imbarazzo ad essere in acqua con lui?

Nuota verso di me, un po' troppo vicino, e so che può vedermi, il mio corpo e il reggiseno che indosso. Il momento magico si spezza, e nuoto all'indietro, creando una distanza tra noi.

Si ferma. I suoi occhi sono fissi su di me, e riconosco le scintille di desiderio nel suo sguardo. Il mio battito cardiaco aumenta di qualche battito, e ho paura che possa vederlo. Che possa vedere il suo effetto su di me. Sicuramente ha molta esperienza con le donne. Molta esperienza con il sesso, a differenza mia.

«Sei bellissima», dice, e sento le mie guance che si scaldano. No. Ritiralo, cerco di sussurrargli telepaticamente. Voglio solo che siamo amici. Voglio sentirmi rilassata e calma quando sono con te. Non voglio temere il momento in cui proverà a toccarmi.

E come se potesse leggere i miei pensieri, distoglie lo sguardo e mi chiama per nuotare dietro di lui.

## CAPITOLO 11
### *Ethan*

Che diavolo ho fatto? Ora tutto ciò a cui riesco a pensare è il suo corpo quasi nudo che nuota accanto a me. Rallento, lasciandola nuotare davanti a me, così non si accorge degli sguardi che le lancio.

*Hai promesso di non tentare nulla.*
*Hai promesso di non tentare nulla.*

Intravedo il suo sedere mentre mi nuota davanti. Cazzo, è perfetto. Lei è perfetta.

Basta così.

*Hai promesso di non tentare nulla.*

Continuo a ripetermi la mia promessa, ma non posso fare a meno di immaginare quanto sarebbe bello, come il mio cazzo sia dentro di lei mentre quel sedere perfetto ondeggia davanti a me. Dio. Sarà la mia morte.

Si volta verso di me, ridendo, e riesco a vedere il contorno dei suoi seni. Sono grandi e pesanti, e sto iniziando ad eccitarmi più di quanto dovrei. Forse dovrei uscire prima di dover nascondere la mia erezione. Per fortuna, l'acqua è fredda.

Mi ha sorpreso con la sua scelta musicale, il ballo in

macchina e ora il nuoto. Non pensavo avesse il coraggio, ma eccola qui, al mio fianco.

Sembrava così chiusa e timida, e lo è ancora, ma a quanto pare non ci vuole molto perché si apra un po' e provi cose nuove. Si ritrae ancora se mi avvicino troppo, ma posso dire che sto andando nella direzione giusta.

«Lo sai che il nome Mohonk significa 'luogo nel cielo'?» Cerco di distrarmi dal suo corpo con dei fatti.

«Si adatta a questo posto. È magico». Mi sorride, e il mio cazzo si indurisce. Volto il viso lontano da lei ed esalo. Quando avremo finito qui, avrò le palle blu.

Sento uno spruzzo d'acqua colpirmi la schiena e mi giro giusto in tempo per riceverne un altro dritto in faccia.

«Allora vuoi giocare, eh?» La trovo davanti a me con un largo sorriso giocoso sul viso. Le spruzzò l'acqua addosso. La sua risata cristallina echeggia tra gli alberi circostanti. Deglutisco. Tutto ciò che voglio è sentirla ridere di nuovo.

«Sto uscendo», grido mentre entrambi smettiamo di ansimare per il gioco e iniziamo a nuotare verso la riva.

Nuota dietro di me. Esco e vado verso il mucchio di vestiti che ho lasciato sulle rocce. Sarebbe stato meglio se avessi potuto aspettare un po' e asciugarmi all'aria aperta, ma ho l'impressione che si imbarazzerebbe se rimanessi nudo. Quindi afferro i miei pantaloncini e inizio a vestirmi.

«Non girarti», dice con la sua voce gentile, e rimango con la schiena rivolta all'acqua per permetterle di uscire in privato, anche se ci vuole tutta la mia forza di volontà per non sbirciare.

«Sei vestita?» chiedo dopo aver finito di vestirmi.

«Sì», dice con voce timida. Dov'è finita la Bambi audace che nuotava con me? Mi piaceva.

La maglietta che indossa ora le sta stretta. È bagnata e aderisce al suo corpo come una seconda pelle. Il suo petto pesante tende il tessuto, e i capezzoli sono duri e visibili. Mi giro per sistemare i pantaloni in una posizione più comoda.

Vuole che siamo amici, ma so già che non posso essere suo amico. Lei deve essere mia.

«Hai già fame?» chiedo dopo aver dato un'occhiata all'orologio. Non mi ero accorto dell'ora, e dopo il viaggio, l'escursione e il nuoto, è piuttosto tardi.

Annuisce, e tiro fuori la grande coperta dal cestino e la stendo a terra. Lei prende il cibo dalle borse e sistema tutto ordinatamente al centro. Troppo ordinatamente. Ho l'impulso di prendere le scatole e disordinarle. Mostrarle che c'è divertimento anche nel disordine.

Mi siedo su un lato della coperta, e lei esamina cosa c'è in ogni scatola, poi prende un piatto per sé. Aspetto che finisca, ma poi mi porge il piatto pieno.

«Grazie». Non sono abituato a questi gesti e allungo la mano per prendere il piatto da lei. Le mie dita toccano accidentalmente le sue, ma l'elettricità che passa tra noi mi fa venire i brividi lungo la schiena. È elettrizzante e non solo nei miei pensieri. Il sesso con lei sarà fuori dal mondo. Lo so. Abbassa lo sguardo, quindi non riesco a leggere la sua espressione, ma ho la sensazione che non le sia indifferente nemmeno io.

Mangiamo velocemente. Metto il piatto sulla coperta e mi stendo sulla schiena, incrociando le mani dietro la testa. Le cime degli alberi sopra di me si muovono nel vento e spazzano via i miei pensieri. Non sono ancora riuscito a ottenere dettagli sulla sua identità o sulla sua provenienza. Mi ha dato un nome, ma non credo sia quello vero, anche se è diverso da quello che ha dato per il lavoro di cameriera. Potrebbe avermi dato un altro nome falso, ma forse aiuterà Jess. Devo sapere tutto di lei.

Chiudo gli occhi e mi arrendo al momento. Al fruscio delle foglie e al silenzio. Posso sentire i suoi occhi su di me.

Quando non la guardo, è più coraggiosa. Tengo gli occhi chiusi per darle il tempo di guardarmi quanto vuole. Mi piace che mi stia osservando. Penso che le piaccia quello che vede. È solo questione di tempo.

Un fruscio mi fa aprire gli occhi a fessura. Sposta le borse che stanno tra noi e si sdraia accanto a me, così vicina che posso sentire l'odore dei suoi capelli, come frutti tropicali.

Mi trattengo dal premere il naso su di lei e inspirare profondamente. Questo viaggio si sta rivelando sempre più difficile minuto dopo minuto. Perché diavolo ho promesso di non toccarla? È l'unica cosa che voglio fare.

Giro il viso nella sua direzione. È sdraiata, sulla schiena, i suoi capelli corti sparsi intorno al viso. Da questa vicinanza, posso dire che non ha trucco, eppure è così bella. Non sono abituato a vedere donne senza trucco intorno a me. Sono tutte finte in questa città, ma non lei. Lei è vera.

Aspetta un momento. Vera? Non conosco nemmeno il suo vero nome. Non è vera. È falsa. Proprio come tutti gli altri.

È tutta una recita.

Ma non riesco a crederci. Un'innocenza come la sua non può essere una recita. Semplicemente non può esserlo. C'è qualcos'altro qui. Devo solo capire cosa.

Gira la testa verso di me e i nostri sguardi si incrociano. Questa volta non distoglie lo sguardo, il che è un'ulteriore prova che la nostra relazione sta progredendo nella direzione giusta. I suoi occhi sono enormi e così blu che vorrei annegarvici dentro. Un calore si diffonde in tutto il mio corpo. Sono sicuro che lo sente anche lei. Le sue labbra rosa hanno un leggero fremito e i miei occhi vi sono attirati come una falena verso la fiamma. Se non fosse per quella fastidiosa promessa, le mie labbra sarebbero già sulle sue in questo momento.

«Bambi», sussurro, ma questo rompe l'incantesimo e lei si mette a sedere.

«Continuiamo a camminare?» dice e si alza.

Cazzo. L'ho spaventata. Piccoli passi. Devo ricordarmelo. Piccoli passi.

Mi siedo e raccolgo tutti i rifiuti e le borse, rimettendo tutto nel cestino, assicurandomi di non lasciare nulla indietro, e continuiamo la nostra escursione in silenzio.

Raggiungiamo una parte più ripida del percorso e ci arrampichiamo sulle rocce fino al punto di osservazione sul lago.

«Ce la fai?» chiedo vedendola ansimare. Lei annuisce semplicemente e continua ad arrampicarsi. Le tendo la mano, offrendole il mio aiuto, ma ignora il gesto e sale da sola.

Raggiungiamo il belvedere e anch'io sono un po' ansimante. La vista dalla cima è spettacolare e vale totalmente la scalata, ma la vista che mi interessa in questo momento non è quella della natura.

Bambi è in piedi sul bordo della scogliera, rivolta verso il paesaggio, e sta sorridendo. Sono riuscito a impressionarla. Beh, la vista c'è riuscita. Ma l'ho portata io qui.

Guardo in basso. Il lago scintilla alla luce del sole e sembra dorato. Le barche sono minuscole da questa distanza, lasciando una scia di schiuma bianca nell'acqua dietro di loro.

Lei si volta verso di me, il sorriso ancora sul volto, e sembra felice. Cazzo. Darei molto per scoparla qui, ora, sul terreno.

La osservo mentre tira fuori il telefono che le ho comprato e scatta foto della vista da tutte le angolazioni.

Prendo il mio e fingo di scattare foto del panorama, ma in realtà sto fotografando lei. È più bella del paesaggio.

«Grazie per avermi portata qui». Mi guarda con occhi scintillanti.

Sorrido in risposta. Sono io che dovrei dire grazie. Questo posto non sembrerà mai più lo stesso.

Iniziamo la discesa. Io vado per primo, saltellando agilmente tra le rocce. Siamo a circa metà strada quando sento un grido spaventato dietro di me. Mi volto e scopro che ha perso la presa e sta scivolando lungo il sentiero senza riuscire a fermarsi. È pericolosamente vicina al bordo della scogliera. Cazzo!

Il mio cuore batte forte mentre salto cercando di afferrarla, ma è ancora troppo lontana. Tendo il braccio, cercando di ridurre la distanza tra noi. Riesco ad afferrarle il braccio e a tirarla verso di me. Il suo corpo si scontra con il mio. Per il peso di entrambi, continuiamo a scendere, fermandoci pericolosamente vicino al bordo. Pianto i piedi più forte che posso e sporgo il peso del corpo in avanti, riuscendo a stabilizzare entrambi all'ultimo secondo.

Respiro affannosamente, tenendola tra le mie braccia. L'ho quasi persa, dannazione. Il suo viso è nascosto nell'incavo della mia spalla e sta tremando. È morbida e minuscola nel mio abbraccio, e non vorrei mai lasciarla andare.

## CAPITOLO 12
## *Ayala*

Il mio cuore batte così forte che posso sentire il sangue pulsare nelle orecchie. Non ho aria. Non riesco a respirare. È qui. Michael.

Tremo, aspettando i colpi che stanno per arrivare, ma non succede nulla. Apro lentamente gli occhi, rendendomi conto di essere nell'abbraccio di Ethan. È piacevole. Gradevole. Rimango vicina a lui, tra le sue braccia, le mie emozioni che cambiano con velocità vertiginosa tra paura e fiducia, e il cambiamento mi destabilizza completamente. Il suo corpo è caldo e saldo, e il suo polso è forte e costante contro di me. Contro ogni logica, un calore inizia a diffondersi dal mio basso ventre al resto del corpo, incendiandomi e facendomi ribollire dall'interno. Cosa mi sta succedendo? Come fa?

Mi prende il mento e solleva delicatamente il mio viso. «Stai bene?»

«Sì», rispondo automaticamente. Ma la verità è che sono spaventata. No, sono nel panico.

Mi sento come se mi fossi appena svegliata da un lungo sogno. I miei nervi formicolano, in attesa. Il mio corpo brama qualcosa che non accadrà mai. Ci sono già passata. Non permetterò a un uomo di toccarmi di nuovo. Faccio un passo indietro, anche se preferirei rimanere per sempre nel suo abbraccio sicuro.

«Ti ho fatto male? Mi dispiace. Stavo solo cercando di fermare la tua caduta». Sembra preoccupato.

«No, no, va tutto bene. Ero solo spaventata».

Lo sguardo sul suo viso mi dice che non mi crede quando dico che va tutto bene. Ma smette di chiedere, e io continuo a seguirlo con la massima attenzione. Non voglio inciampare di nuovo. Ora mantengo le distanze, concentrandomi su ogni passo che faccio.

«Allora vieni spesso qui?» chiedo con un tono scherzoso, imitando le frasi di approccio che sento nel pub ogni giorno, cercando di abbassare lo spesso schermo che si è alzato tra di noi.

Si volta verso di me con uno sguardo sorpreso e sorridente. Sono riuscita ad attirare la sua attenzione, e forse dimenticherà il momento imbarazzante di prima. Beh, non lo dimenticherà. Lo conosco abbastanza bene da saperlo già. Proprio come non ha dimenticato un incontro momentaneo per strada che non avrebbe dovuto avere alcun significato. È molto perspicace e non dimentica. Ma non mi mette mai pressione per rivelare ciò che non sono pronta a condividere.

«In realtà, sì», risponde e mi sorprende. «È uno dei miei posti preferiti per una gita di un giorno. Ti ho detto che mi piace viaggiare».

Sì, me l'ha detto. «Anche a me piace viaggiare», dico, rendendomi conto che ho apprezzato la giornata con lui. «È così bello qui».

«Sono contento. Ci sono molti altri posti che sarei felice di mostrarti».

Il suo telefono inizia a squillare, interrompendo la nostra conversazione. Una ruga appare tra le sue sopracciglia mentre guarda lo schermo.

«Mi dispiace. Ho chiesto di non essere disturbato, quindi se stanno chiamando, è probabilmente urgente». Risponde alla chiamata mentre cammina ancora, e io rimango in silenzio per non disturbarlo.

«Perché pensi di essere spiato?»

Ascolto i frammenti della conversazione.

«Sei sicuro?» Ethan si ferma e ascolta attentamente chiunque sia dall'altra parte. «Hanno informazioni riservate? Dalla tua email?»

Gli lancio uno sguardo interrogativo, ma lui non se ne accorge.

«Quindi mi stai dicendo che è qualcuno dall'interno. Dannazione. Bene, parlerò immediatamente con Jess. Tutto dovrebbe passare attraverso di me fino a nuovo avviso».

Riattacca, e le sue mani si chiudono a pugno.

«Cazzo!» Dà un calcio forte a una delle pietre sul sentiero. Mi blocco alla vista della sua furia inaspettata. Riconosco questa rabbia. Michael aveva molti episodi che iniziavano esattamente così quando le cattive notizie dal lavoro lo facevano arrabbiare. Sbatteva la porta d'ingresso, e quello era il mio segnale per prepararmi. Non importava cosa facessi, i pugni sarebbero arrivati. All'inizio, si scusava e prometteva che non sarebbe successo di nuovo, e gli credevo. Dopo un po', non ci credevo più, e lui non si scusava più.

Mi guardo intorno, con il cuore che mi martella nel petto mentre cerco un bastone o qualcosa di simile per proteggermi, cercando di pensare a come difendermi. Ethan è molto più massiccio e forte di Michael. È più largo nelle spalle e più alto di lui di almeno dieci o quindici centimetri. E lo spettacolare

103

sfoggio di muscoli a cui ho assistito nel lago non promette nulla di buono per me. Posso solo scappare se lo sorprendo. Raccolgo una piccola pietra che sembra appuntita e la tengo saldamente nel palmo della mano.

Ethan si volta verso di me, e io tengo la mano dietro la schiena, in modo che non veda la pietra. Ma non sembra cogliere affatto il mio stato d'animo, il che mi dice che è distratto.

«Dobbiamo tornare a casa. Devo andare in ufficio», mi spara e inizia a camminare indietro nella direzione da cui siamo venuti.

Aspetta un momento. Cosa è appena successo? Diventa improvvisamente evidente che la sua rabbia non è diretta a me. Getto via la pietra e mi affretto a seguirlo, cercando di chiedere con la mia voce più calma: «Cosa è successo?»

«Sto valutando la possibilità di acquistare diverse aziende per espandere il mio business nel settore informatico. Una delle aziende che ci interessano ha ricevuto un'offerta simile da uno dei miei concorrenti».

«Succede spesso?» chiedo, cercando di tenere il suo passo. «Che i concorrenti facciano offerte per le stesse aziende?»

«Non spesso». Inclina la testa. «Ma succede. Il fatto è che, secondo i termini dell'offerta concorrente, è chiaro che conoscevano i dettagli esatti della nostra offerta. Il vicepresidente della mia azienda informatica, quello che ha appena chiamato...» si ferma, poi continua a spiegare, «è l'unico che conosceva cosa c'era scritto nella nostra proposta. Beh, lui, Ryan e io, ovviamente. E giura che il contratto è salvato sul suo computer personale e solo lì. Non ci sono copie».

«Forse il computer è stato hackerato».

«Sarebbe la nostra prima ipotesi. Ma il suo computer personale non è connesso a internet proprio per queste ragioni.

Chiunque abbia rubato l'offerta aveva bisogno di un accesso fisico al computer».

«Questo significa che è stato qualcuno dall'interno», dico, probabilmente completando ciò che avrebbe detto dopo. «Sei sicuro che non sia stato il vicepresidente o Ryan a far trapelare le informazioni?»

«Ci metterei la mano sul fuoco per Ryan», dice. «E io e Stephan ci conosciamo da molti anni. È affidabile».

«Pensavo che Ryan fosse solo un amico. Come è coinvolto negli affari?»

«Io e Ryan siamo più che amici. È come un fratello per me. Ci conosciamo dall'infanzia. È anche il mio avvocato, e il suo studio redige tutti i contratti per le mie transazioni».

«E come fai a sapere che non sia l'altra azienda ad aver fatto trapelare le informazioni per ottenere un'offerta migliore?»

«Non posso esserne certo». Mi guarda e sembra compiaciuto delle mie domande. «Ma hanno firmato un accordo di non divulgazione, quindi se si scoprisse che sono loro i responsabili della fuga di notizie, e alla fine viene sempre fuori, dovrebbero pagare milioni, perdere l'affare e probabilmente anche quelli futuri, perché nessuno vuole lavorare con gente del genere. Un'azienda ha fatto qualcosa di simile in passato ed è crollata dopo che l'incidente è diventato di dominio pubblico. Mi sembra difficile che si prendano questo rischio».

«Ok...» dico. Ho un'idea, ma non sono sicura di come verrà accolta. Michael non voleva mai sentire la mia opinione.

Ethan si ferma e mi guarda con interesse, aspettando che io parli. Incoraggiata, continuo: «Quindi sai che probabilmente qualcuno sta controllando il computer di Stephan, vero? Perché non approfittarne per smascherare il ladro?»

Fa una pausa e ho l'impressione che stia elaborando l'idea, poi i suoi occhi si spalancano. «Certo! Non ci avevo pensato.

Pianteremo false informazioni dentro, così potremo rintracciare chiunque sia». Ethan si avvicina a me e per un momento penso che mi abbraccerà, ma si ferma a poca distanza, si gira e fa una telefonata.

È terribile che volessi che mi abbracciasse?

Da quel momento in poi, si disconnette completamente da me. Dimenticando la mia esistenza. Tira fuori dalla borsa degli auricolari wireless, li collega e cammina a passo svelto mentre fa telefonate. Intravedo Ethan Wolf, il serio uomo d'affari, ed è ben diverso da Ethan Wolf, l'uomo affascinante che ha passato la giornata con me.

Cerco di stargli dietro, ma è in ottima forma e molto più alto di me. Per ogni passo che fa lui, io ne devo fare due, e ben presto mi ritrovo ansimante e a muovermi quasi a passo di jogging.

*Uff.* Devo fare più esercizio. Mi rimprovero per la mia cattiva forma. Le pulizie potrebbero aver rafforzato i muscoli delle braccia, ma non hanno contribuito alla mia resistenza cardiopolmonare. Dopo venti minuti di corsa dietro di lui, non ce la faccio più e passo a un'andatura di camminata. Dovrà solo aspettarmi qualche minuto quando arriverà alla macchina.

Lui si precipita in avanti, aprendo un divario tra noi, e dopo qualche minuto non riesco più a vederlo. Lo perdo completamente di vista. Continuo a camminare nella stessa direzione ma mi fermo quando arrivo a un bivio sul sentiero. Da che parte siamo venuti? Perché non ho fatto caso a dove diavolo stavo andando? Tutto mi sembra uguale. Ci sono alberi ovunque e ci sono molti sentieri qui. Devo solo continuare a camminare nella direzione generale, sperando di non perdermi.

Forse sta davvero pianificando di uccidermi nel bosco. Mi lascerà qui come cibo per gli orsi. O, più semplicemente, morirò di fame perché non ho senso dell'orientamento. Sì, posso già immaginare i titoli dei giornali. "Corpo di donna trovato su un sentiero del Lago Mohonk dopo essere morta di fame".

Beh, almeno sto facendo battute. Mi sono divertita oggi. Non ricordo l'ultima volta che ho potuto dire di essermi divertita. Ho avuto delle belle giornate da quando sono arrivata a New York, ma divertimento vero? Questa è una novità per me. Ethan era interessato a ciò che avevo da dire. Mi vede. L'ho sorpreso a guardarmi un paio di volte e non mi ha nemmeno spaventata come pensavo che avrebbe fatto.

«Hope!»

Mi scuoto dal filo di pensieri che mi ha trascinata via quando sento chiamare il mio nome. Ethan sembra stressato.

«Sono qui!» gli grido di rimando, e lui arriva di corsa, con il viso contratto dalla preoccupazione. Questa volta non si ferma e mi abbraccia. «Merda, mi dispiace tanto», mormora nel mio orecchio. «Non mi sono accorto che non eri dietro di me. Mi dispiace tanto».

Questa volta non sussulto, permettendomi di sprofondare nel suo abbraccio.

## CAPITOLO 13
## *Ayala*

Distratta, strofino le macchie ostinate di cibo da uno dei tavoli. Continuo ad analizzare quell'abbraccio tra Ethan e me da ogni angolazione. Ricordo ancora la reazione del mio corpo, l'umidità tra le mie cosce.

Mi piace. Mi piace molto. C'è qualcosa in lui che mi fa sentire al sicuro, come se potesse proteggermi da qualsiasi cosa.

Ma nulla di buono può venirne fuori. Non sa chi sono e non lo saprà mai. Non ci vorrà molto prima che si renda conto che sono rotta, che sono senza valore.

Forse l'ha già capito perché non l'ho visto da quando siamo stati in gita. Mi ha mandato un messaggio di scuse dicendo che i problemi in azienda lo tengono occupato e non può venire a trovarmi, ma forse è solo una scusa. So che ha molto lavoro. È una persona importante e ovviamente non può stare lontano dai suoi affari. Non sono nemmeno la sua priorità, e si suppone che siamo solo amici. Allora perché sono così delusa?

Il mio telefono suona e mi affretto a controllare il messaggio. Ethan è l'unico che ha il numero.

È una foto. Mi ha mandato una foto di sé seduto in una

sala riunioni con un'espressione triste. *Preferirei essere con te*, c'è scritto sotto.

Passo le dita sul suo viso e salvo la foto. È la prima volta che mi manda una foto di sé. Anch'io preferisco essere con te, penso e mi fermo.

*Nessuno ti amerà mai. Sei solo una piccola puttana.*

«Terra chiama Hope!»

Mi ero persa di nuovo nei miei pensieri. Alzo lo sguardo verso Nicky, che sta chiudendo il bar.

«Domani andiamo a ballare. Vieni?» chiede, e non per la prima volta. Fino ad oggi, ho rifiutato ogni invito che mi avrebbe richiesto di uscire dal mio nascondiglio, ma sono qui da un mese ormai, e sembra che nessuno mi stia inseguendo. Nessuno è venuto a cercarmi. La mia prima priorità era sopravvivere, ma ora, voglio anche vivere. Merito di più. Merito una vita degna di essere vissuta. Penso che potrebbe essere il momento giusto per iniziare. Forse i miei pensieri su Ethan mi stanno dicendo che sono pronta per qualcosa di più.

«Perché la inviti?» interviene Robin e smette di raccogliere le tazze sporche. Mi guarda con odio.

Cosa ho fatto a questa ragazza? Pulisco solo tavoli e bagni e qualsiasi altra cosa Dana mi chieda di fare. Non ho scambiato più di poche parole con Robin da quando sono arrivata.

«Perché non dovrei invitarla?» Nicky fissa Robin, la fronte corrugata in un'espressione accigliata.

Robin storce la bocca. «Se non noti cosa sta succedendo intorno a te, allora sei cieca». Agita la mano e va in cucina.

«Hai qualcosa che potresti indossare?» chiedo a Nicky, decidendo di ignorare lo sfogo nucleare di Robin.

«Sì! Vuol dire che verrai con noi? Vieni a casa mia questa sera. Troveremo qualcosa di adatto per te».

Quando lasciamo l'appartamento di Nicky, indosso un vestito corto nero e un trucco pesante che non avrei mai osato portare se non fosse stato per la sua insistenza.
Non mi riconosco. Questa non sono io. O forse lo sono. Non so più chi sono. Non mi è mai stata data la possibilità di scoprirlo, essendo sempre chi volevano che fossi. Prima, la ragazza conservatrice e carina che i miei genitori volevano che fossi, poi la donna che Michael voleva che interpretassi per lui. Non so cosa voglio. Non so cosa mi piace fare. Forse è il momento di scoprirlo.

All'ingresso del club, posso già sentire la musica alta all'interno e il dolce odore di fumo. Ci incontriamo con Michelle e Shannon, le amiche di Nicky. Sembrano simpatiche e mi salutano con abbracci e sorrisi.

«Ciao». Robin si unisce a noi, salutando tutti tranne me.

Le sorrido.

Il mio telefono vibra nella piccola borsetta che ho preso in prestito da Nicky.

**Ethan**
Posso vederti sabato?

Ho il turno di sera. Non posso disdire.

Ho avuto una promozione. Dana ha suggerito che lavori come barista. Uno dei baristi ha annunciato le sue dimissioni, e lei gli ha chiesto di formarmi nella settimana a venire. Non posso saltare i turni.

**Ethan**
La mattina, allora?

Non si arrenderà. Improvvisamente mi ricordo cosa mi ha detto.

> Non è il tuo compleanno?

**Ethan**
Sì. Ma te l'ho detto, non lo festeggio.

Non lo capisco. Nessuno dei suoi familiari fa qualcosa per lui? Come può essere? Le mie dita si muovono sulla tastiera. Voglio davvero incontrarlo di nuovo.

> Ok, ci vediamo sabato mattina.

Devo fare qualcosa per il suo compleanno. Forse una torta? O un regalo?

Cosa posso fare per lui? Ha abbastanza soldi da non aver certamente bisogno di nulla da parte mia.

Mi scervello cercando di avere un'idea, ma è difficile. Non ci conosciamo ancora così bene, e la sua lista di hobby è adatta a un milionario e non a una sarta come me.

«Perché sei così affascinata dal tuo telefono?» Nicky mi tira quando è il nostro turno di entrare, e rimetto il dispositivo nella borsa. Penserò a un'idea più tardi.

Il club è pieno di persone di tutte le forme e dimensioni. Mi piace. Non sono mai stata in un posto del genere. Quasi tutti qui sono vestiti in modo così scoperto che mi ritrovo a fissare spudoratamente. Il mio vestito corto non è niente in confronto a ciò che vedo intorno a me. Stanno tutti ballando, anche se non chiamerei esattamente ballo quello che stanno facendo. È molto di più, ed è incredibilmente sexy. Le luci e il sudore infondono un'atmosfera che apre tutti i sensi. La musica è alta, e il fumo che esce dalle macchine e dalle sigarette riempie il locale. Schermi giganti mostrano clip sulle pareti. È ipnotizzante.

Sono un po' scioccata, voglio scappare, ma voglio anche restare.

Le ragazze si mettono in fila al centro della pista e iniziano a ballare, e io cerco di imitare i loro movimenti. Sono tesa, e so di non sembrare brava come loro. Non sono rilassata come loro, ma ci provo.

Dopo un'ora di ballo, fanno una pausa e mi trascinano in bagno. Mi guardo allo specchio e vedo che sto sudando, e i miei occhi brillano. I miei capelli corti sono selvaggi. Sembro felice, addirittura radiosa. Sto assorbendo il mio sudore con un fazzoletto di carta e osservo Shannon arrotolare qualcosa che sembra una sigaretta.

Sta inalando dalla sigaretta e soffiando verso il mio viso. L'odore dolce mi raggiunge il naso.

«Vuoi fare un tiro?» chiede.

«Cos'è?»

«Non hai mai fumato uno spinello?» Alza un sopracciglio. «Ecco, divertiti».

Per un momento, non sono sicura. Ma voglio provare cose nuove. Voglio vivere. È per questo che sono venuta qui. Prendo la sigaretta offerta, faccio un tiro e tossisco forte.

Robin soffoca una risata. «Non sa nemmeno fumare.»

Shannon ride apertamente. «Fanne un altro.»

Mi piace. Il cuore mi batte forte, minacciando di uscirmi dalla gabbia toracica. Sono eccitata e mi sento avventurosa. Ho voglia di uscire di nuovo a ballare. Faccio un terzo tiro e restituisco la sigaretta arrotolata a Shannon.

Torniamo in pista e ballo, sentendomi molto più libera di prima. Adoro questa sensazione. Alzo le mani in aria e lascio che la musica mi guidi.

Due uomini si avvicinano e iniziano a ballare vicino a noi. Vedo come uno di loro si avvicina a Nicky e le tocca i fianchi. Lei lo lascia ballare con sé, la tiene, poi si gira e gli mette le braccia addosso. Le piace. Invidio quanto sia aperta, rilassata e non abbia paura di toccare. Vorrei essere più come lei.

L'altro ragazzo cerca di avvicinarsi a me, e trattengo la mia automatica riluttanza permettendogli di avvicinarsi. Vedo Robin che mi fissa con uno sguardo arrabbiato negli occhi. È per questo uomo? Lo vuole lei? È libera di prenderselo.

Lui allunga le mani e mi afferra per la vita, simile al ragazzo che balla con Nicky. Mi blocco. Mi sta toccando. Uno sconosciuto mi sta toccando. Sto cercando di rilassarmi ed essere più come le altre ragazze, ma i ricordi non mi lasciano andare. Un'ondata di nausea mi travolge.

Mi allontano da lui e corro in bagno. Alcune ragazze sono in piedi nel corridoio, in attesa in fila, ma non mi fermo. Lo stomaco mi si contorce di nuovo e mi copro la bocca con la mano mentre corro intorno a loro ignorando le grida arrabbiate.

Riesco a malapena a trattenermi quando raggiungo il bagno. Spingo via la ragazza che sta per entrare e vomito tutto il contenuto del mio stomaco. Gemiti disgustati risuonano dietro di me, e mi rendo conto di aver lasciato la porta del bagno aperta. Allungo una mano e la sbatto chiusa. Dopo che i crampi si calmano, mi alzo in piedi tremante e mi appoggio alla porta. Il mio petto si alza e si abbassa rapidamente.

Non riesco a sopportare nemmeno un piccolo tocco. Avrò mai di nuovo una relazione? Sono irrimediabilmente rotta.

Ignoro il costante bussare alla porta quando le lacrime iniziano a scendere con singhiozzi silenziosi che scuotono il mio corpo per molto tempo.

*Non crollare ora.* Sono scappata da lui e mi sono salvata.

Sono più forte di così. Non ho bisogno di uomini nella mia vita. Mi faccio tornare in me, esco e mi lavo la faccia.

Il mio trucco è sbavato, cola con brutte strisce nere sulle guance. Bagno le mani e mi strofino il viso, pulendo tutto.

Mi guardo di nuovo allo specchio con gli occhi spalancati. Non ho bisogno di nessuno tranne me stessa. Starò bene.

Dopo essermi ripresa, trovo facilmente Michelle e Shannon, che attirano la mia attenzione al centro della pista, ma Nicky e Robin sono scomparse.

Mi avvicino alle ragazze e faccio sapere loro che sto andando a casa, nel caso in cui Nicky mi cerchi. Anche se sono abbastanza sicura che non tornerà presto.

L'aria fuori è fresca e le mie orecchie pulsano come se fossi ancora nel club rumoroso. Decido di tornare a piedi a Lunis. Non siamo lontane da lì, e camminare nell'aria fredda mi conforta.

Sono delusa da me stessa. Ero sicura di aver fatto progressi ed essere pronta. È passato un mese e pensavo di poter essere una ragazza normale che esce. Ma non appena uno sconosciuto mi ha toccata, ho completamente perso il controllo. Forse non finirà mai? Forse sarò sempre rotta? Michael aveva ragione fin dall'inizio.

Ma quando Ethan mi ha abbracciata, mi sono sentita bene. Non riesco a smettere di pensare al nostro tempo insieme, nuotando nel lago e al picnic. La giornata perfetta che mi ha regalato. Mi ha fatto ridere. E con lui non mi sono sentita inutile. Mi sono sentita me stessa.

## CAPITOLO 14
## *Ayala*

Finalmente arriva sabato mattina e prendo la metropolitana per Madison Square Garden. Ethan dovrebbe incontrarmi lì.

Tengo con cura sulle ginocchia la piccola scatola di cartone, e il mio zaino è pieno di cibo che ho preparato ieri nella cucina di Lunis. A Dana non importa che io cucini, purché tenga la cucina pulita.

«Ehi, Ira», saluto allegramente la guardia che mi sta già aspettando al cancello della sala. «Ti ho portato i biscotti che ti piacevano». Tiro fuori dalla scatola un sacchetto di carta pieno di grandi biscotti al burro di arachidi e glielo offro.

«Ciao, tesoro. Quindi oggi è il grande giorno?» chiede mentre prende un biscotto e lo guarda con avidità.

Sorrido. «Sì. Oggi è il giorno. Quando Ethan verrà a cercarmi, potresti mandarlo dentro, per favore?»

Ira annuisce e mi apre la porta.

Il posto è vuoto e buio. Trovo gli interruttori della luce sulla parete e le luci si accendono. Il luogo prende vita. Non posso credere di esserci riuscita.

Ira mi ha reso la vita molto più facile quando ho scoperto che era un tipo romantico e amante dei biscotti. Sono stata qui ogni giorno a tentare la fortuna con le guardie. Ho cercato di parlare ai loro cuori, ho provato a corromperli con dolci. I primi due non volevano sentire una parola da me una volta capito cosa stavo chiedendo. Ma Ira non ha avuto bisogno di troppa convinzione per aiutarmi. Gli ho lasciato credere che Ethan fosse il mio amore, e tanto è bastato. È un grande credente nelle storie d'amore, e il romanticismo dell'idea è stato sufficiente per permettermi di intrufolarmi questa mattina per preparare la mia sorpresa.

Tiro fuori la coperta dallo zaino e la stendo sul pavimento al centro della sala, poi metto la scatola di cartone al centro.

Preparo la colazione che ho fatto: uova, verdure e un po' della mia brioche fatta in casa.

Sono brava a cucinare. Cucinare e fare dolci sono diventati una grande parte della mia vita negli ultimi due anni. Era l'unica cosa che potevo fare mentre ero rinchiusa da sola nella grande casa. L'unica cosa che Michael mi permetteva di fare.

Spengo di nuovo le luci, mi siedo e aspetto. Tamburellando con la gamba sul pavimento.

«Hope?» Sento la voce bassa di Ethan echeggiare nella sala vuota.

È lì in piedi, che cerca di capire dove sono in questo buio. L'illuminazione della porta alle sue spalle lo illumina come un dio greco sceso dal cielo. Indossa jeans e una maglietta Henley bianca con i bottoni superiori aperti, che rivelano un pezzo di pelle del suo petto.

Cerco di ricordarmi che voglio solo un amico, ma l'ondata di calore nei miei lombi la pensa diversamente.

«Sono qui». Vado da lui con un sorriso. «Congratulazioni».

«Cosa ci facciamo qui?» chiede. «E come sei entrata?»

«È il tuo compleanno, quindi ho chiesto qualche favore», lo dico come se non fosse un grosso problema, e fosse facile ottenere un enorme posto famoso tutto per noi. Come se non avessi supplicato in ginocchio tutta la settimana chiunque potessi per far accadere questo. «Vieni».

Riaccendo le luci e rivelo il pasto che ho messo al centro del campo.

Si ferma e la sua bocca si spalanca. «Cosa sta succedendo?»

Sembra essere sotto shock, e mi piace. Sono riuscita a sorprenderlo. Sono riuscita a sorprendere l'uomo che ha tutto.

Mi siedo sulla coperta e lo invito a sedersi accanto a me. Ma lui rimane in piedi.

«Quando hai organizzato tutto questo?»

«Dopo che mi hai scritto che volevi vedermi sabato, e mi sono ricordata che era il tuo compleanno», spiego. «Non capisco ancora perché non lo stai festeggiando, ma io adoro i compleanni. Non potevo semplicemente ignorarlo».

«Non venivo qui da un po'», mormora e si guarda intorno. «Ho molti ricordi di questo posto».

Lo osservo camminare in giro. Penso che sia commosso, e i suoi occhi sono un po' umidi. Spero di aver fatto qualcosa di buono e di non aver rovinato tutto.

Quando torna e si siede accanto a me, sembra calmo e sta sorridendo. Gli spiego del cibo e iniziamo a mangiare. I suoni che fa quando apprezza il cibo sono irresistibili.

«Il tuo cibo è migliore della gastronomia. Dove hai imparato a cucinare così?» Geme di piacere, e sento le guance che si scaldano. Abbasso gli occhi.

Aspetto che finisca di mangiare e salto su non appena posa il piatto.

Apro la scatola di cartone, cercando di non strapparla, e

tiro fuori la torta. È una torta di compleanno a tre strati ricoperta di crema al cioccolato, con il numero ventinove sopra. Ho lavorato alla torta per qualche ora ieri. Sono contenta che sia sopravvissuta al viaggio, ed Ethan sembra impressionato.

«Hai fatto anche una torta?» mormora. «Per me?»

Per un momento, sembra così imbarazzato dal gesto che penso che nessuno gli abbia mai fatto una torta prima. Ma ovviamente, non può essere.

«Sì», confermo mentre fruga nella mia borsa, cercando la candela che ho portato.

«L'ho trovata», esclamo quando le mie dita afferrano la candela perduta. La infilo al centro della torta e la accendo. «Esprimi un desiderio!» Gli ordino.

Ethan mi fissa, poi chiude gli occhi. Si lecca le labbra e ci mette un momento. A cosa sta pensando? Mi chiedo quando finalmente spegne la candela e apre gli occhi.

«Assaggiamola».

La torta è ricca e cremosa, e la gusto con piacere. Sono contenta che sia venuta bene dopo tutti i miei sforzi. Chiudo gli occhi e sospiro di piacere. Quando li riapro, gli occhi dorati mi stanno fissando. Sento la tensione che cresce. L'aria tra noi è densa. Il mio battito cardiaco aumenta di qualche battito, e una sensazione calda mi riempie lo stomaco.

No, questo non è appropriato. Non voglio provare queste sensazioni con lui. Voglio solo un amico.

Allunga la mano e mi pulisce una macchia di cioccolato dall'angolo della bocca. Rabbrividisco al tocco ma non mi ritraggo. Voglio che mi tocchi. Dio, lo voglio davvero! Cosa mi sta succedendo? Guarda il suo dito e poi lo lecca, e il mio stomaco si contrae in anticipazione. Guardo nei suoi occhi, e sono pieni di desiderio.

Non riesco a distogliere lo sguardo. Per qualche motivo, ho

la sensazione che il sesso con lui sarebbe diverso. Non come l'ho sperimentato. Forse finalmente capirei perché tutti ne sono così entusiasti. Mi vergogno dei miei pensieri sporchi. Cosa mi sta succedendo? Non voglio niente del genere nella mia vita. Non ho bisogno di un uomo. Sono appena uscita da una relazione terribile.

Scaccio i pensieri che mi sopraffanno e decido di chiedere di un argomento che non provocherà una simile reazione.

«Cosa è successo riguardo al problema nella tua azienda? Il computer hackerato?»

«Oh. La tua idea è stata eccellente. Siamo riusciti a sviare il ladro e a trovarlo seguendo la scia di indizi. Era nientemeno che il mio responsabile finanziario». Un'espressione delusa gli attraversa il viso. «Non posso credere di esserci cascato. E per giunta, è anche il figlio di amici di famiglia. Una volta selezionavo personalmente tutti i miei dipendenti, ma ora sono troppi per farlo da solo».

«Forse dovresti assumere qualcuno che faccia controlli sui precedenti dei dipendenti», suggerisco.

«Sì. Ho qualcuno che se ne occupa. Non avrei mai pensato di dover controllare un amico di famiglia, ma immagino che non si possa mai sapere».

«Quindi, hai comprato l'azienda che volevi?»

«Non ancora. Non hanno ancora deciso se venderla a noi. Ma almeno l'altra azienda che ci ha rubato è fuori dai giochi dopo che abbiamo mostrato loro le prove del furto». La sua mascella si irrigidisce per la rabbia. «Odio quando giocano sporco».

In questo momento, mi sento così normale. Stiamo parlando come due persone qualunque di argomenti quotidiani, mangiando torta insieme. È una bella sensazione. *Com'è che sono così rilassata con lui?*

Ethan smette di parlare e i suoi occhi si concentrano su di me, esaminandomi. Ho della torta sul viso di nuovo? Faccio uscire la lingua e la passo sull'angolo della bocca, controllando. Succede così in fretta che non ho il tempo di reagire quando le sue labbra si posano sulle mie. Il mio polso accelera e il mio respiro si fa subito più rapido.

La mia bocca si apre come se avesse volontà propria, e la lingua di Ethan mi sta già invadendo. Il sapore del cioccolato nella sua bocca è semplicemente divino. Gemo, inconsapevole delle mie azioni. Le sue mani mi tengono il viso e mi avvicinano a lui mentre la sua bocca è occupata ad assaggiarmi.

Il bacio non è dolce e delicato. È esigente eppure non opprimente.

I miei capezzoli sfregano contro il suo petto e si induriscono. La frizione della sua camicia, il tocco della sua lingua sulla mia... I miei pensieri sono confusi e il mio interno si sente come burro. Queste non sono sensazioni che riconosco. Non mi sono mai sentita così. Mai. Non sapevo che fosse possibile provare qualcosa del genere.

Non posso fare a meno di passare le dita tra i suoi capelli, tirandoli delicatamente. Lui geme in risposta, mandando un'ondata di calore tra le mie gambe. Oh, Dio.

Le sue labbra si staccano dalle mie e lui abbassa la testa, iniziando a baciarmi il collo. So che dovrei fermarlo, ma invece inclino la testa all'indietro, permettendogli l'accesso. È come se non fossi in controllo, permettendogli di fare ciò che vuole con me, e sono alla sua mercé.

Lascia una scia di baci infuocati lungo il mio collo e si sposta rapidamente verso la mia camicia, la sua bocca calda sulla mia scollatura. La sua mano va sotto la mia camicia.

«No», grido e mi tiro indietro di scatto, ansimando. «Merda», mormoro con voce debole. *Respira. Respira.* Cerco di calmare il mio respiro affannoso e fermare l'attacco di panico che si sta avvicinando rapidamente. Porto la mano alle labbra e noto che sta tremando.

«Cosa è successo?», chiede. Anche lui sta ansimando, cercando di riprendere fiato. «Cosa c'è che non va?»

Mi tocco il viso e lo trovo caldo. E sono sicura che le mie labbra siano gonfie per il bacio.

Sono così imbarazzata. Pensavo che sarei stata a mio agio con lui. Ma anche con questo uomo attraente, non riesco ad andare avanti. Sono rotta.

Mi alzo in piedi e le mie gambe tremano violentemente. «Non posso farlo», dico, e prima che me ne renda conto, le mie gambe mi stanno portando fuori, e sto correndo.

## CAPITOLO 15
## *Ethan*

Lascio tutto il cibo al gentile uomo all'ingresso, che sembra molto felice di riceverlo, e me ne vado.

Che diavolo è appena successo? È stato un bacio appassionato, proprio come l'avevo immaginato. E non mi succede spesso che la realtà sia buona come l'immagino. Da quando ho incontrato questa donna, sapevo che sarebbe stata come il fuoco. Sapevo che sarebbe stata calda, e so per certo che mi ha ricambiato il bacio. Non è stato unilaterale. Allora perché diavolo è scappata via da me?

Il mio cazzo è duro come una roccia ora. Posso a malapena camminare dritto. Cazzo. Sarà la mia morte.

Mi sono trattenuto per una settimana. Sì, non ho scopato per una settimana. Ethan Wolf, lo scapolo ricercato, soffre di frustrazione sessuale. Sono diventato una barzelletta. Non sono andato da nessuna delle mie amanti dalla nostra gita al lago perché non riesco a smettere di fantasticare su questa donna. Quegli occhi blu mi fanno impazzire.

Tutta la settimana mi sono masturbato come un ragazzino,

a volte anche tre volte al giorno, solo per sfogarmi, per alleviare il mio stress. Ma niente aiuta. Sono così fottutamente arrapato.

Ero sicuro che oggi sarebbe successo. Dopotutto, mi ha invitato qui. Ha preparato tutto quel cibo e quella torta! Chi fa una torta al cioccolato e la lecca in quel modo davanti a me se non vuole essere scopata? Non capisco. Tutto ciò a cui riesco a pensare è la sua lingua avvolta intorno al mio cazzo.

Non si fa una cosa del genere senza anticipare il sesso dopo, giusto?

Masturbarmi non sarà sufficiente questa volta. Chiamo Adele.

«Ho bisogno di te ora» dico non appena risponde. Non è così che immaginavo il mio compleanno, ma ho bisogno di scopare ora. Ne ho bisogno duro e doloroso, e Adele lo accetterà.

«Ethan... È da tanto che non ti sento» fa le fusa.

Non ho pazienza per questo.

«Sto venendo da te». Riattacco.

Il mio telefono lampeggia con un nuovo messaggio.

> **Olive**
> A che ora è la cena dai tuoi genitori?

Cazzo. Me ne ero completamente dimenticato. Io e Olive siamo invitati a cena oggi in onore del mio compleanno.

Odio questi pasti. Odio la finzione. Odio fingere che vada tutto bene, che tutto sia dimenticato. Fingere che andiamo d'accordo, che mi amino, che papà non mi odi. Almeno a loro piace Olive e si divertono a parlare con lei, il che mi dà l'opportunità di stare zitto. Perché se dico qualcosa, so come andrà a finire. So che arriverà lo sfogo.

> Ti vengo a prendere alle sei.

Controllo l'orologio e mi rendo conto che dovrò annullare la visita da Adele.

---

Esattamente alle sei, aspetto vicino all'appartamento di Olive. Lei si avvicina alla macchina, indossando un lungo vestito viola scuro con sottili spalline e un delicato scialle nero appoggiato sulle sue braccia sottili. I suoi lunghi capelli sono raccolti in una treccia.

«Wow» le dico mentre sale in macchina. «Se fossi interessata a me, ti farei sicuramente».

In risposta, ricevo un colpo sulla spalla. «Ugh, che schifo!»

La adoro. Non capisco come ho potuto pensare che non fossimo compatibili. Probabilmente qualcosa nel suo linguaggio del corpo che trasmetteva un no. È fantastica, acuta e divertente e a volte mi dispiace che non le piacciano gli uomini. Mia madre aveva ragione ad accoppiarci, per quanto mi dispiaccia ammetterlo. Se non fosse lesbica, probabilmente staremmo insieme.

«Allora glielo hai detto?» Apro la conversazione con l'eterna domanda che le faccio ogni volta che ci incontriamo. Non ho ancora perso la speranza. Alla fine la convincerò a dirlo ai suoi genitori. Non ha senso vivere la vita senza poter stare con la persona che ami. E sono sicuro che stia esagerando. Per quanto conosco i suoi genitori, non la prenderanno così male come immagina. Conservatori o no, non è una cosa così grave.

«Sai che non l'ho fatto» dice. «Ti ho portato qualcosa». Si affretta a cambiare argomento, non permettendomi di discutere con lei, poi tira fuori una busta dalla minuscola borsa e me la porge con un «Buon compleanno». Si piega e mi bacia sulla guancia.

«Olive, non avresti dovuto comprarmi niente...»

«Ma volevo farlo». Alza le spalle. «A chi comprerei regali se non al mio migliore amico?»

Apro la busta e trovo due biglietti per la partita NBA della prossima settimana al Madison Square Garden. La coincidenza fa saltare un battito al mio cuore. È solo un caso che entrambe abbiano pensato allo stesso posto?

Arriviamo all'enorme attico dei miei genitori. Do un'occhiata al paesaggio e inspiro, cercando di mantenere un po' di tranquillità prima di entrare nella tana del leone. Olive mi tiene la mano, stringendola leggermente. Lei sa sempre quando ho bisogno di quell'incoraggiamento.

Il loro appartamento è enorme e isolato. Si sono trasferiti qui dopo la tragedia, e non li biasimo. Neanch'io potevo più vivere nella nostra vecchia casa. Ma non potevo nemmeno rinunciare alla mia casa d'infanzia.

Quando hanno venduto la vecchia casa alcuni anni dopo l'accaduto, l'ho comprata tramite un intermediario senza che potessero sapere che ero coinvolto nella transazione. Non me l'avrebbero mai venduta se l'avessero saputo. Non potevo lasciare che la casa andasse a qualcun altro, non dopo quello che era successo. La casa è lì come un monumento, ricordandomi ogni volta che ci passo davanti o penso a quello che ho fatto.

La nuova casa è splendidamente progettata, curata nei minimi dettagli, e non c'è una goccia di calore in essa. Non c'è traccia di Anna o del fatto che una volta avessero cresciuto una ragazza. L'hanno cancellata dalla loro vita. Odiavo vivere qui.

Mia madre ci accoglie con un grande sorriso e un abbraccio finto per me, mentre sembra che Olive riceva un abbraccio vero. Entro in soggiorno e saluto mio padre. Lui si limita ad annuire con la testa, riconoscendo la mia esistenza e niente di più. Mi mordo la guancia.

Si alza, e ci sediamo tutti al lungo tavolo. Non posso fare a meno di ridacchiare perché il tavolo è enorme, e noi quattro siamo seduti lontani l'uno dall'altro come se fossimo a un evento regale.

Chiudo gli occhi e inspiro. Enormi occhi blu appaiono, dandomi forza.

«Allora, Olivia, come va il tuo business?» chiede mia madre con interesse mentre qualcuno del personale serve la prima portata. Non la riconosco, mia madre deve aver cambiato di nuovo il personale, per la millesima volta.

La mia attenzione torna alle donne al tavolo, e le osservo mentre conversano. Mamma sembra apprezzare Olive, non che sia sorprendente. Non c'è nulla che non piaccia di lei. È perfetta. Non come me.

Olive sospira e posa la forchetta. «Non sapevo quanto sarebbe stato complicato, Laura. Sto lavorando al mio business plan. Sono così fortunata ad avere Ethan qui ad aiutarmi. Senza di lui, non ce l'avrei fatta». Gira la testa e mi guarda con un sorriso. «È lui che mi ha convinta a fare abiti da sera e non solo abiti da sposa».

È vero. La aiuto, ma so che sta cercando di lusingarmi per ammorbidirli. Non capisce ancora che per loro non significa nulla.

«Sì, tutti i calcoli mostrano che sarà più redditizio se progetti entrambi», dico.

«Hai già dei vestiti pronti?» chiede mia madre.

«Oh, ho molti campioni pronti, ma non ho ancora una linea di produzione. Prima devo trovare un posto. E un budget».

Nonostante i miei tentativi di dissuaderla, vuole che i suoi genitori siano coinvolti nell'attività e investano in essa, quindi per ora i progressi sono piuttosto lenti. Non hanno ancora accettato. Io non ho preso nulla dai miei genitori e non capisco perché lei lo vorrebbe. Non riesco nemmeno a immaginare dove sarei oggi se papà avesse avuto voce in capitolo nella mia attività.

Dico: «Non avrai problemi a trovare un prestito. Hai centinaia di migliaia di follower che compreranno ogni pezzo di design che produrrai. È un'impresa quasi priva di rischi».

«Sarò la tua prima cliente», dice mia madre battendo le mani. Mio padre borbotta qualcosa senza guardarmi.

Non riesco a capire cosa stia dicendo e il mio livello di stress sale di un gradino. «Cosa?» alzo la voce per far capire il mio punto. Ma lui non si preoccupa di rispondere. Perché vengo qui?

Abbasso lo sguardo sul piatto e faccio un respiro profondo. *Non agitarti. È solo papà che si comporta come sempre.* Dovrei esserci abituato ormai. La conversazione si interrompe per diversi minuti mentre tutti iniziamo a mangiare, finché il silenzio non viene rotto.

«Ethan», dice mamma, con un tono freddo e formale, e alzo la testa per guardarla, sapendo che non può essere un buon segno.

«Ho sentito che hai licenziato Clifford. Il figlio di Nightingale».

Sì. Non sarà una cosa buona.

«Corretto».

«Sua madre mi ha chiamato e mi ha chiesto di parlare con te. Siamo amiche, sai, e sono una famiglia adorabile. Ti hanno sempre adorato. Forse potresti dargli un'altra possibilità? Non può essere così male. Magari un altro ruolo?»

«Non succederà, mamma. L'ho licenziato per una buona ragione», aggiungo, cercando di deviare l'argomento prima che la conversazione peggiori.

«Lo so, tesoro, ma-»

Mio padre alza una mano e interrompe le sue parole all'istante. Odio quando lo fa. La zittisce come se fosse la sua cameriera o qualcosa del genere. E la cosa peggiore è che lei obbedisce.

«Laura, ha detto di no. Non hai nulla da guadagnare. Sai quanto può essere testardo, soprattutto se sei tu a chiederglielo». Il disprezzo nella sua voce è così evidente, e il sangue mi ribolle nelle vene. Anche Olive si guarda intorno, anticipando cosa succederà dopo.

Parla di me come se non fossi presente nella stanza, e non sono disposto a tollerarlo.

«L'ho licenziato perché ha venduto informazioni ai miei concorrenti e ha tradito l'azienda. È stato solo per fortuna che l'ho scoperto prima che il danno fosse irreversibile. Ho passato l'intera settimana cercando di sistemare quello che ha fatto», dico, sul punto di urlare. «Non ho bisogno di consigli su come gestire la mia azienda, e sicuramente non riporterò indietro un dipendente che è andato fuori controllo come favore a qualcun altro, nemmeno per mamma».

«Non farebbe male ascoltare qualche consiglio, figliolo. Soprattutto dopo che abbiamo passato anni a tirarti fuori dai guai», dice mio padre, aggiungendo benzina sul fuoco.

Mi alzo dal mio posto così bruscamente che la sedia su cui sono seduto cade con un tonfo, e la ignoro. Mamma trasalisce.

«Sono passati anni da quando mi avete tirato fuori dai guai, ma non lo ammetterete mai, vero? Non mi permetterete di dimenticare quello che è successo. Non importa quante aziende ho fondato, non importa quanto la mia attività abbia superato la vostra, sono ancora il figlio ribelle». Ora sto praticamente urlando, ma sono anche in un momento di sfogo.

«Sono venuto qui su invito di mamma, ma è abbastanza chiaro che non sopportate la mia presenza. Quindi non preoccupatevi di invitarmi di nuovo. Non ho bisogno di sentire quanto sono terribile, e certamente non nel giorno del mio compleanno!»

Soprattutto quando lo so già da solo.

Afferro la mano di Olive e la tiro su. «Ce ne andiamo».

## CAPITOLO 16
### *Ethan*

Lo schermo della dashboard sul muro negli uffici di Savee lampeggia di giallo. C'è una nuova chiamata, un'altra persona che ha bisogno di aiuto.

Controllo attentamente i numeri elencati. La settimana scorsa abbiamo aiutato duemilaquattrocentosessanta persone. Non male, ma non abbastanza. Non quanto vorrei. Abbiamo bisogno di più soldi.

Sulla carta, ho molti soldi. Ciò che la gente non capisce è che il valore di un'azienda non si traduce in dollari in banca. Ho intenzione di versare una parte significativa dei proventi della vendita di Wolf Fortress in questa azienda, ma devo aspettare. Ci vorrà del tempo perché gli avvocati finalizzino i dettagli e perché io possa convertire le azioni in dollari. Troppo tempo.

L'app non è redditizia da un po' di tempo, da quando ho espanso l'attività per coprire l'intero territorio degli Stati Uniti. Le spese per i call center, gli psicologi e le attrezzature hanno superato da tempo la fase in cui tutto poteva essere finanziato dalla pubblicità. Avrei potuto mantenere l'azienda più piccola e renderla redditizia, ma ho un obiettivo. Non importa quanto costi. Salvare più persone.

L'azienda divora molto del mio denaro privato. Lo beve come vino. Ho iniziato a organizzare feste di beneficenza, anche se odio questi eventi, solo per raccogliere più fondi per Savee. Le donazioni mi aiutano a salvare più vite.

Ma anche se l'app dovesse consumare tutto quello che ho e mandarmi in bancarotta, sono determinato a mantenerla in vita. Questa azienda è la mia redenzione.

Qualcuno bussa sulla parete di vetro della sala conferenze, chiamandomi ad entrare. Sto per ricevere un aggiornamento su tutto ciò che è accaduto questa settimana. Di tutte le aziende che possiedo, questa è l'unica che gestisco così da vicino. Vengo negli uffici ogni settimana per controllare la situazione, aggiornare i piani per il futuro e vedere quale budget devo raccogliere per raggiungere tutti questi obiettivi.

Esamino tutti i numeri e scorro i rapporti che mi vengono presentati. Non è male. Almeno abbiamo rispettato il budget. Ma voglio espandere ulteriormente il servizio.

Il mio CEO, Paul Sheridan, è una delle persone più dedite che abbia mai incontrato. Il suo desiderio di restituire è ancora più grande del mio, e lo fa per le giuste ragioni. Il suo cuore è nel posto giusto. Anche se pago tutti uno stipendio decente, lui non è qui per i soldi.

Mi fido di lui senza esitazione, quindi quando entra nella stanza con aria agitata, il mio corpo si irrigidisce, anticipando ciò che sta per accadere.

«Ethan», mi saluta scuotendo la testa.

Vado dritto al punto. «Cosa è successo?»

«Abbiamo ricevuto una chiamata, ed è stata immediatamente annullata», risponde Paul.

«Ok, e?» Finora, nulla di straordinario. Succede a volte.

«L'operatore ha richiamato, secondo le procedure, e ha risposto un uomo. Ha detto di aver premuto il pulsante per errore».

Beh, anche questo può succedere. Anche se abbiamo cercato di evitare che accadesse qualcosa del genere, non volevamo nascondere il pulsante di emergenza in modo che, in caso di reale emergenza, potesse essere trovato rapidamente. Svantaggi contro vantaggi. Sto aspettando di sentire cosa ha da dire Paul dopo.

«Il telefono è registrato a nome di una donna. L'operatore ha chiesto di parlare con lei, e l'uomo si è rifiutato». Il viso di Paul si contorce per la rabbia.

Abbiamo accordi firmati con tutte le compagnie telefoniche. L'accordo di utilizzo dell'applicazione include il diritto di localizzare il telefono se necessario. Questa informazione ha salvato vite più volte di quante possa contare.

«Ho mandato una squadra lì, e l'uomo ha aperto la porta. Hanno riferito che la casa sembrava come se ci fosse stata una colluttazione. Ma non ha permesso loro di entrare».

«E la polizia?» chiedo, anche se so già quale sarà la risposta.

«Si sono rifiutati di intervenire. La nostra chiamata è stata annullata e non hanno ricevuto lamentele dai vicini. Ho insistito e hanno mandato un'unità lì, ma l'uomo ha detto che andava tutto bene e non sono potuti entrare neanche loro. Non possiamo fare nulla oltre questo».

Colpisco il tavolo con il pugno. Paul ha probabilmente ragione, e c'è un caso di una donna maltrattata nascosta lì. Ma non abbiamo l'autorità per continuare a gestire il caso. Possiamo localizzare il telefono, ma la legge non ci permette di entrare in casa.

«Manda una squadra a parcheggiare davanti alla casa. Intervengano solo se ci sono rumori sospetti o se lui o lei escono di casa», dico. Non è nel nostro budget posizionare una squadra a sorvegliare una casa per ore, forse giorni. Ma non ho scelta. Cosa dovrei fare? Lasciarla picchiare di nuovo? Lasciarla morire?

Paul annuisce e lascia la stanza. Lo osservo attraverso la parete di vetro, parlare con i membri dello staff e dare loro istruzioni. Si affrettano alle loro posizioni.

Ho bisogno di più investitori per finanziare questi casi.

---

Tornato nel mio ufficio principale, mi lascio cadere sulla sedia e appoggio la testa all'indietro. Ci vorrà del tempo prima che possa versare più denaro in Savee. L'evento di raccolta fondi che ho organizzato ci terrà a galla per i prossimi due mesi. Ma poi? Devo colmare il vuoto e portare più investitori. Le crisi si susseguono e sono occupato a spegnere incendi invece di prestare attenzione ai dettagli importanti. Il licenziamento del CFO traditore di Wolf Iron Shield non contribuisce alla mia tranquillità.

Per tutta la settimana mi sono scervellato su quanto è accaduto. Quando ho licenziato Clifford Nightingale, è rimasto sorpreso e ha negato categoricamente. Probabilmente non si aspettava che lo smascherassimo così rapidamente.

L'idea di Bambi è stata utile. Ha accorciato il processo. I dati errati che abbiamo nascosto nel computer del vicepresidente sono finiti in uno dei rapporti finanziari dell'azienda. C'era solo un modo in cui potesse accadere, ed era se Nightingale fosse entrato nel computer.

Sorrido quando penso a lei. È così acuta. Il modo in cui ha fatto le domande giuste e ha proposto idee per le soluzioni mi ha stupito. Non capisco perché lavori in un pub invece che per una delle mie aziende. Si adatterebbe benissimo a una posizione dirigenziale. Ho bisogno di dipendenti leali. Ma posso fidarmi di lei? Cosa so veramente di lei?

Pensavo di sapere abbastanza su Clifford. Non ho nemmeno fatto controlli sul suo background. Era solito frequentare casa nostra quando eravamo bambini. E dove mi ha portato?

Non riesco a capire perché abbia fatto quello che ha fatto. Dovrebbe essere un amico di famiglia, e per quanto ne so, i nostri genitori sono ancora amici.

Per soldi?

Guadagna bene, e i suoi genitori sono piuttosto ricchi. Non ha bisogno di soldi.

Agenda personale?

L'azienda che voglio acquistare non ha nulla a che fare con lui. Non da quello che ho potuto vedere quando ho controllato. Non riesco a trovare alcun motivo per cui vorrebbe sabotare il mio affare. Né ricordo di aver scambiato più di poche parole con lui durante l'intero periodo del suo impiego qui. Cosa potrei aver fatto per fargli voler uccidere il mio affare? Non posso mettere da parte la questione finché non scopro quale fosse il suo motivo.

## CAPITOLO 17
## *Ayala*

«Daiquiri» dice Nicky e aspetta la mia risposta. «Mmm... Quello è facile. Rum chiaro, sciroppo e succo di lime».

Annuisce soddisfatta. «Bene, impari in fretta. Pensi che te la caverai da sola durante il turno diurno?»

Sto passando molto tempo questa settimana cercando di perfezionare le mie abilità nel preparare cocktail. Come persona che non ha mai bevuto alcolici prima, ho molto da imparare e molte ricette da memorizzare.

Sono determinata a riuscirci. Il lavoro dietro il bancone è molto più piacevole che pulire i bagni, e anche le mance sono buone, ma ho molti meno turni. Condivido il lavoro con Nicky ed Evans, gli altri due baristi del Lunis, quindi non ho più la possibilità di lavorare ogni giorno. Devo trovare in qualche modo un secondo lavoro, per guadagnare di più così da poter andarmene da qui.

Ethan non mi ha contattata da quando sono scappata il giorno del suo compleanno. Cinque giorni e nemmeno un messaggio. Mi chiedo se chiamarlo ma decido di non farlo. So di essere scappata come una codarda, ma lui aveva promesso che saremmo stati solo amici, e ha infranto quella promessa. E qualunque cosa ci fosse tra noi è finita. Eppure, nonostante tutto, non posso fare a meno di guardare il mio telefono e sperare di vedere la luce lampeggiante.

«Stai sognando». Nicky mi riporta alla realtà. «A chi stai pensando?» Mi fa l'occhiolino.

«A nessuno» sbotto. «Nessuno».

«Bene, perché per il concerto di domani, voglio farti conoscere qualcuno». Alza un sopracciglio malizioso verso di me.

«Assolutamente no». Nicky mi ha invitata a unirmi a loro per un concerto. Una nuova band rock che fa principalmente cover e dovrebbe essere brava. Amo la musica rock e non sono mai stata a un concerto dal vivo prima, ma sono inorridita da ciò che ha appena suggerito. Non ho bisogno che qualcuno mi combini un appuntamento. Il ricordo della mia testa nel water è ancora troppo recente. Il ricordo del bacio con Ethan è ancora troppo vicino alla superficie.

«È carino, ed è un amico di Shannon. Penso che andreste d'accordo. Lo inviterò, e andremo tutti insieme, non come un appuntamento, così non sarà troppo imbarazzante». Continua a cercare di persuadermi, e mi arrendo a lei come sempre.

Non ho intenzione di uscire con un uomo nel prossimo futuro. Ho visto cosa mi succede quando ci provo. Potrebbe essere sempre troppo presto per me. Ho bisogno di conoscere me stessa, di stare un po' da sola e per conto mio. Sto solo ora capendo cosa mi piace e cosa voglio nella vita.

Ma una volta che Nicky si mette in testa qualcosa, non si arrende, e so che lo inviterà indipendentemente dalla mia risposta. Andrà bene, mi dico. Non devo avvicinarmi a lui.

I primi clienti seduti al bancone fanno un buon lavoro nel distrarmi da tutti i pensieri su Ethan e sull'uscita con l'indesiderato appuntamento di domani. Corro da una parte all'altra del bar affollato, cercando di ricordare le ricette senza l'aiuto di Nicky. Lei mi sorride e mi fa un pollice in su per mostrarmi che sto facendo un buon lavoro.

Sorrido all'uomo che si siede al bancone. «Cosa posso portarle?»

«Whiskey Sour» risponde. «Ti hanno mai detto che un uomo potrebbe annegare nei tuoi occhi?» Mi fa l'occhiolino.

Cerco di mantenere un sorriso sul viso. Me l'hanno detto molte volte. Hanno anche detto che sono bella. Dove mi ha portato? Sto lavorando in un bar senza un'identità e senza un futuro. La bellezza non ha contribuito a nulla di positivo nella mia vita. Sono grata per la barriera fisica che il bancone crea tra i clienti e me. Almeno non devo più affrontare contatti indesiderati.

---

Questa volta, mi organizzo da sola. Esamino i miei vestiti con un sorriso. I miei averi si sono moltiplicati da quando sono arrivata qui. Nicky ed io siamo andate a fare shopping insieme, e abbiamo comprato del trucco e dei vestiti. Ho speso più soldi di quanti potessi permettermi, ma sembrava così normale, due ragazze che escono insieme. Ne è valsa la pena. Mi trucco davanti al piccolo specchio nella doccia, applico il mascara e il lucidalabbra, e scelgo il vestito rosso corto che ho comprato con Nicky durante la nostra folle spesa.

Il vestito è troppo corto. Lo tiro giù, cercando di allungarlo senza successo.

Il concerto è a pochi isolati di distanza, e ho intenzione di andarci a piedi. L'aria serale si sta raffreddando, e stringo la giacca intorno a me.

Arrivo all'ingresso e trovo Nicky e Shannon con vestiti ancora più corti. Stanno in piedi alte, mettono in mostra le loro qualità e non sembrano preoccuparsi dell'attenzione maschile intorno a loro. Raddrizza la schiena, cercando di sentirmi come una di loro. Shannon sta accanto a un ragazzo attraente con i capelli lunghi legati in una coda di cavallo e gli occhi marroni. La sua mano è avvolta intorno alla vita di lei.

Lui mi sorride e tende l'altra mano per una stretta. «Chris».

Gli stringo la mano. «Hope».

Il nome ancora non mi viene facilmente, ma la stretta di mano passa senza problemi. Sto migliorando in questo.

L'altro ragazzo ora fa un passo avanti e tende la mano. «Sono Jonathan».

Esamino il suo viso. Ha un sorriso piacevole. Occhi azzurri, capelli chiari. Ha un bell'aspetto, più che bello. Questo è il ragazzo con cui Nicky vuole combinarmi. La guardo, e lei annuisce leggermente e alza un sopracciglio in segno di domanda. Le do un cenno di approvazione. Ok, poteva andare peggio.

Entriamo nella sala e troviamo dei posti vicino al palco. Il grande palco è pieno di attrezzatura della band, e ci sono schermi su entrambi i lati. Il posto si riempie, e quello che all'inizio mi sembrava molto spazio diventa molto affollato.

Il mio cuore batte forte a causa della vicinanza fisica con così tante persone che mi sfregano da tutti i lati. Cerco di prendere le distanze, ma la posizione che abbiamo preso davanti al palco non lo permette. La folla è eccitata, urla e chiama la band perché salga sul palco.

Quando la band inizia a cantare, la folla impazzisce. Cerco di divertirmi e dimenticare ciò che sta accadendo intorno a me, ma lo trovo sempre più difficile minuto dopo minuto.

Provo a ballare, ma la sensazione di pressione dalla folla aumenta soltanto. Qualcuno mi tocca, si aggrappa a me, agitando braccia sudate. Non riesco a respirare. Non c'è abbastanza aria. I palmi delle mani iniziano a sudare e il mio respiro diventa superficiale. Decido di fare un passo indietro e trovare un posto dove stare in una zona meno affollata.

«Vado in fondo alla sala!» urlo a Nicky, e lei annuisce. Non so se abbia capito cosa ho detto, ma in questo momento mi sto concentrando sul non svenire qui davanti a tutti.

Mi faccio strada verso il retro, cercando di evitare contatti casuali con corpi sudati. In fondo, la folla è più rada e c'è più aria. Metto una mano sul petto, inspiro profondamente e cerco di calmare il mio cuore che batte all'impazzata.

Jonathan mi viene dietro e si ferma accanto a me.

«Tutto bene?» chiede, con uno sguardo preoccupato negli occhi.

«Sì. Era troppo affollato lì. Non riuscivo a respirare».

Jonathan mi sorride e si muove al ritmo della musica. Cerco di concentrarmi sulla musica, sulla voce bassa del cantante. Non posso fare a meno di ricordare come Ethan cantava in macchina. Potrebbe facilmente sostituire questo cantante... Lo immagino, e il mio respiro si calma. Ballo e mi muovo al ritmo della musica, alzando le mani in alto.

Jonathan si avvicina e si posiziona dietro di me, e prima che me ne renda conto, le sue mani sono sui miei fianchi, e si sta muovendo con me.

Sussulto, cercando di controllare il prossimo attacco di panico che so sta arrivando. Inspira... Espira... Cerco di calmare il tremito che mi assale. Posso farcela. Le sue mani sono su di me.

Dannazione. Non ce la faccio.

Posso farcela. Devo vincere le mie paure.

Decido di non togliere le mani di Jonathan e mi concentro sul mio respiro. Non aiuta. Dove è finita tutta l'aria? Inizio a soffocare, e un'ondata di nausea mi travolge.

«Non mi sento molto bene. Vado a casa», dico, affrettandomi verso l'uscita.

«Aspetta. Ti accompagno», mi chiama, ma è l'ultima cosa che voglio in questo momento.

Agito la mano mentre me ne vado. «No. Non c'è bisogno, grazie».

«Posso avere il tuo numero?» mi urla dietro, ma non ho alcuna intenzione di fermarmi.

Fuori nell'aria fredda, respiro lentamente, cercando di riprendere fiato. Sono così delusa da me stessa. Non posso passare una serata con gli amici senza avere un attacco di panico. E lui mi ha solo toccato i fianchi. Non ha nemmeno provato a fare nulla, davvero.

E se fosse così per sempre? Se non tornassi mai più normale?

Sto tremando. Fa freddo. La temperatura è scesa da quando siamo entrati nell'edificio, e non me l'aspettavo. Mi chiudo la giacca. Mi affretto a tornare a Lunis, riscaldandomi le mani soffiandoci sopra, ma ho ancora molto freddo.

---

MI SVEGLIO TARDI VENERDÌ, e mi fa male il petto. Lo stress di ieri, forse? Controllo il telefono, ma ancora nessun messaggio da Ethan. Perché sento questa fitta di delusione? È solo un uomo che vuole andare a letto con me. Non diverso da tutti gli altri. Lui non vuole che siamo amici, e io non voglio nient'altro. È meglio così.

Mi alzo dal letto, tremando un po'. Fa freddo qui? Penso che mi stia venendo qualcosa. Devo aver preso freddo ieri sera.

Oggi ho il turno serale che devo fare, ma domani ho il giorno libero. Devo solo sopravvivere a questa sera, e domani potrò riposare.

Verso sera, mi sento peggio. Ingurgito due pillole per aiutarmi a superare il turno. Le pillole fanno il loro lavoro. Mi sento meglio, e sfoggio un sorriso e corro per il bar, servendo tutti.

Ma mentre si avvicina la fine del mio turno, l'effetto delle pillole è svanito, e il mio corpo si sta indebolendo, la testa mi diventa pesante e gli occhi si chiudono.

«Stai bene?» Nicky mi afferra il braccio dopo aver percepito la mia momentanea esitazione prima che sollevassi il pesante vassoio.

«Sì, va tutto bene». Annuisco. Un piccolo raffreddore non mi ucciderà.

«Sta fingendo di nuovo», dice Robin con un ghigno. «"Oh, non mi sento bene. Puoi sostituirmi mentre vado a riposare?"» Robin imita la mia voce. «Pensi che dopo essere stata promossa, puoi scappare dalle pulizie?»

Dopo tutto il tempo che ho passato a strofinare bagni, tavoli e pavimenti, come può pensare che voglia evitare di lavare qualche bicchiere al bar? «Cosa vuoi da me, Robin? Non ti ho fatto niente», le rispondo seccata.

«Da quando sei arrivata tu, tutti ti ronzano intorno. Dana ti dà la priorità in tutto senza motivo se non per il tuo aspetto».

«Come sarebbe il mio aspetto? Che c'entra?»

«Non hai notato i gruppi di uomini al bar da quando hai iniziato? Tutti vengono a vedere il bell'angelo dagli occhi blu. Ci rubi tutte le mance. Perché pensi che tu abbia ottenuto un lavoro come barista anche se non sai nemmeno versare una birra?»

Apro la bocca e la richiudo. Ricevo buone mance al bar. Ma Dana mi ha dato il lavoro perché ci tiene a me, non perché il mio aspetto attira clienti. Ne sono sicura. E se Robin mi odia per questo, meno male che non sa che Dana mi ha anche dato una stanza sopra il bar. Le farebbe esplodere la testa.

«Lasciala stare, Robin», dice Nicky, venendo in mio aiuto. «Se prendi meno mance, pensa a cosa stai facendo di sbagliato. Non è colpa sua se hai dei problemi».

Vorrei dirle che non ho bisogno che intervenga per me, ma mi sento male e accetto volentieri il suo aiuto.

Non appena il turno è finito, vado nella mia stanza, prendo un'altra pillola e mi infilo nel letto. Dormirò solo un po', e al mattino mi sentirò meglio. Ho tutto domani per riposare.

## CAPITOLO 18
## *Ethan*

«Perché non hai fatto la presentazione in tempo? Se c'è una scadenza, mi aspetto che tu la rispetti.» La rabbia sta ribollendo dentro di me. Cerco di non alzare la voce nel corridoio, ma oggi è difficile controllarmi.

«Io... Ci sono stati problemi con i numeri perché il nuovo capo della finanza non ha avuto abbastanza tempo per preparare i rapporti, e tutto è stato ritardato», balbetta il dipendente di fronte a me di fronte alla mia furia.

Cazzo. Ho un'altra crisi da gestire? Tutti i rapporti trimestrali non sono usciti in tempo perché ho licenziato Nightingale. Non posso permettermi un calo dei profitti per questo. Mi passo una mano tra i capelli. «Mi aspetto che tu lavori tutta la notte se necessario per colmare le lacune. E chiama il nuovo manager. Voglio vederlo immediatamente.» Come si chiama? Cazzo, non riesco a ricordare.

«Cosa?» Mi giro quando qualcuno mi tocca il braccio e trovo Ryan dietro di me, con una pila di raccoglitori.

«Possiamo parlare un momento nel tuo ufficio?» Non

aspetta una risposta e inizia a camminare. Lo seguo nel mio ufficio e sbatto la porta.

«Non puoi urlare ai dipendenti.» Si siede sulla sedia di fronte alla mia scrivania e mi rimprovera.

«Certo che posso se non fanno il loro lavoro», gli urlo contro, senza nemmeno sedermi. Non mi sentivo così da tanto tempo. Tutto mi fa impazzire. Meno male che arriva il weekend e posso rilassarmi a casa. *Ti stai solo prendendo in giro, Wolf. Sai perché sei arrabbiato, e non è per colpa dei tuoi dipendenti.*

«Non so cosa ti stia succedendo, ma i tuoi dipendenti non hanno colpa», dice Ryan con voce calma.

Mi passo una mano tra i capelli e cammino avanti e indietro per l'ufficio. Ero sicuro che il viaggio avrebbe fatto il suo effetto, ma serve a poco per alleviare la mia frustrazione.

Mi ha fatto una torta di compleanno... Nemmeno mia madre mi ha mai fatto una torta di compleanno. Ne comprava una e basta. Cosa dovrebbe aspettarsi un uomo dopo una cosa del genere? Non so come sfogarmi. Niente aiuta.

Nonostante le voci su di me che ho incoraggiato, ci sono state già parecchie donne che mi hanno rifiutato. Non ne sono turbato. Ci sono abbastanza donne interessate. Non devo rincorrere nessuno. Perché proprio questa mi colpisce così tanto? Perché la sto rincorrendo quando potrei andare con chiunque altra?

Quegli occhi mi perseguitano. E quel bacio... è stato così caldo. Se baciarla è stato così, non riesco nemmeno a immaginare come sarebbe fare sesso con lei.

«Ho baciato Hope, quella cameriera», gli dico.

«Ti ha dato una bella botta in testa e tu continui a inseguirla dopo tutto quello che è successo? Ti ha rifiutato di nuovo? È per questo che sei così di cattivo umore?» Sorride con malizia.

Rimango in silenzio.

«Wow. Lo ha fatto. Ti ha rifiutato di nuovo, vero?» Ryan diventa serio. «Cosa è successo?»

«Vorrei saperlo.» Perché era così spaventata da un bacio che chiaramente le è piaciuto? Qual è il problema? Luci rosse lampeggiano davanti ai miei occhi, un enorme segnale di stop. Potrebbe essere vergine? Ha solo ventidue anni. È un po' tardi, ma non così raro. Forse è solo inesperta? Questo potrebbe spiegare molto. Forse non è abituata a essere toccata.

Il sesso con una vergine non è la mia tazza di tè. Una vergine non sa come compiacere un uomo. Richiede molto investimento da parte mia, e raramente lo apprezzano. Ma se questo è il suo problema, posso superarlo. Posso insegnarle.

Mi piace anche un po' l'idea. Essere il suo primo mi eccita. Beh, tutto di lei mi eccita. Devo sapere se è questa la ragione. Sono disposto ad andare piano e essere gentile con lei. Forse c'è ancora una possibilità qui?

«Volevi qualcos'altro oltre a rimproverarmi?» Gli chiedo.

«Ti ho portato alcuni documenti da firmare.» Tira fuori le pagine da un raccoglitore e le mette sulla scrivania.

«Ottimo. Ora vattene via di qui.» Lo spingo fuori e chiudo la porta, prendo il telefono e la chiamo per la prima volta in una settimana, ma non risponde. Cazzo, ho aspettato troppo a lungo, e ora non vuole parlarmi. Beh, me lo merito. Ma non mi arrenderò facilmente. Ethan Wolf non rinuncia a qualcosa che vuole.

Guardo la sua foto, quella che ho scattato sul lago Mohonk, e accarezzo la sua immagine con il dito. Non sarei dove sono oggi se mi fossi arreso dopo ogni ostacolo lungo il cammino.

Il Lunis è chiuso a quest'ora, e busso forte alla porta laterale, ma nessuno apre.

Sa che sono io? È per questo che non vuole aprire? No, impossibile. Non c'è nemmeno una finestra nella sua minuscola stanza, quindi non potrebbe sbirciare fuori. Forse non apre la porta semplicemente perché pensa che sia qualcuno venuto al bar. Sì, dev'essere questo il motivo. Non ha motivo di aprire a un ubriaco qualsiasi che vuole entrare nel bar quando è chiuso. Considero l'idea di gridare ma preferisco non attirare l'attenzione su di me. Le mando un messaggio. E poi un altro.

Merda, forse non è nemmeno lì. È ancora mattina di sabato. Non sta lavorando al momento, quindi deve essere uscita. Che idiota che sono. Non ho pensato alla possibilità che potesse avere una vita.

La porta chiusa mi tenta. No, non posso commettere di nuovo quell'errore. Mi siedo sui gradini vicino alla porta. Posso aspettare. Do un'altra occhiata alla porta. Cazzo. Entrerò e l'aspetterò lì dentro.

Posso sentire Ryan che mi urla contro. Immagino le sbarre della prigione che si chiudono su di me. L'ho fatto una volta e ne sono uscito a malapena. Come lo spiegherò una seconda volta?

È meglio aspettare questa sera quando il bar aprirà. Lei sarà di turno e potrò parlarle senza irrompere. Ma ci saranno clienti e sarà occupata.

Sospiro, sapendo che non posso aspettare fino a questa sera, e sono abbastanza sicuro che non mi denuncerà. Mi alzo, apro la porta con cautela, prego che il codice dell'allarme sia ancora lo stesso dell'ultima volta che sono entrato qui di nascosto, e tiro un sospiro di sollievo quando lo disattivo.

La porta si chiude alle mie spalle e salgo le scale. La sua stanza è buia. Mi fermo sulla soglia e busso sullo stipite per avvisarla della mia presenza. Nessuna risposta. Avevo ragione. Non è qui. Ma sono disposto ad aspettare. Ho pazienza e non ho altro da fare. A casa impazzisco solo a pensare a lei. Entro, i miei occhi cercano di abituarsi al buio, e poi la vedo.

È sdraiata sul materasso, coperta con una coperta, e ha gli occhi chiusi.

Addormentata a quest'ora?

Mi avvicino. «Bambi», sussurro, ma lei non risponde. «Hope», dico un po' più forte. Ancora nessuna risposta.

Mi chino sul pavimento per avvicinarmi a lei e noto che sta tremando. Allungo la mano e la tocco. Cazzo, sta bruciando.

«Hope», chiamo di nuovo, scuotendola leggermente. I suoi occhi si aprono, e il suo sguardo azzurro mi fissa. I suoi occhi brillano di un bagliore innaturale.

«Ethan? Cosa ci fai qui?» Cerca di mettersi seduta e tossisce come se i suoi polmoni stessero per esplodere.

Questo non suona affatto bene.

«Sei malata», faccio notare.

«Ho solo un piccolo raffreddore. Cosa ci fai qui?» Il suo sguardo mi esamina.

Ignoro la sua domanda. «Non è un raffreddore. Sei malata. Hai la febbre».

«Non è niente». Tossisce di nuovo. «Passerà».

«Devo portarti in ospedale». Sono preoccupato per lei. Il suo viso è così pallido e i suoi occhi sembrano enormi e scuri contro la sua pelle bianca.

«No!» grida. «Non ho bisogno di un dottore. E non ho soldi», aggiunge. «È solo un raffreddore».

«Non ti lascerò così. Pagherò io le cure». Ha bisogno di essere visitata, e che io sia dannato se lascio una donna in quelle condizioni da sola in questa piccola stanza senza riscaldamento, senza cibo e senza nessuno che si prenda cura di lei.

«Non ho bisogno di un dottore. Sto bene», insiste.

«Allora alzati in piedi». Non c'è modo che possa funzionare nel suo stato attuale, e glielo dimostrerò.

«Cosa?» Mi guarda e la sua fronte si corruga.

«Alzati in piedi e mostrami che puoi cavartela qui da sola». Mi alzo con le mani sui fianchi, sfidandola.

Cerca di alzarsi, appoggia una mano al muro e si alza, tremando come una foglia al vento.

Indossa una felpa lunga che le arriva a metà coscia e calzini lunghi. Niente pantaloni. Anche nel suo attuale stato trasandato, sembra sexy. Nerd e così sexy.

*Ha la febbre. Smettila di pensare a lei in quel modo.*

Sospira e si appoggia al muro. Beh, non c'è più da discutere. Non può prendersi cura di sé stessa. Mi avvicino lentamente, metto le mani dietro di lei e la sollevo. Si sente leggera e piccola tra le mie braccia.

Appoggia la testa contro il mio petto e io espiro.

«Ho solo bisogno di riposare un po'. Tutto qui».

«Mi prenderò cura di te».

La porterò al attico? Una donna che conosco appena? La guardo. I suoi occhi sono chiusi e il suo corpo sembra piccolo e fragile contro il mio. Immagino di sì. Scendo le scale attentamente, cullandola tra le mie braccia. La metto in macchina e guido verso casa.

---

LA METTO nel mio letto e la guardo dormire. La prima donna ad entrare nel mio letto, ed è un mistero. Non conosco nemmeno il suo vero nome, eppure non riesco ad andarmene.

La sua temperatura è troppo alta. La copro con una coperta e accendo il riscaldamento, e lei sta ancora tremando. Sembra malata, debole e pallida come il lenzuolo su cui giace. Ha bisogno di un dottore. Ho accettato di non andare in ospedale ma non ho detto nulla su un medico.

Cammino avanti e indietro tra il soggiorno e la camera da letto finché il campanello non mi fa sobbalzare.

Finalmente.

«Dottor Shinar. Grazie per essere venuto». Faccio un gesto con la mano verso la stanza e lui mi segue.

Entriamo e, come se fosse un segnale, Hope gli offre una dimostrazione della sua terribile tosse. Mi mordo il labbro. Almeno non devo spiegargli cosa c'è che non va.

«Signora. Voglio visitarla», dice e si siede su una sedia accanto al letto prima di rivolgersi a me. «Forse dovresti uscire e darle un po' di privacy». Mi volto per andarmene.

«No! Voglio che lui rimanga», dice lei.

Mi fermo. È l'ultima cosa che mi aspettavo di sentire. «Sono proprio qui vicino alla porta», le dico, e lei annuisce.

Il dottore le chiede di aprire la bocca ed esamina la sua gola e le orecchie. Le misura la temperatura, poi tira fuori uno stetoscopio dalla sua borsa e le chiede di fare dei respiri profondi. Un'espressione scontenta compare sul suo volto.

«Okay», dice il dottore, rimettendo i suoi strumenti nella borsa. «Consiglio di andare in ospedale e fare degli accertamenti. Senza esami del sangue e radiografie, la diagnosi potrebbe non essere accurata».

Hope muove la testa da un lato all'altro. «No».

Lui aggrotta le sopracciglia. «Non credo che abbia la polmonite, ma potrei sbagliarmi. Le prescriverò degli antibiotici ad ampio spettro e un inalatore per facilitare la respirazione. Ma se le sue condizioni non migliorano entro ventiquattro ore, vada in ospedale. Per favore», insiste, e vedo che l'ansia sul suo viso si intensifica.

«Per abbassare la febbre, paracetamolo, ibuprofene alternati, sono possibili anche bagni tiepidi». Chiude la zip della sua borsa e si alza. Lo accompagno alla porta e si ferma poco prima di lasciare l'appartamento.

«Signor Wolf, entro ventiquattro ore con gli antibiotici, deve mostrare un miglioramento», mi sottolinea, e io annuisco.

Dannazione. Questa donna mi mette solo nei guai.

## CAPITOLO 19
## *Ayala*

Non capisco cosa sia successo. È passata un'intera settimana senza che lui si facesse sentire, nemmeno un segno di vita, e ora sono nel suo letto. A casa sua. Non so cosa voglia da me. Non ho nulla da dargli.

Dovrei essere preoccupata per la mia presenza qui. Distesa a letto indifesa, può fare quello che vuole con me, e non avrò modo di resistere. Ma non lo sono. Non ho paura di lui.

Mi sento terribile. Il tremore non si ferma. I muscoli mi fanno male e le gambe sono intorpidite. Non ho potuto nemmeno resistere quando mi ha trascinata qui e ha anche fatto venire un dottore per visitarmi.

Se Ethan non fosse venuto, non so cosa mi sarebbe successo. Dopo tutto quello che ho passato, morire per un raffreddore sarebbe l'ironia del destino.

Alzo lo sguardo al suono di passi appena fuori dalla stanza. Ethan entra e si avvicina al letto. Mi studia con gli occhi socchiusi, forse per verificare se sto per trasformarmi in un cadavere. Non sono al mio meglio. In questo momento, faccio fatica a respirare.

«Penso che dovremmo abbassarti la temperatura. Hai la febbre alta». L'espressione sul suo viso mostra preoccupazione. Gli importa di me? Perché?

Annuisco. Non ho la forza di rispondere. L'aria fa fatica a entrare nei miei polmoni. Non posso sprecare energie in parole.

«Ti ho portato delle pillole per abbassare la febbre». Mi porge due pillole e un bicchiere d'acqua, e le prendo con mano tremante e bevo.

«Il dottore ha anche suggerito un bagno. Vuoi farlo?»

Bagno. Suona molto bene. Mi piacerebbe immergermi nell'acqua calda, ma alzarmi dal letto e camminare fino al bagno mi sembra impossibile. Forse aspetterò un po' che la medicina faccia effetto.

I suoi occhi si stringono in fessure sospettose, e una piccola ruga appare tra le sopracciglia. «No?»

Mi sfugge un piccolo sospiro. «Lo voglio», dico, temendo che se rifiuto non me lo proporrà più.

La mia risposta innesca una catena di azioni. Sembra che stesse solo aspettando qualcosa da fare. Lo guardo mentre va a prendere un asciugamano da un cassetto, portandolo nella stanza accanto, che presumo sia il bagno. Il suono dell'acqua corrente conferma la mia supposizione.

«Vuoi una maglia pulita? I tuoi vestiti sono fradici di sudore», mi fa notare, la sua espressione immutata.

È così serio. Freddo e senza sorriso. Mi piace vedere il suo sorriso.

«Sì», rispondo, tremando. «Perché fa così freddo qui?»

La ruga tra i suoi occhi si accentua. «Ti prendo un'altra coperta». Si gira per uscire dalla stanza. «Cazzo, in che cosa mi sono cacciato?» impreca a bassa voce, ma riesco comunque a sentirlo.

Non mi vuole qui. Si sente solo obbligato perché sono

malata. La fitta di delusione fa male. Mi alzerei e me ne andrei subito se potessi.

Ethan torna nella stanza, tenendo la coperta, e la posa sull'angolo del letto. Poi si ferma e aspetta.

Ordino al mio corpo di alzarsi dal letto, ma non obbedisce. Ho la sensazione che se provo ad alzarmi in piedi, mi ritroverò per terra. Guardo il pavimento che improvvisamente sembra così lontano.

«Puoi aiutarmi?» chiedo in un sussurro.

I suoi occhi si chiudono per un momento, poi annuisce e si avvicina. Non vuole essere qui adesso. Non vuole starmi vicino. L'insulto mi colpisce. Forse è persino disgustato da me, dalla mia condizione. Vorrei dirgli che non c'è bisogno, ma è già vicino, mi solleva delicatamente tra le sue braccia e mi porta in bagno. Con cautela mi mette in piedi, le sue mani ancora mi tengono per la vita, sostenendomi.

Cosa sto facendo? Come proseguo da qui? Il mio petto si alza e si abbassa rapidamente mentre lotto per respirare. Lo stress si aggiunge a quanto mi sento male. Ho bisogno di rilassarmi. *Mi sono spogliata accanto a lui nel lago, e ha rispettato la mia privacy. Andrà bene.*

Si morde il labbro inferiore, studiando la mia espressione. Posso immaginare che aspetto abbia in questo momento. Sudata e miserabile.

«Hai bisogno di aiuto anche con i vestiti?» chiede quando non mi muovo.

Annuisco. Non ho scelta. Non posso farlo da sola. Le mie membra sono troppo deboli e molli come spaghetti. Ho paura di cadere. Devo fidarmi di lui.

«Alza le braccia», dice, e obbedisco.

Mi sfila la felpa dalla testa e la getta da parte, lasciandomi in piedi davanti a lui in mutandine.

Con mio sollievo, mantiene gli occhi fissi sul mio viso, non mostrando nemmeno un accenno che qualcosa del mio corpo lo interessi.

Chiudo gli occhi e faccio scivolare le mutandine fino ai talloni, e con cautela alzo una gamba alla volta per toglierle. Avvolgo le braccia intorno al mio corpo, cercando di nascondermi.

Sono nuda. Non sono mai stata nuda davanti a nessuno tranne Michael. E questa non è esattamente la situazione in cui immaginavo sarebbe successo. Sto tremando, sono sudata e ho la febbre alta. Cosa pensa? Apro gli occhi ma non oso guardarlo, temendo ciò che troverò nel suo sguardo.

Sollevo una gamba e la metto nella vasca. Lui mi tiene il braccio e mi aiuta a stabilizzarmi mentre metto l'altra gamba dentro e mi siedo, abbracciando le ginocchia al petto.

Ora sotto la copertura dell'acqua e della schiuma, oso alzare la testa per guardarlo.

Il suo sguardo mi brucia addosso. Dio, il modo in cui mi guarda come se fossi desiderabile, come se mi volesse.

Devo essere in preda alle allucinazioni. È a causa della febbre. Dopotutto, non vuole affatto che io sia qui.

«Te la caverai qui da sola per qualche minuto?» chiede, la sua voce più roca del solito. «Vado a ritirare le tue prescrizioni».

Annuisco, e lui se ne va velocemente come se qualcuno lo inseguisse.

Mi rilasso nell'acqua calda, chiudo gli occhi e lascio che l'acqua distenda i miei muscoli. È piacevole. Dopo qualche minuto, mi sento meglio. Esamino i miei dintorni. Il bagno è enorme, certamente più grande della stanza dove vivo. È ridicolo.

Piastrelle bianche ricoprono le pareti, e un mobile azzurro

chiaro con doppio lavandino si trova di fronte alla vasca. Un'ampia superficie in legno sotto il lavandino crea un'atmosfera calda. La ricchezza non mi è estranea. Michael era ricco, ma non c'era felicità nel denaro.

Cosa ci faccio qui? Sola con un uomo che conosco a malapena? Nuda nel suo bagno? È una stupidaggine. Persino irresponsabile. Ma che scelta ho? Non l'ho invitato nella mia stanza. È semplicemente apparso e ha preso il controllo della situazione. E aveva ragione. Senza medicine e aiuto, non ce l'avrei fatta da sola.

Il bagno sta aiutando e mi sento un po' meglio. I brividi sono cessati.

*Ti piace, Ayala. Ammettilo.*

Dio. Le mie guance si arrossano mentre realizzo la verità. Mi piace davvero. Non che importi. Non posso permettere a un uomo di toccarmi. Sono rovinata. Distrutta. È solo questione di tempo prima che se ne renda conto.

Mi chiedo come sarebbe dormire con lui. Se farà male come con Michael, o se può insegnarmi ad apprezzarlo. Scuoto la testa. Ma cosa diavolo sto pensando?

«Hmm. Hmm». Una voce profonda proviene dalla porta. Ethan è tornato, e mi sta guardando di nuovo in quel modo.

Un'ondata di calore si diffonde nel mio stomaco.

«Hai bisogno di aiuto per uscire?» chiede educatamente.

Scuoto la testa. Penso di potercela fare da sola. Lui esce e io mi alzo e mi copro con l'asciugamano che ha messo accanto alla vasca. Sento ancora le guance che bruciano.

Questa volta, bussa alla porta prima di aprirla. «Ti ho portato una camicia pulita». Appoggia l'indumento sul lavandino. «Ti senti meglio?»

«Sì, il bagno ha aiutato, grazie», dico, cercando di non

tradire il fatto che un momento fa stavo pensando cose inappropriate su di lui.

«Puoi uscire così posso vestirmi?»

Lui lascia la stanza e io mi affretto a indossare la camicia che mi ha dato. È grande e lunga e mi arriva quasi alle ginocchia. Per fortuna, visto che non mi ha portato i pantaloni. Indosso la mia vecchia biancheria intima al rovescio e mi pento di non averne un paio pulito. Esco, sostenendomi con la mano al muro.

Lui si gira quando mi sente uscire.

«Aspetta. Non voglio che tu cada».

Si precipita verso di me e mi circonda la vita con un braccio, poi mi conduce al letto. Il tocco della sua mano fa accelerare di nuovo il mio respiro.

Aspetto che arrivino i segni dell'attacco d'ansia. Ma niente. Non ho paura. Sono eccitata.

«Non respiri bene», dice, notando il mio ansimare. Sembro un maiale che russa, ma non per il motivo che lui pensa.

Fruga nella borsa e tira fuori le pillole e l'inalatore che ha comprato, mettendoli nel palmo della mia mano.

«Prendi le pillole tre volte al giorno. Prendine una ora, e ti imposterò un promemoria».

Mi affretto a fare come dice, abituata a obbedire.

Mi sdraio di nuovo nel letto spazioso e mi infilo sotto la coperta per riscaldarmi. No, non è la verità. Mi infilo sotto la coperta per creare un cuscinetto tra noi. Se potessi, scapperei via da qui ora prima che tutte queste emozioni crescenti mi pesino ancora di più. Ma nella mia situazione attuale, ho bisogno del suo aiuto.

Sono sicura che vorrà qualcosa da me più tardi. Gli uomini non fanno queste cose senza aspettarsi un favore in cambio.

Sono fatti così. Vogliono sempre qualcosa da te. L'ho imparato a mie spese, letteralmente. E dal modo in cui mi ha guardata prima, penso di sapere cosa si aspetta da me.

È vero, è attraente e mi piace, ma non sono ancora pronta. Non posso concedermi a lui.

Spero solo di non essermi sbagliata nella mia valutazione, e che prenderà solo ciò che sono in grado di dare.

## CAPITOLO 20
### *Ethan*

La debole luce che filtra attraverso le tende mi sveglia al mattino. Mi stiracchio leggermente e poi mi ricordo che non sono solo.

C'è una donna nel mio letto, una che voglio scopare, ma invece di sentirla gridare il mio nome, ho dovuto assicurarmi che non morisse. C'è sempre una prima volta per tutto, immagino.

Cosa potevo fare? Lasciarla lì da sola? Non c'è nessun altro ad aiutarla. Lo so perché Jess mi manda rapporti settimanali, e ancora non sono nemmeno vicino a capire chi sia e da dove venga.

Giro la testa per guardarla. Il suo viso è girato dall'altra parte, e sta sdraiata sul bordo del letto. Ancora un po' e potrebbe cadere sul pavimento. Il suo respiro irregolare tradisce il fatto che è sveglia.

Ha così paura di me?

L'ho effettivamente baciata il giorno del mio compleanno, anche se avevo promesso che saremmo rimasti amici, ma ero sicuro che lo volesse. Mi ha persino baciato a sua volta. Diavolo, sono ancora sicuro di questo. Non mi importrei mai su una donna.

Mi metto seduto. Lei ancora non si muove, fingendo di dormire.

«Bambi», dico a bassa voce senza toccarla. Non voglio far scappare la mia cerbiatta spaventata.

Noto un leggero movimento sotto la coperta. Mi ha sentito, ma credo si sia allontanata un po' di più, se questo è possibile.

Non mi piace questa situazione. «Girati verso di me, per favore. So che puoi sentirmi». Non ho fatto nulla per meritarmi questo. Sono stato un perfetto gentiluomo. Mi sono preso cura di lei e non ho chiesto nulla in cambio.

Per un momento, non c'è movimento, ma poi si gira, guardandomi. Non è ancora al meglio, ma sembra stare meglio di ieri. Quegli occhi blu ipnotizzanti risaltano come due fari sullo sfondo pallido del suo viso.

Sembra un dipinto, non una donna vera. E quelle labbra piene e rosse, che implorano di essere baciate. Così dannatamente bella. Non ricordo l'ultima volta che ho voluto scopare qualcuno così tanto. Cioè, volere una donna specifica e non solo scopare e basta.

«Come ti senti?» chiedo, tenendo per me i miei pensieri.

«Meglio. Grazie per esserti preso cura di me ieri». Abbassa lo sguardo, e le sue ciglia scure sembrano ventagli sulle sue guance. «Penso che la febbre sia passata. Per quanto ho dormito?»

«Quasi ventiquattro ore».

La fisso, aspettando che mi guardi di nuovo. È ora o mai più. Devo sapere. «Perché hai paura di me?»

«Non ho paura». Ma trasalisce, dimostrando il mio punto. «Semplicemente non mi piace essere toccata».

Non posso crederci. Quando mi ha baciato, le è piaciuto.
«Sei vergine?»
«Cosa?» I suoi occhi si spalancano alla domanda inaspettata, venuta dal nulla. Rimane in silenzio così a lungo che penso non risponderà, ma poi scuote la testa. «No».
Sta mentendo.
«Ti ha spaventato quando ti ho toccato. Mi sembra logico che tu non abbia esperienza». Cerco di spiegare la mia teoria e convincerla a dire la verità.
«Non sono vergine», insiste, con quello sguardo spaventato di nuovo sul viso. «Semplicemente non mi piace essere toccata».
Allora di cosa ha così paura?
«Ti è piaciuto il nostro bacio». Alzo un sopracciglio e studio la sua reazione. Rimane immobile. «Non devi essere imbarazzata». Mi sto avvicinando a lei, e il suo sguardo è fisso sul mio. «Non con me».
Ora siamo sdraiati nel letto uno di fronte all'altra, quasi toccandoci. Studio lo sguardo nei suoi occhi, dandole la possibilità di tirarsi indietro, ma rimane ferma, vicina a me. Vedo il desiderio e la paura riflessi nei suoi occhi, che vorticano allo stesso tempo. Vuole che la tocchi.
Chiudo la distanza tra noi, avvicinando le mie labbra alle sue. Le do un momento in più per respingermi, poi prendo la sua bocca.
Cerco di essere gentile, di non spaventarla, di non esagerare. E Dio, è difficile. Ho sognato questo per settimane. La mia bocca sulla sua dolce fichetta. La sua lingua risponde, vorticando con la mia, ed è meraviglioso. È bello assaporare la sua dolce bocca. Il mio corpo si sveglia, e il bacio non è più gentile. È pieno di passione e lussuria. Le succhio la lingua, e lei geme. È fuoco e fiamme. Devo solo accendere il fiammifero.

Il mio corpo si stringe al suo, a quelle curve incredibili che ho voluto sentire per tanto tempo. Troppo tempo. Premo il mio cazzo duro contro il suo corpo, e lei si ritrae, allontanandosi come se le avessi versato addosso acqua fredda.

Merda. Sono andato troppo veloce.

«Mostrami cosa ti piace», le sussurro, cercando di calmarla. Non chiuderti di nuovo con me. «Mostrami come ti piace toccarti».

Le sue guance diventano rosa. Dovrò liberarla da questa timidezza. Non c'è nulla di cui vergognarsi. Siamo solo noi due qui. Guardarla masturbarsi e raggiungere l'orgasmo davanti a me... Cazzo. Penso di poter venire solo guardando.

«Toccati», la incoraggio.

«Non... non...» Esita, e le sue guance diventano ancora più rosse. Non riesce a completare la frase, e poi mi colpisce.

«Non ti masturbhi?»

Scuote la testa. I suoi occhi si allontanano.

«Ma perché?» Diavolo, non credo di aver mai incontrato qualcosa del genere.

«Io... non...» La sua voce è debole.

«Allora, come ti piace venire? Vuoi che ti tocchi io? Puoi venire con la penetrazione? Sfregando il clitoride?» Sto facendo del mio meglio per capire. Voglio sapere cosa le farà bene. La voglio, e lei deve goderne. È così rigida.

Ma lei rimane in silenzio.

Continuo a guardarla. «Puoi dirmi qualsiasi cosa». Voglio che si apra con me.

«Non riesco a venire», sussurra con voce flebile.

Non sono sicuro di aver sentito bene. «Cosa?»

«Non riesco a venire», dice di nuovo, e questa volta sono sicuro di aver sentito bene. «Non sono brava a fare sesso».

Aspetta. Aspetta, aspetta. Il mondo improvvisamente

smette di girare. Ha detto quello che penso abbia detto? Non ha mai avuto un orgasmo? Com'è possibile? Ha ventidue anni e ha fatto sesso, secondo quanto afferma. Forse è un problema medico? Forse ci sono donne che non possono raggiungere l'orgasmo? Non lo so.

Mi lascia sbalordito. Ero pronto per qualcuno inesperto, pronto a prenderla con calma, ma questo è qualcosa di completamente diverso. E cosa intende con "non brava a fare sesso?"

«Non brava a fare sesso? Perché pensi così? Quanti partner hai avuto?» È maleducato chiedere, ma non ha alcun senso.

Alza un dito.

«Uno? Solo uno?» Ridicolo. Dev'essere qualche idiota che non capisce le donne. «Perché pensi di non essere brava?»

Mi guarda, le guance arrossate e non per il caldo. All'improvviso capisco qualcosa. «Te l'ha detto lui? Che non sei brava a letto?»

Annuisce.

Figlio di puttana. «Un solo partner non dice nulla su di te e dice molto più di lui. Se non ti tocchi nemmeno tu, allora non sai cosa ti piace». Sembra così imbarazzata, ma mi sta rispondendo e si sta aprendo con me. Vuole che io sappia.

«Voglio toccarti». La mia voce esce un po' roca. Per come bacia, dev'essere incredibile. Glielo dimostrerò. «Sei pronta a farti toccare da me? Voglio mostrarti che puoi godere. Voglio farti venire per me». Spero di avere ragione e che non sia qualche problema medico o altro, ma nulla di quello che ha detto finora mi fa pensare che sia stato qualcosa di diverso da un cattivo partner.

Vedo che ci sta pensando, esitando, chiedendosi se fidarsi di me. Sono già così eccitato al pensiero che mi lasci toccarla. Merda, mi sto comportando come un adolescente arrapato.

Non c'è modo che venga nelle mutande. *Controllo, Ethan, controllo.*

«Non voglio fare sesso», risponde.

«Non ho chiesto di fare sesso. Rimarrò completamente vestito. Voglio solo toccarti».

I suoi occhi si spalancano come se non credesse alle mie parole. «Ma... Ma...»

«Ma cosa?»

Sposta lo sguardo sul mio inguine, dove la mia erezione è visibile attraverso il tessuto sottile. «Hai un'erezione. Hai bisogno di venire».

Sorrido. «Chi ha detto che devo venire?» Alzo l'angolo della bocca. «Non è obbligatorio. E poi, ci sono altri modi per venire oltre alla penetrazione. Non preoccuparti per me. Starò bene». Mi trattengo dal dirle che a questo ritmo, verrò presto nelle mutande senza nemmeno toccarla.

Quando annuisce, faccio un respiro profondo. «Ho bisogno che me lo dica a parole. Dimmi che vuoi che ti tocchi».

«Voglio che tu mi tocchi», sussurra. La sua voce è piena di speranza. Non devo deluderla.

Mi avvicino di nuovo a lei. I suoi occhi si chiudono e le mie labbra si posano sulle sue. La mia lingua invade il paradiso della sua bocca. Mi bacia di rimando, la sua lingua si intreccia con la mia, e il mio cazzo si contorce dal desiderio di essere dentro di lei. Tengo il mio corpo lontano dal suo per non stressarla di nuovo, come promesso.

Interrompo il bacio e passo al suo collo, baciando e leccando la sua pelle morbida. Lei inclina la testa all'indietro, permettendomi l'accesso. I suoi occhi sono chiusi e la sua bocca è aperta. Sento il suo polso battere forte sotto la mia lingua.

Metto la mano sotto la sua maglietta, ma lei afferra il mio

polso e mi ferma. Avvolgo le dita intorno al suo mento e la persuado a guardarmi.

«Fidati di me», dico, i miei occhi fissi nei suoi. Lei lascia andare la mia mano, liberandomi, i suoi occhi mostrano ancora preoccupazione.

Raggiungo la sua maglietta, senza toglierle gli occhi di dosso. Lentamente, raccolgo l'orlo della maglietta e la tiro su. Questa volta non mi ferma e mi lascia rimuoverla.

Non indossa il reggiseno. Guardo i suoi seni, di cui prima avevo solo intuito la forma. I suoi seni pesanti sono quasi sproporzionati rispetto al suo corpo delicato. I capezzoli rosa sono sporgenti e duri, in attesa di essere assaggiati. Ho aspettato così a lungo questo momento.

Vedo che ha un segno di bruciatura vicino alla clavicola, ma questo non è il momento di chiedere. Non ora. Ora voglio assaggiarla.

«Sei così bella», sussurro mentre chino di nuovo la testa verso il suo collo, sentendo il suo polso con le mie labbra, forte e veloce. È eccitata quanto me.

Le mie mani sono sui suoi fianchi, accarezzando la sua pelle calda. Mi prendo il mio tempo. La mia lingua traccia un percorso dal collo verso il basso, passando sulla cicatrice, sulla pelle ruvida. Trasalisce ma non mi ferma. Continuo, scendendo ancora fino a quando la mia bocca raggiunge i suoi seni. Ne bacio uno e poi l'altro, arrotolo la lingua intorno ai boccioli rosa, li bagno e osservo i segni che lascio. Poi succhio il suo capezzolo, assaggiandolo. La sua schiena si inarca e geme. Non è difficile per me capire come si sente. I suoi occhi sono chiusi e non parla, ma il suo corpo parla volumi, dicendomi che le piace.

Rimango sui suoi seni, passando da uno all'altro, dedicando loro ampie attenzioni. Ha i seni più belli che abbia mai visto. Vorrei affondare il viso in essi e non lasciarli mai andare. Così belli. Mi sto godendo il momento, ma so che non verrà così, e devo mantenere la mia promessa.

Sposto una mano verso le sue mutandine. Mi fermo e la guardo. I suoi occhi sono ancora chiusi. Le mie dita sfiorano il tessuto e sento che è bagnato. Dio, non sono sicuro di poter durare ancora a lungo.

«Sei così bagnata», sussurro. «Non capisci quanto sia eccitante».

Continuo a sfiorare il tessuto, aggiungendo il peso del mio palmo mentre strofino le dita tra le sue gambe, tracciando le labbra della sua figa. Credo di sentire un leggero sospiro uscire da lei, e questo mi incoraggia a continuare.

Faccio scorrere il dito avanti e indietro sulla sua fessura, ed è così bagnata che è incredibile. Come ha potuto qualcuno dirle che non era brava?

Mi fermo e uso entrambe le mani per rimuovere le sue mutandine. Lei si ritrae e cerca di nascondersi.

«Vuoi che continui?» chiedo di nuovo, sperando con tutto il cuore che non mi fermi ora. Questo è il momento che ho aspettato. Il sollievo mi invade quando annuisce di nuovo.

Il mio dito trova la sua fessura bagnata e strofino il pollice contro il suo clitoride, iniziando con un ritmo lento e delicato.

Il suo bacino si muove. Si preme contro di me, seppellisce il viso nella mia spalla, il suo respiro aumenta e la sua bocca è sul mio collo. Sento il suo clitoride gonfiarsi sotto il mio tocco mentre i suoi movimenti diventano più veloci.

Prendo un dito e lo inserisco nella calda umidità. Lei smette di muoversi e stringe le mie spalle così forte che quasi fa male. Ok, devo andare più piano.

Lascio il dito fermo e continuo solo con il pollice sul suo clitoride, finché non la vedo rilassarsi di nuovo. Mi concentro, cercando di leggere il suo ritmo. Mentre aumenta i suoi movimenti, aggiungo un altro dito. Questa volta non si ferma, e muovo le mie due dita dentro e fuori di lei.

I suoi occhi sono chiusi per tutto il tempo. Ha paura di mostrarmi che si sta godendo il momento. Le sue mani sono dritte e rigide accanto al corpo, attenta a non toccarmi, nemmeno per caso. Vorrei tanto che mi toccasse, ma va bene così. C'è un tempo per ogni cosa.

Muoio dalla voglia di assaggiarla. Mi trascino giù per il letto, metto la testa tra le sue gambe, mi sporgo e trovo il suo clitoride con la lingua. Il suo bacino si solleva e mi afferra i capelli.

Alzo lo sguardo e la vedo guardarmi, i suoi occhi spalancati e scuri di desiderio. È così sexy. È incredibilmente eccitante.

«Cosa stai facendo?»

«Ti sto assaggiando» rispondo.

Lei scuote la testa, cercando di allontanarmi.

«Fidati di me» dico di nuovo. «Ti piacerà».

Mi tuffo tra le sue gambe. Non mi ferma, ma sento che è ancora tesa. Immobile. Maledetto l'uomo che le ha tolto la verginità lasciandola così insicura di sé.

La mia lingua trova la strada verso il suo clitoride. Lecco intorno, succhio e gironzolo, cercando ciò che provoca la reazione che sto cercando. Spingo la lingua nella sua apertura, assaporando il suo dolce interno. La rigidità dei suoi muscoli lentamente si allenta, e le sue gambe si aprono ulteriormente, permettendomi un accesso più facile.

Sento che spinge il bacino in avanti, e accelero il ritmo, usando ora la lingua e le dita, più veloce, più forte, adattandomi ai movimenti del suo corpo. Non riesce più a trattenersi e geme forte. Cazzo. È così eccitante.

Sento le sue pareti che si stringono attorno alle mie dita, e

arcuo un dito per stimolare il punto magico nella sua vagina.
«Vieni per me, Bambi».

Si contorce sotto di me, le sue gambe tremano selvaggiamente mentre supera la soglia, raggiungendo il climax. Si inarca dal letto, cercando di staccarsi da me, ma insisto, continuando a massaggiare il punto sensibile, lasciandola cavalcare le onde del suo orgasmo fino alla fine. Finché non ricade sul materasso, ansimante.

Rimuovo le dita da lei, dandole un momento per tornare alla realtà. Sbatte le palpebre e apre gli occhi con difficoltà, guardandomi come se fossi un sogno. La bacio, permettendole di assaggiare se stessa sulle mie labbra.

«Incredibile» le dico. «Semplicemente incredibile».

Le sue ciglia sbattono di nuovo mentre esce dalla sua trance e mi guarda come se mi vedesse per la prima volta. I suoi occhi sono spalancati e selvaggi, e le sue guance sono arrossate. Lo adoro. Non mi sono mai sentito così prima. Il mio ego sta per sfondare il soffitto.

Lei allunga la mano verso il mio inguine. «No». La blocco. È troppo presto. Avremo tempo per quello. Il suo corpo mi dice che non è ancora pronta. Quando faremo l'amore, e lo faremo, lo vorrà tanto quanto lo voglio io.

Ora che ho dimostrato a entrambi che può raggiungere l'orgasmo, so che succederà. Dare a una donna il suo primo orgasmo è una delle cose più erotiche che abbia mai fatto. Mi sento in cima al mondo. E senza che lei mi abbia nemmeno sfiorato, poi. Non pensavo di potermi sentire così senza scopare.

Mi alzo e vado in bagno, con la tenda nei boxer piuttosto evidente. Mi masturbo fino a venire, immaginando la donna meravigliosa che giace nel mio letto.

## CAPITOLO 21
## *Ayala*

Oh, mio fottuto Dio. Cosa è appena successo? Quindi è di questo che parlano tutti? Non pensavo di poter... Non lo sapevo. È pazzesco! Tutto quello che Michael mi ha detto, che il mio corpo è rotto, che non sono fatta per il sesso, niente di tutto ciò è vero.

Sento ancora i tremori nelle mie gambe. E la sua bocca. Non posso credere di avergli permesso di metterla lì. E le cose che gli ho lasciato fare con quella bocca... Non sapevo che fosse anche possibile.

Mi alzo dal letto e mi rimetto la sua camicia, chiedendomi cosa dovrei fare con la mia biancheria intima. In quel momento, la porta del bagno si apre ed Ethan rientra nella stanza.

Indossa gli stessi boxer aderenti, ma la sua erezione non è più visibile. Il suo torso è nudo, rivelando un corpo muscoloso e forte. L'ho visto durante il nostro viaggio al lago, certo, ma non così, non così vicino a me.

Non posso fare a meno di ammirare la vista. Non ho mai visto addominali così prima. Deve allenarsi per ore.

Voglio toccarlo. Voglio far scorrere la mia mano su quei muscoli, vedere se sono duri o morbidi. Voglio passare la mano sulla sottile striscia di peli che scende dal suo stomaco fino a-

«Ti piace quello che vedi?»

Mi rendo conto di star fissando e scaccio i pensieri vaganti che mi inondano. Da quando fantastico di toccare un uomo?

Tiro la mia camicia nel tentativo di coprirmi.

Lui sorride. «Ti senti timida? Un momento fa, mi hai lasciato andare giù su di te.»

Sento le mie guance bruciare ancora di più.

Apre un cassetto e mi porge un paio di boxer. Li prendo e li tengo davanti al mio corpo. Dovrei indossarli davanti a lui?

«Probabilmente ti staranno un po' larghi, ma non ho nient'altro al momento. Vuoi caffè e toast? Madeleine non c'è oggi, e io non sono molto bravo a cucinare.»

«Madeleine?»

«La mia governante. Non lavora nei fine settimana», dice, come se fosse ovvio che tutti abbiano qualcuno che gestisce la loro casa.

Lascia la stanza e io mi affretto a indossare i suoi boxer. Sono lunghi e su di me sembrano più dei pantaloncini. Sono sicura di avere un aspetto ridicolo, ma lui mi ha già vista nuda. Mi ha toccata lì con la sua lingua. *Un po' tardi per vergognarsi ora.*

Esco dalla camera da letto e passo davanti a diverse porte chiuse finché non raggiungo la cucina. Lui è in piedi ai fornelli a scaldare il latte per il mio caffè, con il vapore che esce dalla macchina e gli volteggia intorno.

Mi siedo su uno degli sgabelli del bancone e lo guardo. Non si è preoccupato di vestirsi, e trovo difficile guardare qualsiasi cosa che non sia il suo corpo, questo incredibile corpo maschile. Sembra così a suo agio nella sua pelle. Sono un po' invidiosa di quella disinvoltura.

Si gira e mi porta la tazza con un sorriso. I suoi capelli sono ancora umidi e selvaggi dalla doccia, e la barba incolta sul suo viso è di qualche giorno. È così bello.

Si siede accanto a me, e io bevo il mio caffè in silenzio. Mi imbarazza averlo seduto accanto a me, quasi nudo, così vicino che posso sentire il suo odore. E la sua vicinanza mi fa cose. Cose che non sapevo fossero possibili. Voglio che mi tocchi di nuovo. Voglio toccarlo.

«Non devi essere timida», dice, leggendo i miei pensieri. «Non dopo quello che abbiamo appena fatto. Devi solo dirmi cosa vuoi.»

Sento di nuovo il rossore salire sulle mie guance, e il nodo nella mia pancia si stringe. Come ho potuto lasciarlo fare tutte quelle cose a me? Come ho potuto permetterglielo? Non sono meglio di una traditrice.

«Va tutto bene. Sono paziente. Posso aspettare, ma parlami.»

Non posso parlarti. Non capirai mai. Nessuno lo farà. Se Ethan sapesse chi sono, mi butterebbe fuori di qui subito.

Il suo telefono squilla, salvandomi.

«Merda. Me ne sono dimenticato.» Risponde e dice nel dispositivo: «Forse possiamo rimandare?» Le sue sopracciglia si aggrottano mentre ascolta l'altra parte.

«Ok, beh, sarò lì subito.» Riattacca.

«Bambi, mi dispiace. Non avevo previsto che tu fossi qui oggi, e ho dimenticato di avere un impegno precedente.»

Annuisco e mi alzo, pronta a raccogliere le mie cose. Cosa ho da prendere? Mi ha portata qui lui. Non ho niente da raccogliere.

«No, aspetta.» Mi tira per il braccio, costringendomi a

sedermi di nuovo. «Non voglio che tu vada. Ryan e Maya mi stanno aspettando. Ma voglio che tu rimanga.»

«Ryan e Maya?»

«Sì. Hai già incontrato Ryan. Maya è sua moglie. Abbiamo programmato un pranzo, e non mi ero reso conto che fosse già così tardi.»

Quel suo sorriso malizioso mi fa stringere lo stomaco. Uff, quando finirà?

Sì, ricordo Ryan. È l'uomo che mi ha salvata quando pensavo che sarei finita in prigione per omicidio.

Ethan si alza e va in camera da letto, e dopo qualche minuto torna indossando jeans, una maglietta e una giacca di pelle nera.

«Promettimi che resterai qui fino al mio ritorno. Dobbiamo parlare.»

I suoi occhi non lasciano i miei finché non annuisco.

Non voglio parlare con lui di quello che è successo. Non posso credere di aver acconsentito a farmi toccare da lui. Dov'era il mio buon senso?

«Fai come se fossi a casa tua. Puoi mangiare quello che vuoi. Hai già visto il bagno. Se vuoi fare una doccia, falla pure. Cercherò di fare in fretta. E non dimenticare le tue medicine.» Prende le chiavi e si ferma sulla porta. «Aspettami.»

Quando se ne va, mi sento sollevata. La sua presenza qui è forte e mi pesa addosso, ma ora che non c'è, posso pensare più chiaramente.

Anche se Hope ha iniziato una nuova vita, io sono ancora Ayala. Non posso credere di avergli permesso di spogliarmi e toccarmi come una puttana. Gli insegnamenti dei miei genitori sono stati tutti buttati fuori dalla finestra nel momento in cui lui mi è stato vicino. Ma non mi dispiace.

Mi vergogno ma non mi dispiace. È stato incredibile, e ora

credo che tutto quello che pensavo di me stessa fosse probabilmente un errore. Voglio provare di nuovo e vedere cos'altro è possibile. Voglio conoscermi.

E i miei genitori? Pensare a loro non vale niente. Non c'erano quando ho chiesto aiuto. Mi hanno rimandata dal mostro. Ricordo la fitta di tradimento quando hanno creduto alla versione di Michael piuttosto che alla mia. Hanno preso le parti di uno sconosciuto invece che le mie.

Non ho motivo di pensare più a loro. Non esistono per me.

Finisco il mio caffè e giro per la casa. Ora che lui non c'è, mi sento più coraggiosa.

Trovo molte provviste nel frigorifero; c'è di tutto. Prendo una mela e comincio a morderla.

Il suo soggiorno è arredato come se fosse uscito direttamente da una rivista, e mi chiedo se lo usi affatto. Tutto è esattamente al suo posto come se nessuno lo utilizzasse.

Torno in camera sua. Il letto è ancora in disordine, testimonianza di ciò che vi abbiamo fatto. Sistemo le coperte e nascondo le prove.

Le mie pillole sono accanto al letto, e anche una tazza da tè vuota. Ogni volta che mi sono svegliata ieri, c'era una tazza di tè caldo accanto a me. Come faceva a mantenerlo caldo tutto il tempo? Non lo so.

Non vedo il mio telefono da nessuna parte. Dev'essere ancora a Lunis. Uffa.

Entro nella doccia e passo davanti allo specchio. I miei capelli corti, che sono cresciuti un po', sono selvaggi, mostrando le mie radici chiare. Devo tingerli di nuovo.

Le mie guance sono ancora arrossate. Indosso una camicia lunga che arriva a metà coscia e non sembra sexy. Sembro più una bambina sperduta.

Quando ho finito con la doccia, raccolgo la mia maglietta e

la biancheria intima di ieri e le metto nella lavatrice che trovo nel ripostiglio accanto alla cucina. C'è anche un'asciugatrice, quindi almeno tra qualche ora potrò indossare i miei vestiti invece di questa enorme camicia.

Cosa posso fare fino al suo ritorno?

Le stanze mi incuriosiscono, quindi cammino lungo il corridoio e do un'occhiata. Non ha detto che fosse vietato.

La prima stanza è grande. È una palestra con attrezzature di ogni tipo. Una parete è coperta di specchi. Ok, non è nato con degli addominali fantastici. Nella stanza di fronte, trovo un ufficio. Computer, cartelle di documenti. Non mi sento a mio agio ad entrare qui, quindi chiudo la porta. La stanza successiva è una camera per gli ospiti. Sto per andarmene quando mi rendo conto che avrebbe potuto facilmente mettermi qui. Perché mi ha messo nella sua stanza? Era tutto pianificato per farmi dormire con lui questa mattina? Un uomo che è stato scelto come uno degli uomini più sexy di New York può avere qualsiasi donna voglia. Perché sta perdendo il suo tempo con me? Cosa ci guadagna?

Torno in soggiorno e mi siedo sul divano chiaro, dondolando le gambe. Quanto tempo dovrei aspettare qui?

C'è un libro sul tavolino accanto al divano, e lo prendo. Forse leggerò un libro mentre aspetto. Sulla prima pagina, vedo una dedica scritta a mano.

«*A Ethan. Grazie di tutto. Ti amo, Olive.*»

Non è qualcosa di lungo e sdolcinato, ma la firma... «*Ti amo, Olive*». Mi ci vuole un momento per fare il collegamento, e un forte dolore mi colpisce al petto. Olive è la donna in blu.

Sono così stupida. Non ho solo infranto ogni regola con cui sono cresciuta. L'ho fatto anche con un uomo impegnato. Un uomo che tradisce. Mi ha mentito.

Gli basta stare un po' vicino a me, parlare gentilmente, e io cado nella trappola. Proprio come mi è successo con Michael. Sono così debole. È deludente. Cadere ancora e ancora per le stesse bugie. Non ho carattere. Non ho spina dorsale. Dove sono tutte le promesse che mi sono fatta quando sono arrivata qui?

Sono un topo in trappola. Cammino avanti e indietro nel grande soggiorno. Non posso restare qui.

Con una breve ricerca nel suo armadio, trovo una tuta e me la infilo. I pantaloni mi stanno ridicoli. Tiro i lacci e li annodo stretti, in modo che non cadano, poi arrotolo i risvolti. Dovrà bastare. Prendo anche una giacca, fuori fa un freddo cane e non sono ancora completamente guarita.

Non ho neanche le scarpe. Prendo un paio di infradito che ho trovato.

Esco, chiudendo la porta dietro di me. Spero non ci siano furti qui perché non posso chiuderla a chiave.

Merda. Ho dimenticato le medicine e non ho i soldi per comprarne altre da sola. Torno dentro e prendo la borsa, sentendomi un po' in colpa. Ha pagato per un dottore e i farmaci, e ora io me ne sto scappando.

Devo andarmene, però. Se resto per i soldi, non sono meglio di una prostituta che vende il suo corpo.

La guardia nell'atrio alza lo sguardo dal suo giornale e mi guarda con gli occhi socchiusi. Sembra sorpreso dal mio ridicolo outfit, probabilmente chiedendosi come una senzatetto sia entrata nell'edificio senza che lui se ne accorgesse. Ma io sto uscendo, non entrando, e prima che decida cosa fare di me, sono già fuori dalla porta.

## CAPITOLO 22
### *Ethan*

Che tempismo pessimo. Proprio quando si sta sciogliendo, proprio quando vivo un'esperienza folle con lei e voglio parlarne, Ryan mi chiama per ricordarmi che ho promesso di andare a pranzo con loro e dice che per lui è molto importante che accada oggi.

Avevo accettato all'inizio della settimana, ma non sapevo che Bambi sarebbe stata a casa mia. Allora pensavo che avrei dovuto dimenticarla, che dovevo dimenticarla. Ma ho fallito.

Quindi la mia teoria era sbagliata. Non è vergine, ma non sa cosa significhi essere toccata da un uomo, un vero uomo, intendo, perché il maniaco che l'ha scopata - gioco di parole voluto - non è affatto un uomo.

Sono così perso nei miei pensieri che quasi mi perdo l'ingresso del loro edificio. Freno e faccio una brusca svolta nel parcheggio.

Ryan mi accoglie con un abbraccio e una pacca sulla schiena come fa sempre quando ci vediamo fuori dall'ufficio e mi prende una birra dal frigo.

Vedo Maya già seduta sul divano in salotto e mi avvicino a lei per un abbraccio.

«Stupenda, come sempre» le dico. «Se mai ti stancherai di questo stronzo, vieni da me.»

Maya sorride e la mia testa mi fa male per il colpo che Ryan mi dà.

Mi siedo sulla poltrona di fronte a loro e Ryan comincia: «Ti ricordi il giorno in cui ti ho chiamato perché avevo litigato con Maya e lei se n'era andata?»

Come potrei dimenticarlo? Quello è stato il giorno che mi ha cambiato la vita. Il giorno in cui ho deciso che volevo Bambi, che ora è seduta a casa mia. «Sì.»

«Beh, si è scoperto che ero un idiota perché quando mi ha chiesto la mia opinione sui bambini, era dopo che aveva scoperto di essere incinta.»

Sorride, dandomi il tempo di capire quello che ha appena detto. Il mio sguardo passa tra loro. Irradiano felicità.

«Diventerò padre, Ethan. Padre!»

Mi alzo dal mio posto e li abbraccio. Lo sospettavo. Quando Ryan mi ha raccontato della loro discussione, pensavo che potesse essere questo il caso, ma nessuno dei due aveva più menzionato la questione da allora, e ricordo la regola che le donne mi hanno insegnato: non si chiede a una donna se è incinta a meno che non ci sia un bambino che sta uscendo dalla sua vagina in quel momento.

Come se mi leggesse nel pensiero, dice: «Abbiamo aspettato fino a dopo la visita dal dottore per dirlo a qualcuno.»

Li abbraccio di nuovo. «Sono così felice per voi! E tu sei un idiota» dico a Ryan. «Non capisco cosa veda in te.» Rido. È il miglior amico che si possa avere.

«Maya, congratulazioni. Sarai una madre fantastica.» Le sorrido.

Ryan e io alziamo le nostre birre, Maya alza il suo bicchiere d'acqua e ci sediamo per mangiare. Mi piace guardarli, i piccoli tocchi, gli sguardi significativi che dicono che si capiscono senza dire una parola.

Sembrano così felici.

Potrei mai sentirmi così? Casalingo e felice? Immagino Bambi seduta accanto a me come Maya è ora seduta accanto a Ryan, che mi tocca il braccio e ride.

Non accadrà. Non sono il tipo casalingo e sdolcinato. Non posso prendermi cura di lei. Ho fallito prima e fallirò di nuovo. Dovrei attenermi a ciò in cui sono bravo: scopare e fare soldi.

«Ethan, ci sei?» La voce di Ryan mi tira fuori dai miei pensieri. «Stai ascoltando?»

Annuisco. «Sì. No. Scusa.»

«Cosa ti preoccupa tanto? È successo qualcosa di nuovo in ufficio? Puoi ancora consultarmi. Non ho il cervello in pappa per la gravidanza.» Ride quando Maya lo colpisce e non posso fare a meno di sorridere.

«Ti ricordi quella cameriera al Lunis?» chiedo.

«La cameriera da cui non riuscivi a staccare gli occhi? La cameriera-che-ti-ha-quasi-mandato-in-prigione? Quella-cameriera?» dice, e vedo gli occhi di Maya allargarsi.

Lo fulmino con lo sguardo, cercando di ucciderlo con il mio raggio laser. Deve stare zitto ora.

«Sì, quella. Mi sono dimenticato di questo appuntamento a pranzo e l'ho lasciata a casa mia. Sono un po' ansioso di tornare.»

«L'hai lasciata a casa tua?» Ora i suoi occhi si allargano. «L'hai portata al attico? Non hai affittato una stanza?»

Gli occhi di Maya sembrano uscire dalle orbite. *Promemoria. Uccidere Ryan. Sa troppo.*

«So dov'è casa mia, Ryan» rispondo. «Era malata e aveva

183

bisogno di un medico, e io...» Non posso spiegarglielo perché non posso spiegarlo nemmeno a me stesso.

«E il tuo desiderio di fare il santo e salvarla ha prevalso, come sempre. Sei incapace di ignorare una donna in difficoltà.»

«No. Non è per questo.» Lo nego, ma perché l'ho portata all'attico? Avrei potuto facilmente mandare un medico in una suite d'albergo.

«Perché non la porti qui?» chiede Maya.

«Cosa?» Sorpreso, volto lo sguardo verso Maya.

«Potresti portarla a cena con noi. Sembra che ti importi di lei. Sarebbe bello conoscerla.»

«No. No. Non è niente. Non c'è niente tra noi.» Sono un tale bugiardo. Bambi occupa i miei pensieri tutto il tempo. Non solo, ma ho organizzato il suo ingresso permanente nel mio edificio, sperando che continuassimo a vederci.

«Ethan è innamorato» geme Ryan.

Mi alzo e lo assalto, buttandolo a terra in una lotta.

«Ok, ok, mi arrendo!» urla.

Il nostro rapporto è sempre stato fisico, ma non litighiamo mai. Lo amo come un fratello. Anche di più. Non so come avrei potuto superare il periodo difficile della mia vita senza lui e i suoi genitori.

Una volta tornato al mio posto, dico: «Sì, mi intriga» ammetto. «Ma non sono innamorato. Sai che le relazioni non fanno per me.» No, decisamente non fanno per me. Mi interessa solo perché è una sfida.

«Le relazioni sono per tutti» sostiene Maya. «Tutti hanno bisogno di qualcuno da amare.»

Metto un sorriso finto sul viso. Io non sono tutti. Ho perso il mio cuore quando ho perso Anna.

«Ci siamo riuniti qui per voi, non per me.» Riporto la

conversazione su di loro, il che è facile da fare perché sono molto eccitati. Ascolto felicemente le loro chiacchiere sulla scoperta della gravidanza e il milione di esami che devono essere fatti.

---

Quando torno a casa, scendo dalla macchina e cammino verso l'ascensore, noto che il mio passo è più leggero. Mi sento quasi... felice?

Voglio rivedere i suoi occhi blu, quello sguardo sconcertato sul suo viso dopo che viene. Mi viene voglia di farlo di nuovo e ancora solo per vedere quello sguardo. Voglio che venga di nuovo mentre sono dentro di lei. Cazzo, mi sta venendo un'erezione solo a pensarci.

Apro la porta del mio appartamento. È buio.

«Bambi? Hope?»

Nessuna risposta. Mi affretto a controllare la camera da letto. Non c'è. Se n'è andata anche se le ho chiesto di restare. *Dannazione.*

Perché non mi ascolta? Qual è il problema nell'aspettare un paio d'ore? Non è che l'abbia lasciata per strada. Era nel mio appartamento, che è molto meglio di quel buco in cui vive.

Risalgo in macchina e guido fino a Lunis.

Quando arrivo, faccio un respiro profondo e cerco di rilassare i muscoli tesi. Il bar è chiuso e lei non risponde. Devo procurarmi una chiave di questo posto. Forse sarebbe meglio se comprassi l'intero edificio.

Entro di nuovo forzando la serratura. La sua stanza è buia e non la trovo all'interno. Nemmeno sotto la doccia. Dove può essere andata?

Sto perdendo il controllo. Chiamo il suo telefono e una luce lampeggia accanto a me. Il suo dispositivo è sul pavimento vicino al materasso.

Che idiota che sono. L'ho lasciato qui quando l'ho portata via ieri mattina. Questo significa che non è mai tornata. Esco di nuovo e mi siedo sui gradini ad aspettarla.

Perché non torno semplicemente a casa e non la dimentico? Sarebbe la cosa logica da fare. Dimenticarla. Mi porta solo guai. Mi passo una mano tra i capelli, alzo la testa ed eccola lì.

È in piedi davanti a me, con gli occhi spalancati, abbracciandosi, indossando una felpa enorme e a piedi nudi. Sono i miei vestiti? Cazzo, sono così arrabbiato che vorrei stenderla a terra in mezzo alla strada e scoparla finché non grida il mio nome.

Faccio un respiro profondo e mi alzo in piedi.

«Perché non hai aspettato?» La rabbia ribolle sotto la superficie e faccio fatica a trattenerla. So che la sente anche nella mia voce, perché fa un passo indietro.

«Non avevo nulla da aspettare. Mi sento meglio. Non c'è bisogno che ti preoccupi per me.»

«Nulla da aspettare? E quello che è successo tra noi? Ti ho chiesto di aspettare così potevamo parlare.»

«È stato bello, tutto qui. Non abbiamo nulla di cui parlare.»

«Cosa? Bello? È stato fottutamente incredibile e non puoi pensarla diversamente. E può essere ancora meglio se mi dai la possibilità di dimostrartelo. Questo è solo l'inizio.» Faccio un passo avanti e lei ne fa uno indietro. *Ci risiamo?*

«Tu hai una fidanzata che ti ama e che porti agli eventi. Non voglio essere l'amante. Non voglio essere l'altra donna.» Tira su col naso come se stesse trattenendo le lacrime.

«Fidanzata? Quale fidanzata? Ti riferisci a Olive?»

«Sì.»

Merda. Avrei dovuto chiarire subito questo punto. «Olive ed io...» Penso al modo giusto di presentare la cosa. «È complicato. Ma non è la mia fidanzata e non c'è nessun problema se stai con me. Ti ho detto che sono single.»

Quei grandi occhi blu si fissano su di me. «Non è la tua fidanzata?»

«No. Voglio dire, è una buona amica, ma non una fidanzata. Non in quel senso. Abbiamo entrambi le nostre ragioni per farci vedere in pubblico insieme.» Cerco di essere il più chiaro possibile senza rivelare dettagli del nostro contratto. «Per favore, smettila di scappare da me ogni volta. Vieni, parliamo. Sono un libro aperto.» E sto impazzendo qui. «Credi ai pettegolezzi su di me?»

«Credo che lei ti abbia scritto che ti ama.»

«Cosa?» Di cosa sta parlando?

«Pensavo di leggere il libro che era accanto al tuo divano e ho visto che lei l'ha firmato con amore.»

«È tutto qui?» Esalo. «Ti ho detto che siamo buoni amici. Tutto qui.» Sembra che Bambi si sia fissata sulle parole e le abbia prese fuori contesto. «Perché sei a piedi nudi? Come sei arrivata qui scalza?»

«Non avevo scarpe. Ho preso le tue infradito, ma non mi trovavo comoda a camminarci, quindi le ho abbandonate per strada.» Si morde le labbra. «E non avevo soldi né telefono, quindi non potevo prendere la metropolitana. Ho camminato.»

Sono scioccato. Non conosco nessuno che camminerebbe da Central Park fino a qui senza scarpe.

«Perché mi hai messo nel tuo letto?» Le sue mani sono sui

fianchi ora. «Ho visto che avevi una stanza per gli ospiti, quindi perché ero nel tuo letto? So che non volevi lasciarmi qui malata, ma non dovevi mettermi nel tuo letto.»

Ha ragione. Non sono sicuro del perché l'abbia fatto. «Non ci stavo pensando. Sono semplicemente entrato in casa e sono andato nella mia stanza.»

«E non era perché volevi sedurmi?»

Rifletto su come rispondere senza spaventarla. «Certo che voglio fare sesso con te. E credo sia sicuro dire che anche tu lo vuoi.»

Scuote la testa, ma il suo corpo dice altro.

«Io non seduco le donne. Lo fai sembrare sporco. Chiunque faccia sesso con me lo fa di sua spontanea volontà. Comunque, non ho fatto nulla che tu non volessi che facessi. Ricordo distintamente di aver chiesto più volte.» La guardo negli occhi e spero che non si stia pentendo di quello che è successo ora, perché se dice che non era d'accordo, mi farà esplodere il cervello e non sarò responsabile di ciò che accadrà dopo.

Ma lei rimane in silenzio.

«La mia macchina è qui. Andiamo. Voglio parlare e non voglio farlo per strada.» Le tendo la mano, ma non la prende.

Vedo l'esitazione sul suo volto.

«Di cosa dobbiamo parlare? Perché non ti arrendi? Puoi avere qualsiasi donna tu voglia.»

Non voglio qualsiasi donna. Voglio te. «Per favore. Mi devi almeno una conversazione.»

Aspetto in silenzio. Non importa come risponderà, non mi arrenderò.

«Parla allora.»

Qui? «Non per strada. Ti fidi di me?»

Rimane in silenzio.

Se risponde di no, non sono sicuro che ci sia un modo per andare avanti da qui.

«Va bene,» dice finalmente. «Ma lasciami prendere alcune cose dalla stanza prima. Devo vestirmi. Non voglio rimanere senza vestiti e biancheria intima.»

Sorrido. La preferisco senza biancheria intima.

## CAPITOLO 23
## *Ayala*

Eccoci di nuovo a casa sua.
Non appena mi si avvicina, non riesco a resistere. Non capisco perché non si arrende. È perché non ho dormito con lui? Non si fermerà finché non succederà? Non sono stupida. So che ad alcuni uomini piace la caccia.

Ma voglio che accada?

No.

Sì.

Non lo so. Non riesco a decidere cosa fare. Il mio corpo lo desidera, senza dubbio.

Ma la mia testa urla di no. Sono ancora in fuga e senza un'identità. Lui non può mai sapere chi sono. Che tipo di vita potremmo condurre così? Devo costruirmi una vita da sola. Devo dimenticarmi di lui.

Ma gli devo almeno la conversazione che vuole dopo che si è preso cura di me e... mi ha dato il primo orgasmo della mia vita.

Le mie guance si scaldano mentre il ricordo recente prende vita nella mia mente.

Quando sono da sola, ho molto chiaro cosa devo fare. Devo dire di no e costruirmi la vita che voglio. Ma non appena Ethan mi è vicino, i miei pensieri si offuscano, il mio stomaco si contrae e non riesco a pensare in modo logico. Non mi era mai successo prima, e non capisco cosa dica di me. Di noi.

Lo osservo mentre entra in cucina e si versa un whisky. Mentre porta il bicchiere alle labbra, noto quanto il colore del liquido sia simile al bagliore dorato nei suoi occhi.

«Da quando ti ho conosciuta, ho iniziato a bere durante il giorno».

Il suo tono è di rimprovero e mi infastidisce. «Non ti ho invitato nella mia vita. E non ho chiesto il tuo aiuto. Pensavo che potessi essere mio amico. Pensavo che sarebbe stato bello passare del tempo con qualcuno, ma non sembra più possibile».

«No, non credo sia possibile», mi lancia. Il bicchiere si ferma a metà strada verso la sua bocca, e lo posa con un po' troppa forza sul bancone.

Sobbalzo per la paura al suono arrabbiato. Lui cammina da una parte all'altra. La cucina sembra piccola quando il suo grande corpo la riempie.

«Cosa vuoi, Ethan?» chiedo, mantenendo una distanza di sicurezza da lui.

«Te. Voglio te. Ho cercato di non pensare a te per settimane, ma non ci riesco». I suoi occhi ardono di un fuoco che mi spaventa, non perché ho paura di lui ma per l'intensità che vedo nei suoi occhi. Sono sorpresa di rendermi conto che anche ora, sapendo che è arrabbiato, non mi fa paura.

«E hai ragione, non voglio che tu sia mia amica. Ma devi sapere che non sto nemmeno cercando una compagna di vita. Non fa per me». Si assicura che io capisca. «Voglio mostrarti quanto sarà bello tra noi. Molto meglio di quanto è stato questa mattina».

Non posso. O forse posso? Neanch'io sto cercando un compagno. Non pensavo di volere il sesso con lui ma dopo questa mattina...

«È solo sesso. Non lasciare che un figlio di puttana rovini la migliore esperienza della tua vita. Lascia che ti mostri come può essere. So che sei attratta da me. Non mi sbaglio su queste cose». Sorride.

«Non sto cercando sesso e non voglio dormire con te», dico, ripetendo il mio mantra, ma non ne sono più convinta.

«Lo volevi questa mattina. Se avessi continuato, avresti fatto sesso con me, e non staremmo avendo questa conversazione. Ma mi sono fermato perché sapevo che te ne saresti pentita dopo. E non mi sbagliavo neanche su questo». Inclina la testa. «Voglio che lo desideri quanto lo desidero io, se non di più. Te lo chiedo di nuovo, ti fidi di me?»

Annuisco. Non so come sia successo, ma mi fido di lui. E ha ragione. Ero pronta a dormire con lui questa mattina. Ma ero nel momento. Non so cosa stessi pensando. E se avessi un attacco di panico nel bel mezzo? O se mi riportasse gli incubi? Proprio ora che sto migliorando. Non mi sono svegliata da un incubo da qualche giorno.

«Devo pensare». Ho bisogno di mettere in ordine i miei pensieri.

«Va bene». Un'espressione delusa attraversa il suo viso, ma lascia cadere l'argomento. «Saresti disposta a rispondermi a un'altra cosa?»

La mia curiosità è stuzzicata. Annuisco.

«Mi hai detto che non ti tocchi. Perché? Niente scuse. Non posso credere che non ci abbia mai provato».

Ah. Questo. «Ci ho provato alcune volte», ammetto. «Ma

non sono mai riuscita a... *Ehm...* Sai. Pensavo di non poterlo fare, e ho smesso di provare. Mi sembrava inutile». Michael ha solo confermato la mia paura quando ogni volta che facevamo l'amore, faceva male, e aspettavo solo che finisse.

Ethan sembra pensieroso. «Immagino che fossi troppo stressata. Vuoi provare di nuovo? Ora che sai di poterlo fare?» Una scintilla si accende nei suoi occhi.

«Toccarmi? Qui? Davanti a te?» È troppo imbarazzante.

«Sì. Devi sapere cosa ti piace. Questo ti aiuterà».

«Non posso». Non sta parlando sul serio.

«È una delle cose più sexy che puoi fare con un partner. Inizierò io, e vedrai quanto è sexy».

«Adesso?»

Annuisce.

Penso a lui che si tocca, e mi piace. Mi piacerebbe vederlo. Si sbottona i pantaloni e li abbassa fino alle caviglie. I suoi occhi sono fissi su di me mentre si toglie il resto dei vestiti. Il suo corpo è una vera opera d'arte, e non riesco a distogliere lo sguardo.

Quando si toglie anche la biancheria intima, mi soffoco e deglutisco. Vedo che è semi-eretto, e si prende in mano. La punta sporge dalle sue dita. Il mio respiro accelera. Ha ragione. È sexy da morire.

Fa scivolare la mano dalla base alla punta. Poi di nuovo, finché non è completamente eretto, ed è più grande di quanto immaginassi, più spesso. Ma i suoi movimenti... Questo è ciò che mi interessa di più. Non ho mai visto un uomo masturbarsi. È così sensuale. I suoi occhi sono semi chiusi per il piacere, e so che sta pensando a me. Il pulsare tra le mie gambe aumenta, e l'umidità appare nella mia biancheria intima. Merda. Non me l'aspettavo. Il mio cuore batte a una velocità tremenda, martellando nel mio petto, e voglio avere un tale effetto su di lui. Voglio che si senta come mi sento io ora.

Mi tolgo i pantaloni e la maglietta e li metto sul divano, ma rimango vestita con reggiseno e mutandine. Il suo ritmo aumenta, e si strofina più velocemente, guardandomi.

«Cazzo, sei così bella. Toccati per me. Voglio vedere», sussurra.

Mi siedo sul divano e allargo le gambe. La mia eccitazione supera l'imbarazzo. Ha già visto tutto.

Sposto le mutandine di lato e mi espongo a lui. Il suo sguardo si annebbia, e io inspiro. È una sensazione incredibile, sapere che ho questo potere su di lui.

Metto le dita su di me e imito quello che mi ha fatto prima, sperando di stimolare la sensazione che mi ha dato.

Non è così bello come quando l'ha fatto lui, ma quando lo guardo, aiuta. Mi strofino davanti a lui, aumentando il ritmo. Gemo ad alta voce mentre un piccolo nodo si costruisce dentro di me.

«Cazzo, sei la cosa più bella che abbia mai visto in vita mia. Sto per venire così forte a causa tua».

Lancio uno sguardo di lato, osservandolo aumentare il ritmo. Chiude gli occhi e i suoi muscoli si irrigidiscono mentre si lascia andare, sparando il suo sperma caldo e bianco.

La vista di quest'uomo che viene davanti a me in questo modo mi eccita completamente, e ondate di umidità scorrono tra le mie gambe. Penso di star bagnando il divano. Aumento il ritmo e sento il nodo dentro il mio corpo crescere finché non riesco più a sopportarlo. Tutto il mio corpo sussulta mentre si scioglie, portandomi oltre la soglia, e getto la testa all'indietro in un'ondata di piacere.

Mentre è ancora nudo, e quando mi sto ancora riprendendo dalle onde del mio orgasmo, si avvicina e mi bacia dolcemente la testa.

«Spero che tu l'abbia apprezzato quanto me» dice, avvolgendomi in un abbraccio. «Quando deciderai di volermi, sarà ancora meglio. Aspetterò finché non sarai pronta».

«Ho ancora bisogno di tempo per pensare». Sì, mi ha insegnato come raggiungere l'orgasmo e mi ha dimostrato che non sono rotta. Ma c'è una grande differenza tra questo e andare a letto con lui.

«Merda». Salto su e mi infilo velocemente la maglietta. «Ho dimenticato che ho un turno oggi. Devo andare al bar ora e prepararmi».

«Cosa? Adesso? Assolutamente no. Sei ancora malata».

«Mi sento bene. Non ti ha dato fastidio questa mattina o adesso». Alzo un sopracciglio. «E devo andare. È il turno del fine settimana. Nei weekend è una pazzia. Non posso lasciare Evans da solo lì».

«Evans?»

«Il secondo barista».

«Stai lavorando al bar adesso?»

Annuisco.

«Va bene. Ma vengo con te».

«Assolutamente no» protesto.

«Mi siederò al bancone e ordinerò da bere. Sarò un cliente eccezionale. Non ti accorgerai nemmeno che sono lì, promesso». Sorride da un orecchio all'altro.

Uffa. Quel sorriso irresistibile.

---

Verso drink, mescolo e corro lungo il bancone mentre Ethan siede lì e non mi toglie mai gli occhi di dosso.

Ogni volta che lo guardo, vedo i suoi occhi su di me. E ogni volta, quella strana sensazione nel mio stomaco diventa più forte. Sto provando per lui cose che non volevo provare.

Ordina da bere ma non interagisce con me. Si comporta come uno dei clienti, proprio come aveva promesso.

Servo un margarita rosa a un cliente e noto una bella donna che prende posto sulla sedia accanto a Ethan. Con mio grande stupore, la sua mano si alza e si posa sul braccio di lui, il suo corpo è rivolto verso di lui e sorride in modo seducente.

Stronza.

Le mie mani si chiudono a pugno. Perché non la allontana da sé?

Sono sbalordita dalla forza delle emozioni che escono da me. Sono arrabbiata. Quando ho scoperto che Michael andava a letto con altre donne, non mi ha infastidito come questo. La maggior parte delle volte, lo preferivo addirittura. Perché sono arrabbiata adesso? Ethan non è mio e non mi deve nulla.

Dannazione, lo voglio.

Lo fisso, cercando di dirgli senza parole di allontanarla, ma lui o mi ignora o non capisce.

La sua bocca si sta avvicinando al collo di lui mentre gli sussurra qualcosa. Non riesco a smettere di fissare la bella bruna le cui labbra stanno sfiorando il suo orecchio in questo momento. Come posso odiare una donna che non conosco nemmeno?

«Cosa gradisce?» chiedo, facendola allontanare da lui e voltarsi verso di me. I miei occhi lanciano scintille ardenti.

«Avete un margarita?» Poi si gira di nuovo verso Ethan e chiede: «Mi offri da bere?» La sua mano si posa sul braccio di Ethan, e lui rivolge lo sguardo verso di lei e annuisce in segno di assenso.

Mi mordo forte la guancia e guardo negli occhi di Ethan,

sperando che possa leggermi nella mente. *Guardami e spiegami perché stai offrendo da bere a questa donna.* Ma lui guarda il suo telefono.

«Sì, abbiamo il margarita» dico con un sorriso dolce e prendo la sua ordinazione.

Le preparo il drink e glielo servo, posizionandolo goffamente sul bancone davanti a lei in modo che si rovesci, bagnandole il vestito. Lei salta giù dalla sedia e pronuncia una serie di imprecazioni che farebbero arrossire un marinaio in mare. Dov'è quel dolce sorriso di prima?

«Mi dispiace tanto» mi scuso e mi affretto a porgerle dei tovaglioli, ma lei rifiuta la mia mano tesa, si alza e si precipita in bagno. Sto sorridendo.

Ethan alza un sopracciglio nella mia direzione ma non dice una parola.

## CAPITOLO 24
## *Ethan*

Certo, l'ho fatto apposta.

La brunetta accanto a me mi ha sussurrato le sue intenzioni all'orecchio, e forse in un'altra serata mi sarebbe piaciuto. Ma oggi, sono eccitato solo per una brunetta, quella che lavora dietro il bancone.

Voglio dimostrare a Hope che mi desidera, quindi lascio che continui. E a giudicare dalla sua reazione, ho dimostrato quello e altro.

Se questo non basta, non so cos'altro possa farlo.

La sua reazione mi ha sorpreso. Pensavo che si sarebbe arrabbiata, forse mi avrebbe urlato contro. I suoi sguardi penetranti mi hanno sicuramente bruciato dentro. Ma la bevanda che ha rovesciato? Non pensavo ne fosse capace. Si è accesa in lei una fiamma che non avevo mai visto prima, e mi è piaciuto. Mi ha eccitato. Come pensavo prima, basta solo accendere il fiammifero.

La seguo con lo sguardo, osservando come i suoi capelli ondeggiano intorno al viso mentre si affretta da un lato all'altro del bancone, servendo i clienti. Come le ciglia scure ombreggiano le sue guance quando abbassa lo sguardo per fare qualcosa al bar. Come il suo sedere si muove in quei jeans attillati mentre cammina.

I miei muscoli si contraggono ogni volta che vedo l'altro barista, Evans, passarle accanto, il suo corpo che si struscia contro il suo. Non credo sia un caso, e noto che lei sussulta quando lo fa. È quasi invisibile, solo il più lieve contatto, ma sembra infastidirla. Lei non gli dice nulla, e io ho voglia di alzarmi e prenderlo a pugni.

Invece, ordino altro whisky. Devo offuscare questi pensieri illogici perché sto provando per lei cose che non voglio provare.

Ma quando lo fa di nuovo, non posso più restare in silenzio. «Che cosa credi di fare?» gli grido.

Tutti gli occhi si voltano verso di me. Cazzo.

Lui si avvicina. «Posso aiutarti in qualcosa?»

«Sì, puoi smettere di strusciarti contro Hope in continuazione come se non fosse intenzionale» dico a bassa voce, non volendo attirare l'attenzione.

«Non so chi credi di essere, ma io non mi struscio contro nessuno. Sto lavorando» risponde. Poi prende un bicchiere vuoto e si gira per allontanarsi da me.

La mia rabbia cresce. Mi raddrizza e mi alzo in tutta la mia altezza.

Una cameriera con una coda di cavallo nera porta un biglietto con un ordine a Hope, ed entrambe si fermano a guardarmi. Troppo tardi per tirarsi indietro ora. Se lei non dice niente, lo farò io.

«Ti avverto, se la tocchi di nuovo in quel modo, avrai a che fare con me».

Hope si precipita fuori dal bancone verso di me, mi afferra il braccio e mi tira da parte.

«Che stai facendo?» sussurra, con gli occhi spalancati.

«Faccio smettere lui di strusciarsi contro di te in continuazione. Vedo che non ti piace. Perché non gli dici niente?»

«Lavora con me. È un posto affollato. Non ho bisogno che tu intervenga per me». Si arrabbia. «Non ne hai il diritto».

Alzo le mani. Sentimenti che non riconosco mi travolgono. «D'accordo, lascia pure che continui a molestarti» dico, pentendomi delle parole prima ancora di finire di pronunciarle.

Lei trasalisce quando il mio commento la colpisce.

«Mi dispiace». Le afferro il braccio, ma lei si libera dalla mia presa.

Si gira e, senza una parola, torna dietro il bancone, senza guardarmi più.

---

UNA GIORNATA PAZZA IN UFFICIO, riunioni una dopo l'altra, e ho solo un po' di tempo libero a pranzo. Controllo il telefono.

> **Olive**
> Ho un problema con i numeri nei report. Puoi aiutarmi?

> Certo. Vieni al attico alle sei, ne parleremo.

Sono un po' deluso che non ci sia nessun messaggio da Bambi. Ci sta mettendo troppo. Devo conquistarla e porre fine a questa follia prima che questi sentimenti confusi diventino più forti e si trasformino in qualcosa che non mi interessa.

> Dobbiamo continuare la conversazione di ieri.

**Hope**
Non abbiamo più niente di cui parlare.

Ouch.

Mi dispiace per quello che ho detto. Non-

Ryan entra nel mio ufficio, con l'aria turbata. Cammina avanti e indietro, strofinandosi il viso. Non ricordo di averlo mai visto così sconvolto prima. Forse solo dopo il litigio con Maya.
«Cos'è successo?» oso chiedere dopo un minuto di silenzio.
«Lei...» sussurra, pronunciando a malapena le parole. «Ha avuto un aborto spontaneo».
«Cosa?» Mi alzo dalla scrivania e mi avvicino a lui. «Maya?»
Annuisce, gli occhi scintillanti di lacrime. «So che dovrei essere forte per lei e sostenerla. Ma è distrutta e piange. Ha detto che vuole stare da sola. Non so cosa fare».
«Cosa dicono i medici?»
«Che succede. Che una gravidanza su tre si interrompe all'inizio, e noi siamo finiti dalla parte sbagliata delle statistiche. Non volevo nemmeno dei figli. Allora perché sento così tanto dolore?»
Lo abbraccio. Non ho parole per confortarlo, quindi chiudo il computer e lo porto a casa. Il lavoro può aspettare.

---

Esattamente alle sei di sera, puntuale come sempre, arriva Olive.

«Ho ordinato del cibo da Bella Noche. Ti ricordi? Il nostro primo appuntamento?» Sollevo l'angolo della bocca in un mezzo sorriso. È stato un appuntamento terribile. Mi ha invitato nel suo letto, dove è rimasta stesa come un cadavere. Per fortuna mi sono fermato prima che succedesse qualcosa di irreversibile. Poi mi ha rivelato che preferisce le donne. L'accordo tra noi l'aiuta a restare nell'armadio.

«No, non me lo ricordo. In effetti, ho cancellato quel giorno dalla mia memoria, e spero che tu abbia fatto lo stesso».

«Assolutamente no. Il cibo era buono. E poi, mi dispiace che tu non abbia apprezzato la visione della meraviglia del creato che sono io». Rido. «Ma io mi sono sicuramente goduto la vista di te. Sai, una donna nuda è una donna nuda. Non la cancellerò mai dalla mia memoria. Sono un uomo dei seni, e i tuoi-»

Lei agita un braccio e mi colpisce la spalla.

«Ahi».

«Ugh, Ethan. Non posso credere che tu abbia un'immagine di me nuda nella tua testa. È solo nella tua testa, vero? Non hai una foto fisica di me, vero?» Sembra preoccupata.

«Stavo solo scherzando. E, ovviamente, non ho una tua foto».

«Sarei felice se quel terribile giorno non fosse mai accaduto».

Le prendo la mano, accarezzandole le dita.

«Olive, grazie a quel giorno, ora sono seduto qui con te. E grazie a quel giorno, siamo amici. Vuoi davvero cancellare quel giorno?» chiedo con totale serietà. Stavo scherzando, ma se lei è seria...

«No». Scuote la testa e intreccia le sue dita con le mie. «So che non ti piace sentirtelo dire, ma hai un grande cuore dietro tutta quella facciata. Ti voglio nella mia vita, anche se significa che immagini le mie tette ogni volta che ci incontriamo». Sorride.

«Ehi, non è quello che ho detto».

«Ma è quello che fai». Il suo sorriso si allarga.

Beh, non posso negarlo. Mi piace immaginare donne nude. Verso il vino, prendo i piatti e le scatole piene di cibo, e spargo tutti i rapporti che ha portato sul tavolo della cucina per capire cosa non va.

Ci immergiamo nei numeri. Ci vuole più di un'ora per trovare e correggere l'errore.

«Come ho potuto confondermi nel calcolare le spese dei tessuti?» Olive colpisce il tavolo con la mano.

«Può succedere ai migliori. Ne hai saltato uno. Succede». Verso un altro bicchiere di vino per entrambi, e passiamo a parlare di strategie e potenziali luoghi che ha trovato in affitto.

«Ci sono alcune buone opzioni qui», le dico. «Devi solo decidere se optare per un negozio sulla strada o nel centro commerciale chiuso».

«Sì. E ho anche bisogno di un budget per la presenza online del negozio».

Sposto i rapporti di lato per fare spazio alle offerte che ha ricevuto e accidentalmente urto il bicchiere di vino. Olive si tira indietro di scatto. Cerco di afferrare il bicchiere senza successo. Si ribalta e il vino si rovescia, macchiando tutti i miei vestiti.

«Cazzo», impreco, mi alzo e mi tolgo la camicia bagnata. Anche i pantaloni sono bagnati. «Vado a cambiarmi». Mi giro per dirigermi verso la camera da letto, e il mio telefono suona. Vedo che è Paul Sheridan che chiama.

«Che succede, Sheridan?»

«Ethan, scusa se ti disturbo a quest'ora. Abbiamo un problema legale».

Sospiro. Non sono mai buone notizie. Certamente non se è

abbastanza urgente da chiamare fuori orario. «Cosa è successo ora?»

«Circa un mese fa, qualcuno ha segnalato un incidente violento attraverso il nostro sito web e non attraverso l'app. Il problema è che attraverso il sito web, non ha firmato l'accordo utente, quindi non avevamo il permesso di localizzarla. Suo marito ci sta facendo causa».

Mi passo le dita tra i capelli. «Cazzo. Abbiamo salvato questa donna?»

«Sì, e proprio all'ultimo minuto. È stata ricoverata in ospedale per molto tempo. Ma ora lui ci sta facendo causa».

«È semplicemente incredibile!» grido. «Salviamo vite e veniamo denunciati per questo. Cosa dice l'ufficio legale a riguardo?»

«Stanno cercando un modo per tirarci fuori da questa situazione, ma al momento non sembra buona».

«Può testimoniare lei? Dire che ha invitato l'unità in casa?»

Cammino avanti e indietro per il soggiorno, lanciando uno sguardo a Olive. È seduta sulla sedia in cucina, a piedi nudi, con una gamba piegata sotto di sé, un bicchiere di vino in mano. Alza un sopracciglio in segno di domanda, e io alzo un dito, segnalando solo un momento.

Vado alla grande finestra e guardo Central Park. Faccio un respiro profondo e cerco di rilassarmi.

Non è la prima volta che veniamo denunciati. Di solito vinciamo. Tutti capiscono che ciò che facciamo è importante e salva vite, ma i costi di queste cause sono alti, che vinciamo o no.

Probabilmente bruceremo altri milioni per niente invece di usarli per aiutare più persone.

«Stiamo cercando di convincerla a testimoniare. Ha paura di lui».

Il campanello suona. Lancio uno sguardo supplichevole a Olive, e lei si alza per aprire la porta al posto mio. Devo finire questa conversazione prima, prima di altre interruzioni. Mi giro per vedere chi è arrivato, giusto in tempo per vedere gli occhi di Bambi passare tra Olive e me. La sua bocca si spalanca. Rimane lì per un momento, poi si gira e corre di nuovo verso l'ascensore.

Merda. Abbasso lo sguardo su me stesso e capisco come deve apparire la situazione. «Solo un minuto, Paul», dico al telefono e le grido dietro. «Hope, aspetta!» Sono già a metà strada verso la porta, ma Olive mi ferma.

«Finisci la chiamata, Ethan. Andrò io a spiegare. Sarà meglio se viene da me comunque».

Mi fermo e guardo mentre Olive si rimette le scarpe e si affretta dietro Hope. Torno da Paul, molto meno concentrato di prima, cercando di concludere la conversazione il più rapidamente possibile.

## CAPITOLO 25
## *Ayala*

«Hope, aspetta!» mi grida dietro, ma premo ripetutamente il pulsante dell'ascensore, cercando di farlo arrivare più in fretta. *Dai, apriti*.

Non posso credere di essere caduta di nuovo nelle sue bugie, nel turbine emotivo in cui mi ha gettata. Non pensavo che avrei voluto parlargli di nuovo, non dopo la scena al bar. Non potevo credere che mi avesse detto una cosa così terribile. Che avevo permesso a Evans di molestarmi. Mi ha ferito come se mi avesse pugnalata. Mi sono girata e rigirata nel letto tutta la notte, cercando di decidere se ci fosse qualche verità in ciò che affermava. Se stavo ripetendo i miei schemi del passato.

E ora, quando decido di venire qui per parlargli, lo trovo mezzo nudo, con questa bellissima donna accanto a lui. Ha detto che non è la sua ragazza, ma è chiaro come il sole che stanno dormendo insieme. Non potrebbe essere più chiaro di così.

Le porte dell'ascensore si aprono ed entro, premendo il pulsante per chiudere le porte. Sbatto le palpebre, trattenendo le lacrime. Non vale le mie lacrime. Non voglio piangere. I miei giorni di impotenza sono finiti. Sarò padrona di me stessa e nessun uomo mi farà più piangere.

Una mano si frappone tra le porte e impedisce loro di chiudersi. Faccio un salto indietro, sorpresa, e alzo un sopracciglio alla vista di quella donna, Olive, che entra nell'ascensore dopo di me.

Lei.

Ethan non mi ha seguito. Non riesco a decidere se sono delusa o felice che non l'abbia fatto. Cosa vuole lei? Urlarmi contro? Non ho alcuna intenzione di rubarle il fidanzato. È stato tutto un grosso errore.

Le porte si chiudono e l'ascensore scende mentre questa donna è qui in piedi a fissarmi. Deglutisco.

«So come deve essere sembrato quando sei entrata e ci hai visti, ma mi darai la possibilità di spiegare? Non è come pensi» dice.

Non mi incolpa? La guardo con gli occhi socchiusi. «Perché dovrei credere a qualsiasi cosa tu dica? Non ti conosco».

«Non devi credermi. Ma dammi la possibilità di spiegare. Dopo, sei libera di andartene».

Qual è il punto di parlare con lei? Ma sono curiosa. Voglio sapere come cercherà di spiegarlo. «Va bene».

«C'è un piccolo caffè all'angolo. Sediamoci lì. Offro io».

«Posso pagare per me stessa». Sta cercando di essere condiscendente perché non indosso vestiti costosi?

«Non intendevo nulla con questo» dice, alzando le mani. «Ti ho invitata come offerta di riconciliazione».

Accetto e pochi minuti dopo ci sediamo a un piccolo tavolo nell'angolo del caffè e ordino un tè.

«Mi chiamo Olivia Danske. Piacere di conoscerti».

Scuoto semplicemente la testa e non dico nulla. Non siamo amiche.

«So poco della vostra relazione perché Ethan non parla di-»

«Non c'è nessuna relazione» scoppio. «Pensavo fossimo amici, ma a quanto pare non lo siamo».

Scuote la testa ed è chiaro che non mi crede. «Non importa. Volevo solo dirti che non c'è niente tra me ed Ethan. Siamo buoni amici. Mi sta aiutando con la mia impresa commerciale. Investe molto del suo tempo privato per aiutarmi, ma questo è tutto».

Socchiudo gli occhi. «Aiuta la tua attività senza camicia?» sbotto. «E i pettegolezzi dicevano che eravate fidanzati». Quasi svenni quando lo lessi, ma Ethan insisteva di non avere una fidanzata.

«Non siamo fidanzati». Ride e mi mostra le dita nude. «È una brutta diceria. E si è tolto la camicia perché ha rovesciato un bicchiere di vino poco prima che tu arrivassi. Tutto qui».

Ha rovesciato un bicchiere di vino? Mi vengono in mente i ricordi dell'evento in cui fui io a rovesciargli addosso alcuni bicchieri di vino. Il manager si rifiutò di farmi lavorare di nuovo per lui dopo quell'incidente. Ma anche allora, Ethan mi difese.

Scuoto la testa. «Perché dovrei crederti?»

«Pensala così. Perché dovrei mentirti? Se fosse il mio amante, perché dovrei convincerti che non lo è? Non ha senso».

Aveva ragione. Se stessero insieme, perché dovrebbe convincere un'altra donna a stare con lui?

Non capisco.

La cameriera arriva e posa sul nostro tavolo due bicchieri,

una teiera di acqua calda e un set di bustine di tè. Riempio la mia tazza, poi prendo una bustina e la immergo nel bicchiere.

«Davvero non siete una coppia?» chiedo di nuovo, prendendo un sorso di tè caldo.

«No. Siamo solo buoni amici».

«Allora perché lasciate che i giornali pensino che lo siate? Perché Ethan non si fa vedere in pubblico con nessun'altra?» Mi dà ancora fastidio.

«Diciamo solo che abbiamo entrambi delle ragioni che ci servono per lasciare che i giornali pensino certe cose». Prende un sorso e cadiamo entrambe nel silenzio.

Ethan ha detto qualcosa di simile. Penso a tutto ciò che mi ha detto. Sembra che stia dicendo la verità e non riesco a pensare a un motivo per cui dovrebbe dirmi queste cose se stesse con lui.

«Allora, che ne dici?» chiede. «Dimmi che non ho rovinato nulla tra voi due. Non voglio averlo sulla coscienza. Non l'ho mai visto tenere così tanto a qualcuno prima d'ora».

«Cosa?» Non mi trattengo. «Che vuoi dire?»

«È ovvio che gli piaci. Non l'ho mai visto così turbato».

Sbuffo.

«Credimi, lo conosco abbastanza bene da sapere quando ci tiene».

«Vuole solo sesso. Me l'ha detto lui stesso».

Olive si morde il labbro. «Se lo vuoi, devi avere pazienza. Dovresti guardare cosa dicono i suoi occhi, non quello che esce dalla sua bocca. Ethan... È emotivamente chiuso. Non pensa di essere degno di amore».

«Emotivamente chiuso?» ripeto dopo di lei. Che diavolo significa? Mi strofino il collo. Di certo sa quanto vale e non ha problemi a dirlo.

Annuisce. «Sì. So che non sembra così a prima vista. Mantiene molto bene quella posa gonfiata da uomo d'affari onnipotente. Ma non è chi è veramente. Dopo averlo conosciuto, ti renderai conto che vale la pena aspettare il tempo che ci vuole perché si apra».

La esamino. Cosa non mi sta dicendo? «È troppo autoritario per me». Non posso sopportare un altro Michael.

«No, Ethan è iperprotettivo. È totalmente diverso. Ha un cuore d'oro». Fa cenno alla cameriera. «Torniamo indietro. Speriamo che Ethan abbia finito la sua conversazione ora, e potrete fare pace».

Ci alziamo e Olivia insiste per pagare il mio tè. Glielo permetto, capendo che questo è il suo modo di scusarsi.

«Che telefonata?» chiedo.

«Qualcosa che ha a che fare con Savee. Non lo so. Non mi immischio nei suoi affari, ma sembra che ci sia qualche problema.»

Penso a questa app. Dove sarei oggi se l'avessi usata? «Spero non sia un problema serio.»

«Non lo so, ma troverà una soluzione. Lo fa sempre. Questa azienda è tutto per lui. Ci mette tutta la sua anima. Dice sempre che questa azienda è la sua missione.»

«La sua missione?» Savee si occupa di casi di suicidio, stupro e abusi. La sua missione è aiutare anche me? Forse il destino ci ha fatti incontrare perché lui potesse aggiustarmi?

Torniamo all'edificio camminando fianco a fianco. Io sono vestita semplicemente, in jeans e maglietta, e lei indossa un abito a linea A che probabilmente costa diverse centinaia di euro e le sta benissimo. Come posso competere con lei? In questa luce sofisticata, nel suo status e bellezza? Ma lei insiste che sono solo amici. Non lo capisco proprio.

«Sì. Ha perso sua sorella e da allora Ethan è determinato a salvare quante più persone possibile.»

«Oh, è terribile. Come è successo?» Non ho trovato nulla a riguardo nella ricerca che ho fatto. Non era scritto da nessuna parte.

«Non lo so. Non è mai stato reso pubblico e lui non ne parla. So che è successo quando erano bambini. Credo sia il motivo per cui è così chiuso emotivamente.» Mi lancia uno sguardo che dice, *Non so altro e non chiedo.*

Perdere una sorella nell'infanzia suona terribile. Incidente d'auto? Malattia? E come mai non è stato pubblicato da nessuna parte?

Arriviamo al attico e Olivia suona il campanello.

Ethan ci apre la porta, indossando vestiti puliti, jeans e una maglietta kaki con il colletto aperto. Mi rivolge un lungo sguardo prima di spostarsi e permetterci di entrare.

«Io vado e vi lascio la privacy,» dice Olivia dalla cucina mentre raccoglie ogni tipo di cartella e documento dal tavolo. Sembra che stessero lavorando a qualcosa quando sono arrivata.

«È andato tutto bene con Savee?» chiede quando la borsa è già pronta e gli mette una mano sul braccio.

Sussulto leggermente.

«Non ancora, ma andrà bene.» Lui alza le spalle, ma vedo la nube nei suoi occhi. Non è tranquillo. Sento il bisogno di abbracciarlo ma mi trattengo.

Olivia se ne va e la porta si chiude dietro di lei. Capisco che il momento è arrivato.

Stiamo in piedi uno di fronte all'altra e i miei muscoli sono rigidi, tutto il mio corpo è teso.

Lui sorride e i suoi occhi brillano di affetto. È così bello e il suo sorriso allevia un po' della mia tensione. Olivia aveva ragione. Tutto è nei suoi occhi.

«Sono contento che tu sia tornata. Olive e io-»
«Mi ha spiegato tutto,» lo interrompo rapidamente.
«Tutto? Davvero?» Sembra sorpreso. Perché è così sorpreso?

Inclina la testa di lato e mi esamina.
«Olivia mi ha detto che era la tua missione.»
«Cosa?»
«Savee. Aiutare le persone.»
«Qualcosa del genere.»
«Mi ha anche detto che hai perso tua sorella. Mi dispiace.»
È come se si alzasse uno schermo su di lui. Il suo viso perde espressione. «Grazie. È stato anni fa.»

Forse è stato anni fa, ma è chiaro dalla sua reazione che il dolore non si è attenuato. Decido di cambiare argomento e non scavare nella ferita. «Mi hai ferito ieri con le cose che hai detto.»

«Vino?» Ignora la mia affermazione, va in cucina, prende un bicchiere pulito dall'armadio e mi offre il vino che è sul tavolo.

Annuisco, poiché ho bisogno di una distrazione da ciò che sta per accadere ora.

Versa e si gira verso di me. «Cosa ho detto?»
«Che permetto a Evans di molestarmi. Non è vero. Stiamo solo lavorando in uno spazio ristretto.»

Ethan alza le spalle. «Forse. Non lo conosco. Conosco appena te. Ma mi sono arrabbiato e ho perso il controllo. Mi dispiace. Volevo solo aiutare.»

«Perché ti dà così fastidio che lui mi tocchi se a me non importa?»

«Perché sono geloso,» sbotta, sorprendendomi con la sua onestà. «Voglio essere l'unico a toccarti.»

Le mie guance bruciano. La sua voce bassa e le sue parole mi mandano onde di desiderio attraverso il corpo. Forse dovrei andarmene? Non è troppo tardi. Non ho ancora fatto nulla di irreversibile.

Ma quando mi porge il bicchiere e le nostre dita si toccano, tutto il mio corpo lo sente. Quel tocco gioca sui miei nervi, strisciando dalle mie dita alle braccia e nel mio corpo. Lo sento ovunque e ricordo perché sono venuta qui.

Lui può aggiustarmi. Può liberarmi dalla paura, da questa ombra che mi perseguita. Se lui non può, nessuno può.

Bevo un po' e il bicchiere trema nelle mie mani. Sono qui, ma ho ancora paura.

Lui si siede dall'altra parte del bancone, limitandosi a guardarmi, aspettando che faccia la prossima mossa.

Sto seduta lì, il piede che tamburella sulla gamba della sedia, e guardo il mio bicchiere. Non so cosa fare. Non ho mai fatto nulla del genere prima. Michael è stato il mio unico.

Ethan si muove così velocemente. Un momento è seduto dall'altra parte e il momento dopo è seduto accanto a me, il suo viso vicino al mio, e sento il suo respiro sulla mia guancia.

Mi mordo il labbro inferiore e lo guardo di sfuggita. L'oro nei suoi occhi brilla di passione. So cosa vuole. Il mio respiro accelera e già sono bagnata tra le gambe.

«Di' di sì,» sussurra vicino al mio orecchio, così vicino che la mia pelle formica.

Voglio farlo. Apro la bocca, ma non esce alcun suono. Le sue labbra sono così vicine al mio collo e voglio che mi tocchi. Voglio che mi baci. Posso sentire il suo odore, l'odore di vino e agrumi e uomo, e so che sta per succedere. Lo voglio.

«Sì,» dico, sentendomi come se avessi sollevato pesi da cento chili.

Si allontana da me e tende la mano.

La prendo.

«Vieni.» Mi tira dietro di sé. «La tua prima volta dovrebbe essere a letto.»

«Non è la mia prima volta,» lo correggo.

«Non so cosa tu abbia fatto finora, ma non era sesso. Oggi sarà la tua prima volta». Lo sguardo nei suoi occhi è così intenso. Riuscirò a reggere?

Mi trascina nella stanza dietro di lui, non lasciandomi il tempo di esitare. Sta per succedere. Non posso credere di aver accettato. Ci fermiamo vicino al letto. Il suo corpo è vicino al mio, e sono così senza fiato che sembra che abbia appena finito una maratona.

Abbassa la testa e posa le sue labbra sulle mie. Il suo bacio è dolce e gentile. Non prende nulla che io non ricambi, e so che sta solo cercando di calmarmi. Vuole di più. Ha bisogno di più. E anch'io.

«Ho paura», sussurro attraverso il bacio. «Il mio cuore batte all'impazzata».

«Anche il mio».

Prende la mia mano e la posa sul suo petto, lasciandomi sentire il suo cuore battere sotto le mie dita. «Non credo di essere mai stato così eccitato prima». Le sue labbra sono di nuovo sulle mie, e sono attirata dal suo sapore. Spingo la mia lingua nella sua bocca, e lui l'accetta, intrecciandola con la sua. Il bacio si approfondisce, diventando più forte, più caldo. Mi fa girare la testa. Non sono mai stata baciata così prima, come se fossi l'unica persona al mondo. E in questo momento, lui è l'unico per me.

La sua lingua vortica intorno alla mia, e oso succhiarla leggermente.

Geme nella mia bocca, e sento un'altra ondata di piacevole dolore tra le gambe. Cosa mi sta succedendo? Non sono sicura di come mi sento. I miei capezzoli sono duri e chiedono sollievo. Il mio corpo chiede sollievo. Cerco di tirarlo più vicino a me, di toccarlo. Ho bisogno di più di lui.

Si ferma, e un sospiro di protesta mi sfugge. Senza distogliere gli occhi dai miei, allunga la mano verso la mia maglietta e me la sfila dalla testa. Le sue dita stanno già slacciando il gancio del mio reggiseno, e mi chiedo quante volte l'abbia fatto prima.

«Resta con me». Coglie di nuovo lo sguardo nei miei occhi. «Non perderti nei tuoi pensieri».

Come fa a saperlo?

«Vuoi spogliarmi tu?»

Annuisco e prendo l'orlo della sua maglietta in mano, e lui si piega e mi lascia toglierglielo.

Non posso fare a meno di fissare la sua pelle dorata e liscia, quei muscoli duri, che sembrano disegnati dalla mano di un artista. Una sottile striscia di peli scende dal suo addome nei pantaloni, segnando la via.

Prendo un respiro profondo, alzo una mano e la lascio ricadere. Non ce la faccio.

«Toccami». Solleva la mia mano e la posa sul suo petto.

È caldo e morbido e duro. Faccio scorrere delicatamente le dita sulla sua pelle, cercando di raccogliere coraggio, accarezzando i muscoli del suo petto. Alzo lo sguardo e vedo che ha gli occhi chiusi. Armata di nuovo coraggio, la mia mano scivola giù per sentire i suoi addominali. Sono più duri di quanto mi aspettassi. Il suo respiro aumenta mentre le mie mani sono vicine al bottone dei suoi pantaloni. Alzo lo sguardo per incontrare i suoi occhi. Deglutisce pesantemente e mi fa solo un piccolo cenno con la testa, chiedendomi di continuare.

Sbottono e apro i jeans, facendoli scivolare fino ai suoi talloni. Li scalcia via e rimane in piedi in biancheria intima. Vedo il profilo del suo cazzo attraverso il tessuto e mi ritraggo. No. Non posso farlo. Farà di nuovo male.

«Ehi», sussurra. La sua mano accarezza il mio mento e solleva il mio viso verso il suo. «Non andare nel panico. Sei con me. Guardami. Non faremo nulla per cui tu non sia pronta». Mi incoraggia a guardarlo negli occhi. I suoi occhi sono pieni di passione e dolcezza, calmandomi mentre mi spoglia dei jeans.

Mi afferra per la vita, mi tiene e mi fa sdraiare lentamente finché non siamo entrambi distesi sul letto.

Si sdraia sopra di me, ma il suo corpo non tocca il mio. Rimane vigile sui gomiti, mantenendo la distanza da me.

Ho paura che scoprirà la verità. So che lo farà. Perché sto facendo questo? Devo uscire di qui. Devo scappare via. Avvicina il viso al mio e mi tiene il viso per un altro bacio. Non riesco a nascondere il tremito che mi assale.

Mette un ginocchio sul letto, e prima che possa capire cosa sta succedendo, ci gira così che ora è lui quello sdraiato sulla schiena, e io sono sopra. Sussulto.

«Ora tu hai il controllo. Puoi fare quello che vuoi con me. Sono al tuo servizio». Mi brucia con il suo sguardo dorato e incrocia le mani dietro la testa.

Ora non c'è distanza tra noi. Posso sentire la sua durezza tra le mie gambe. Combatto il mio impulso iniziale di scendere da lui.

«Calmati, mio piccolo Bambi», sussurra. «Sei al sicuro con me».

Prendo un respiro profondo. Sono al sicuro con lui. Tutto quello che abbiamo fatto finora mi ha dimostrato che posso fidarmi di lui. Se non riesco a superare le mie paure con lui, non ci riuscirò mai.

Ho il controllo di questo bellissimo uomo.

Muovo il bacino avanti e indietro, strofinandomi contro il suo cazzo, il pulsare tra le mie gambe implora sollievo. Mi strofino più forte, cercando di raggiungere l'eccitazione che ho provato quando mi ha toccato, ma il tessuto si mette in mezzo.

Mi fermo. Lui mi osserva, e mi chiedo cosa farà, ma lui aspetta e basta. Mi alzo e tolgo la biancheria intima. Il suo sguardo scende sul mio corpo, e vedo il suo cazzo contorcersi nel tessuto stretto.

«Vuoi che mi spogli anch'io?» chiede, e io annuisco. Si toglie la biancheria intima, e io gemo. L'ho già visto nudo prima, ma ora so cosa stiamo per fare, ed è molto più grande di quello di Michael, più spesso anche.

Sto aspettando che mi spinga la testa lì, costringendomi a succhiarlo fino a quando non ha finito come faceva Michael, ma lui dice l'esatto opposto.

«Non guardare lì».

Vedo lo sguardo negli occhi di Ethan, la tristezza. Merda, sta capendo.

Voglio scappare via, ma non voglio nemmeno fermarmi. Voglio superare le mie inibizioni. Voglio imparare a godere del sesso.

Guardo in alto, concentrandomi sul corpo di Ethan, sul suo viso, e respiro lentamente, dentro e fuori.

Lo bacio di nuovo, poi metto una gamba sopra i suoi fianchi e mi metto a cavalcioni su di lui.

Il suo cazzo è di nuovo tra le mie gambe, pelle contro pelle. È caldo e duro e non così male come temevo. Continuo a strusciarmi contro di lui, cercando di ottenere la giusta pressione sul mio clitoride.

Geme forte, il suo respiro aumenta, e i suoi occhi sono chiusi per il piacere. Poi mi afferra i fianchi, impedendomi di muovermi.

Non mi vuole più?

«È troppo bello. Non voglio venire così. Vuoi di più?»

Oso guardare in basso al nostro punto di connessione. Sono troppo eccitata per fermarmi ora. Il mio corpo urla per avere sollievo. «Sì», dico.

Il suo membro è lucido, coperto dei miei umori. Dio, è incredibile. Non posso credere che sia a causa mia.

Allunga la mano verso il cassetto accanto al letto e tira fuori un preservativo.

Merda. Non ci avevo nemmeno pensato. Michael non usava mai i preservativi. Mi portava dal dottore e si assicurava che prendessi la pillola. Ma non l'ho più presa da quando sono scappata, e non ho modo di rinnovare la mia prescrizione. Quanto sono stupida a perdere la testa così? Avrei permesso a Ethan di dormire con me senza protezione?

Mi sposto di lato e lo guardo mentre indossa il preservativo.

«Vuoi rimanere sopra?» mi chiede.

Scuoto la testa. Non so cosa fare. Non posso. Voglio che sia lui a guidarmi, a mostrarmi la strada per me stessa.

Mi fa rotolare facilmente sul materasso, e ora è di nuovo sopra di me, la punta del suo membro che sfiora la mia apertura. I miei muscoli si contraggono istintivamente, preparandosi al dolore che sta per arrivare. Fa sempre male.

Ma lui non si muove. Invece, abbassa la testa e mi bacia il collo, poi lecca il mio seno, prende il capezzolo in bocca e succhia forte. Gemo e getto la testa all'indietro sul letto. Queste sensazioni sono più forti di me.

Continua a giocare con la lingua su un capezzolo mentre usa il pollice sull'altro, causando onde di piacere che scorrono lungo il mio corpo e ondate di umidità che appaiono tra le mie gambe. Mi arrendo alla sensazione, concentrandomi sulla sua lingua.

Si spinge dentro di me, lentamente, centimetro per centimetro.

«Rilassati», mi implora, fermandosi a metà strada. Ci provo, cerco di rilassare i muscoli contratti. Espiro, chiudendo gli occhi. E poi, in un solo respiro, è dentro di me. Grido ad alta voce.

Rimango immobile per un momento, cercando di abituarmi a lui, alle sue dimensioni. Aspettando quel fuoco bruciante che arriva sempre in questo momento, ma non c'è nulla. Sento pienezza. Sento pressione. Ma non fa male. Come mai non fa male?

«Sei così stretta», sussurra, guardandomi negli occhi. «Stai bene?»

Annuisco.

Si muove, e il suo membro inizia a entrare e uscire da me. Lento. Troppo lento. I miei pensieri mi sorprendono. Ho bisogno di più. Alzo i fianchi, cercando di spingermi più vicina a lui. Più in profondità. I nostri colpi diventano più frequenti, più violenti. Avvolgo le gambe intorno alla sua vita, cercando di tirarlo più in profondità, godendomi la sensazione di lui dentro di me. Sento quel piccolo nodo che si forma, proprio come l'ultima volta, questa piacevolissima sensazione di pressione mista a dolore.

Avvolge le mani intorno al mio bacino e solleva il mio sedere in aria. Ora è più profondo, così profondo che fa male. Ma è un dolore così delizioso.

«Cazzo, è così bello scoparti», geme, il suo corpo che colpisce il mio ancora e ancora.

«Più forte!» urlo mentre mi scompongo, le mie pareti

interne che si contraggono e si chiudono su di lui, abbracciandolo. Sento l'estasi che mi travolge, frantumandomi in pezzi. Stringo i pugni sul lenzuolo, cercando di rimanere nel momento.

Rimane profondamente dentro di me, lasciando che le onde del mio orgasmo si plachino, poi spinge dentro di me altre cinque volte. Sento il suo membro ingrossarsi dentro di me e il calore tremendo del suo seme mentre viene. Geme forte e getta la testa all'indietro. I suoi occhi diventano nebulosi.

È l'uomo più bello che abbia mai visto. Non riesco a togliergli gli occhi di dosso.

Aveva ragione. Ero vergine. Quello che facevo prima non era niente in confronto a ciò che abbiamo appena fatto, questo atto di passione e perdita di coscienza. Sesso passionale, sesso come si vede nei film. E pensavo fosse possibile solo nei film. Non posso credere a quanto mi sono persa. Voglio farlo di nuovo. E ancora.

Ethan si sdraia sopra di me, il viso affondato nel mio collo, il suo membro ancora dentro di me. Il peso del suo corpo su di me e l'odore del nostro sudore misto è la sensazione più soddisfacente che abbia mai provato in vita mia. Calore e sicurezza.

Sospira e esce da me, si toglie il preservativo, lo annoda e lo getta di lato del letto, poi torna a sdraiarsi accanto a me, il suo braccio appoggiato sotto il mio petto.

Mi giro di lato per poterlo guardare.

Grazie, gli dico nel mio cuore. Grazie per avermi mostrato come dovrebbe essere, che tutto ciò che Michael mi ha insegnato era una bugia.

Non so se Ethan possa vedere nei miei occhi quello che gli sto dicendo, ma vedo il dolore nei suoi.

«Cosa ti ha fatto?» chiede sottovoce.

Sapevo che l'avrebbe capito. Scuoto la testa e chiudo gli

occhi per il dolore, poi mi allontano da lui. Non voglio che nessuno lo sappia. Non voglio che lui lo sappia, che scopra quanto sono debole. Quanto sono rotta. Come ho permesso a un mostro di vivere al mio fianco e farmi del male per due anni senza fermarlo.

Ethan chiude gli occhi per un momento e mi tira più vicino a lui finché non sono sdraiata rannicchiata tra le sue braccia, la mia testa appoggiata sotto il suo mento. Rimaniamo così, in silenzio e insieme. So che in questo momento ho superato un limite, il limite che mi ero promessa di non superare.

Provo dei sentimenti per Ethan.

## CAPITOLO 26
## *Ethan*

Mi sveglio al mattino e mi giro subito per controllare se la mia Bambi è ancora qui, tirando un sospiro di sollievo quando la vedo dormire accanto a me, coperta da una coperta. Questa volta non è nemmeno sul bordo del letto. Do un'occhiata sotto la coperta al suo corpo nudo. Ha un corpo divino. Sono semplicemente pazzo dei suoi seni. Quei capezzoli rosa mi chiamano, e mi chiedo se svegliarla per un rapido incontro mattutino la farà piacere o la infastidirà.

Sono le cinque del mattino, quindi decido di lasciarla rannicchiata nella calda coperta, le bacio la fronte e vado a correre.

Quello che c'è stato tra noi è stato potente e intenso. Sono venuto così forte dentro di lei. Non voglio lasciarla andare.

Sospettavo, quando era riluttante a sentire la mia eccitazione, che avesse un passato. Sospettavo che fosse stata violentata. Continuavo a sperare di sbagliarmi, ma la scorsa notte ha dimostrato ciò che non volevo fosse vero.

Era chiaro in ogni suo movimento, in ogni sua espressione.

Era spaventata, e non perché le avessi dato un motivo per esserlo, ma perché qualcosa del passato gettava un'ombra così enorme su di lei che fatica a liberarsene. Non appena ho chiesto, si è chiusa.

Ma mi voleva, nonostante le sue paure, e in questo momento, sembra così giusto, così bello, che credo che forse, solo forse, possa guarire anche me.

---

Quando torno dalla mia corsa, trovo Madeleine che lavora in cucina. «Buongiorno, Madeleine».

Sta lavando dei piatti nel lavandino e si gira verso di me, sorridendo.

«Buongiorno, *Kýrios* Wolf».

«Quando mi chiamerai Ethan?»

Lei scuote semplicemente la testa. «Non è rispettoso».

«Come stanno i nipoti?»

Il suo viso si illumina, e posso vedere quanto li ami. «Sono meravigliosi. Katrina sta imparando a camminare ora».

Le sorrido. So che passa molto tempo con loro, e mi dispiace che io non potrò mai avere questo.

«Vuole la solita colazione?» mi chiede, e io annuisco.

«Sì, per favore. E oggi ho un'ospite. Prepara per lei quello che vuole».

Gli occhi di Madeleine si spalancano e la sua bocca si apre. «Un'ospite? Certo, certo». Si affretta e inizia a riordinare la cucina.

Sorrido per il suo entusiasmo. Non porto ospiti qui. Certamente non quelli che restano per la notte. Tuttavia, la sua gioia non è giustificata. Anche se non ho esaurito il mio desiderio di sesso con la mia Bambi, è solo questo. Sesso.

«So che non è compito mio dirlo...» Madeleine inizia e si ferma.

Annuisco, chiedendole di continuare.

«Lei è un brav'uomo. Merita una donna che la ami. Non so cosa le sia successo in passato o chi l'abbia ferita prima, ma non tutte le donne sono così. Apra il suo cuore. Non è bene vivere con il cuore chiuso».

Le mie labbra si sollevano in un sorriso teso. Nessuno mi ha ferito. Sono io che ho ferito gli altri.

Vado in camera da letto e trovo Bambi ancora rannicchiata nel letto. Mi chino su di lei e bacio le sue labbra rosse.

Lei geme leggermente e si stira, i suoi seni perfetti scivolano fuori da sotto la coperta. Non riesco più a trattenermi e mando una lingua indagatrice verso il suo capezzolo. Devo farlo di nuovo con lei, ma sono appena tornato dalla corsa e sono sudato.

Vedo le sue ciglia sfarfallare mentre si rende conto che questo non è un sogno. Quei occhi blu sono offuscati dal sonno mentre mi guarda.

«Ethan», dice con una voce roca dal sonno.

Solo sentirla pronunciare il mio nome in quel modo mi eccita. Sono eccitato da quando mi sono alzato.

«Vieni, fai la doccia con me, Bambi», le chiedo, sperando che accetti.

Lei si stira e si alza dal letto. I miei occhi si spalancano mentre osservo il suo corpo nudo.

Ora che ho rimosso la barriera iniziale, non è più timida. Guardo con ammirazione il triangolo del paradiso tra le sue cosce sotto un ventre piatto e i grandi seni che ho già imparato ad ammirare.

Si gira e cammina verso la doccia, offrendomi una vista del

suo fondoschiena, e lo adoro. Posso immaginarla sotto di me mentre la prendo da dietro. È così sexy.

La seguo, e quando arriviamo alla doccia, si gira e mi guarda, aspettando la mia prossima mossa.

Mi affretto a togliermi i vestiti e a gettarli nel cesto della biancheria, poi apro l'acqua in modo che possa riscaldarsi.

Ora mi sta guardando, esaminandomi come io ho esaminato lei, i suoi occhi curiosi.

So di avere un bell'aspetto. Lavoro sodo per questo. Ma stranamente, mi sento vulnerabile sotto il suo sguardo. Voglio che le piaccia quello che vede. Non me ne è mai importato prima.

Vado sotto il getto e aspetto che si unisca a me.

Mi sento come un vergine io stesso. Non so come comportarmi con lei. Sono preoccupato che se la tocco nel modo sbagliato, scapperà. Non so cosa fare che non possa scoraggiarla.

Sto in silenzio sotto l'acqua che scorre. Lei allunga la mano, la sua mano si ferma sopra il mio corpo per un momento, poi tocca il mio petto. Inspiro bruscamente, il tocco della sua mano come fuoco sulla mia pelle.

Mi guarda, chiedendo il permesso, e glielo do con un leggero sorriso. Le sue mani vagano sulla mia pelle. Accarezzando il mio petto, il mio corpo. Il mio respiro diventa pesante.

Cerco di controllare la mia reazione, ma non ci riesco più. Vedo lo sguardo timoroso nei suoi occhi mentre guarda in basso la mia eccitazione, che tocca il suo stomaco. Ma questa volta non si ritrae. Le sue mani continuano a esplorare il mio corpo, strisciando sulla mia pelle bagnata finché non afferra la mia erezione, avvolgendo l'intero spessore nelle sue dita. Ora sono duro come una roccia, e mi mordo il labbro inferiore, cercando di trattenermi.

## FRANTUMI DI SPERANZA

Muove la mano su e giù, e io gemo. Devo fermarla. È troppo veloce per lei. Non voglio che vada nel panico.

«Bambi», sussurro e avvolgo le mie dita intorno al suo polso.

Lei alza lo sguardo su di me. «Lasciami fare».

Lascio andare la sua mano e chino la testa per prendere le sue labbra. Mi lascia semplicemente sbalordito.

Non ce la faccio più. Mi avvicino a lei, la accarezzo e pizzico leggermente i suoi capezzoli. Lei geme, e so che le piace. Scendo con la mano, e il mio dito si fa strada tra le sue gambe per trovare quel punto sensibile.

La massaggio, e il suo bacino si muove in cerchi, cercando di incontrare le mie dita. È la cosa più bella che abbia mai visto. Gemo nella sua bocca mentre la bacio di nuovo mentre la sua mano si muove sempre più velocemente su di me.

«Sto venendo», gemo, mentre un leggero brivido mi percorre la schiena. L'orgasmo potente mi scuote, e marco il suo corpo con il mio sperma mentre lei continua a contorcersi sotto le mie dita.

Lei non ha ancora finito. Mi inginocchio nella doccia, e lei ansima quando sollevo una delle sue gambe sulla mia spalla, esponendola a me.

«Voglio assaggiarti», dico e premo la mia bocca sulla sua vagina, leccando delicatamente il suo clitoride fino a trovare la posizione giusta. Il suo bacino si spinge contro di me, e lo adoro. Sono pronto a stare tra le sue gambe tutto il giorno.

Mi piace sentire i suoi gemiti crescere d'intensità mentre si avvicina all'orgasmo, e faccio scivolare un dito dentro la sua vagina affamata, curvandolo per stimolare il suo punto G. Ora sta gridando, contorcendosi sopra di me. Continuo, desideroso di sfruttare tutte le onde del suo orgasmo, di prolungarlo il più possibile. Mentre i fremiti del suo corpo si placano, toglie la gamba da me e si alza su gambe instabili.

La avvolgo in un abbraccio mentre l'acqua scorre su di noi.

«Non sapevo che fosse possibile», sussurra nell'incavo della mia spalla.

Le sue parole mi rattristano. Ha perso così tanto. Voglio mostrarle che tutto è possibile. Voglio mostrarle di più. «Ho ancora molto da insegnarti. Sarà ancora meglio».

Prendo il sapone e inizio a strofinare la sua pelle morbida, e quando siamo entrambi coperti di schiuma, le afferro la vita e la stringo a me, baciandola. Il mio cuore palpita di felicità. Sentimenti che non so definire, nemmeno a me stesso. Ma mi sento bene. Mi sento così bene in questo momento.

## CAPITOLO 27
### *Ayala*

«Devo andare in ufficio», dice Ethan mentre mi rivesto.

Non voglio che vada via. Voglio tenerlo stretto e averlo vicino a me. Lo voglio ancora, per vedere fin dove mi porterà, cosa altro posso provare.

Nella doccia condivisa, quando era lì, così vicino e accessibile, con il suo bellissimo corpo davanti a me, non ho potuto resistere. Non volevo trattenermi. Era la prima volta che desideravo compiacere un uomo. Volevo toccarlo, sentirlo, farlo sentire come lui ha fatto con me.

Penso che si aspettasse che gli facessi un rapporto orale come lui ha fatto con me più di una volta, ma credo di non poterlo fare mai più. Il solo pensiero riporta a galla tutti i terribili ricordi, e rabbrividisco.

Finisco di vestirmi e mi siedo sul letto, osservandolo mentre si abbottona la camicia e prende la giacca dall'appendiabiti.

«Madeleine è qui», mi dice. «Ti preparerà qualsiasi cosa tu voglia mangiare».

È qui? L'abbiamo fatto mentre lei era presente? E se ci avesse sentiti? Sento le guance che bruciano per la vergogna.

Si gira verso di me. «Tutto bene?»

Abbasso lo sguardo e annuisco. Va tutto bene. Vorrei solo sprofondare. «Deve averci sentiti».

«Non può sentirci da fuori. E anche se ci avesse sentiti, sono sicuro che sa cosa facciamo in camera da letto a porte chiuse». Ride. «A differenza dei miei genitori, lei non mi critica continuamente».

I suoi genitori? Le mie orecchie non si perdono questo pezzo di informazione che mi ha appena dato.

«È un'ottima cuoca, e sarà felice di avere qualcuno da sfamare». Si mette la giacca e si gira verso di me, catturando le mie labbra per un breve bacio. «Devo andare». Prende le chiavi e il telefono dal comò. «Arrivederci, bellissima».

Se ne va e già mi manca. Quando è successo? Quando è diventato così importante per me? Penso sia accaduto qualche tempo fa, ma non volevo credere che fosse vero. Non posso più negarlo. Mi sto innamorando di lui.

È chiaro che non abbiamo un futuro, però. Si è assicurato che lo capissi. Quello che abbiamo è solo sesso e nient'altro. So che non può essere di più, non quando lui non sa chi sono. Dovrei dirglielo? Dovrei confessare il segreto che mi sta consumando?

No, finirebbe tutto quando lo scoprirà. Preferisco prendere quello che mi dà piuttosto che niente.

Ciò che sto vivendo con lui, le cose che imparo su me stessa, le mie capacità, il mio corpo, gli orgasmi che mi regala... Mi sta curando. Vale tutto. Anche se finirò con il cuore spezzato. Non rimpiango nulla.

Non posso rinunciare a questi momenti di normalità, a questa felicità inaspettata che mi è capitata, la felicità che non ho mai avuto prima. Devo afferrarla con entrambe le mani e conservarla nella scatola chiusa del mio cuore.

Esco dalla stanza con passi esitanti, pronta ad incontrare Madeleine, non sapendo cosa aspettarmi.

Scopro una donna con i capelli bianchi raccolti in uno chignon stretto e un largo sorriso. Mi esamina da capo a piedi.

«Sei una bellissima cosina».

Abbasso il viso. Molti uomini mi hanno detto che sono bella, ma volevano solo andare a letto con me.

«Sono Madeleine Arditti, e tu come ti chiami?»

«Hope Brown», rispondo e mi siedo su una sedia.

«Cosa ti piacerebbe mangiare, Hope?»

«Mi piacerebbe un caffè», mormoro.

«Il caffè arriva subito. Ma cosa vorresti mangiare? Omelette e insalata? È quello che piace mangiare al mattino al *Kýrios* Wolf».

«Sembra buono. Cosa significa *Kýrios*?»

«Oh, mi dispiace. Sono nata in Grecia. A volte mi sfuggono parole in greco. Intendevo il signor Wolf».

Mi chiedo perché lo chiami signor Wolf e non per nome. Non mi ha dato l'impressione di essere un uomo che tiene ai titoli ufficiali.

Continua a parlare mentre prepara il cibo. «Non sono abituata a vedere ospiti del signor Wolf qui. Vedo che gli farai bene. Ha bisogno di una donna nella sua vita», mormora, e mi chiedo perché dica di non essere abituata agli ospiti quando è ovvio che abbia avuto molte donne. Le manda via prima che lei arrivi? Probabilmente.

Bevo il mio caffè e mangio, ascoltando le chiacchiere di Madeleine sulla sua famiglia. Nonostante questi ultimi anni, mi mancano tanto i miei genitori, i giorni in cui vivevo a casa, studiavo alla scuola femminile e tutto era calmo e semplice. Giorni che non torneranno mai più.

Le parlo della mia famiglia, attenta a non dare dettagli identificativi. I ricordi mi fanno venire le lacrime agli occhi. Sono arrabbiata con i miei genitori, ma non li biasimo. Non più. Il tempo mi ha dato prospettiva. Hanno fatto ciò che pensavano fosse giusto. Michael era molto convincente e aveva documenti ufficiali. Sono sicura che non volessero farmi del male. È un peccato che abbiano creduto a lui e non alla loro unica figlia.

«Lavora per lui da molto tempo?» chiedo.

«Sono cinque anni», dice, gonfiando il petto. «Prima pulivo uno dei suoi edifici. E ogni mattina quando arrivava al lavoro, mi salutava e mi chiedeva come stavo. Ogni singola mattina. Mentre gli altri inquilini facevano finta che non esistessi».

Conosco quella sensazione. Proprio come quando pulivo i bagni a Lunis. La gente non vuole riconoscere il fatto che ci siano persone che devono pulire dopo di loro.

«Quando gli ho detto che mia figlia era malata, ha pagato tutte le spese senza chiedere nulla in cambio. Quel ragazzo ha un cuore d'oro».

Sì, è perfetto. Lo so già. Sono io quella rotta, io quella che non si adatta.

Vedo i suoi occhi brillare di lacrime. «Come sta sua figlia adesso?»

«Oh, sta benissimo. È guarita, grazie a lui. Quindi quando mi ha chiesto di venire a lavorare per lui, ho accettato immediatamente e non me ne sono pentita. Sono così contenta che ora abbia te. Mi preoccupo per lui. Un uomo ha bisogno di una donna che si prenda cura di lui».

Metto un sorriso falso sul viso. Ethan ha chiarito che non

ha bisogno di me oltre il sesso. Inoltre, è lui che si prende cura di me, non il contrario.

Dopo aver finito di mangiare, abbraccio Madeleine e raccolgo le mie cose. Non ho parlato con Ethan del resto della giornata, e comunque ho un turno serale. Probabilmente non tornerà prima che inizi, quindi non ha senso che rimanga qui.

Durante il turno infrasettimanale, solo un barista gestisce il bancone, e oggi tocca a me. Anche se il locale non è affollato come nei fine settimana, gestire un turno da sola significa che corro senza sosta per servire tutti i clienti.

Dana mi ha detto quanto sia soddisfatta di come ho preso in mano tutto il lavoro, che potessi gestire un turno da sola così rapidamente. Spero che questo significhi che mi assegnerà più turni d'ora in poi perché ho bisogno di soldi. Voglio guadagnare abbastanza per trasferirmi in un vero e proprio appartamento tutto mio, ma non sono sicura di poterlo fare solo con il lavoro qui. Anche in periferia è troppo costoso.

Quando sono andata a studiare amministrazione aziendale, speravo di lavorare in una grande azienda, gestendo e pianificando strategie di marketing. Era il mio sogno. Ma per ottenere una tale posizione, ho bisogno di un'identità reale. Devo pensare a come procurarmene una. È passato abbastanza tempo perché io smetta di cercare solo di sopravvivere e pensi al mio futuro.

Il bar è affollato, più del solito, e non ho tempo di indugiare nei miei pensieri. Servo drink ai clienti e corro avanti e indietro per il bar. Posiziono tre bicchieri di birra sotto il rubinetto e inizio a versare, uno dopo l'altro, mentre sento l'aria nella stanza cambiare e farsi più densa.

Alzo lo sguardo e vedo come tutti gli occhi nella stanza si rivolgono a lui, alla sua presenza che non può essere ignorata.

Ethan si avvicina direttamente a me, indossando lo stesso completo che portava questa mattina. Il mio cuore batte più veloce, e non riesco a distogliere lo sguardo da lui. Il modo in cui cammina, come se dominasse il mondo, come se dominasse me. Lui mi domina davvero.

Un liquido fresco mi scorre lungo le gambe, e salto indietro in preda al panico. La birra ha da tempo riempito il bicchiere e ora sta scivolando sul pavimento, bagnandomi nel tragitto. Cavolo.

Lui potrà anche essere un dio greco, ma io sono solo una semplice barista.

Prendo uno straccio, pulisco tutto ciò che ho versato e cerco di pulire i miei jeans con un panno umido.

Guardo le mie scarpe da ginnastica, che ora sono inzuppate di birra.

«*Aaaah*», ringhio a denti stretti e getto il panno nella spazzatura. Non posso credere di aver rovinato le mie scarpe.

Ethan occupa uno sgabello al bar e mi osserva con crescente interesse. Dannazione, perché deve essere così bello in quel completo? Vorrei essere arrabbiata con lui per avermi distratto nel bel mezzo del lavoro, ma so che l'unica persona da biasimare qui sono io. Lui non ha fatto nulla.

Aspetta pazientemente finché non finisco di completare tutti i miei ordini, poi mi avvicino a lui per prendere il suo. Mi afferra il palmo, e il suo pollice accarezza l'interno della mia mano, trasformando il mio corpo in una pozza di desiderio.

Stringo i fianchi e ritraggo la mano. Come fa? Vedo il sorriso diffondersi sul suo bel viso, e lui solleva un sopracciglio verso di me. Cavolo, se n'è accorto.

«Whisky liscio», dice, «e poi andiamo».

«Whisky in arrivo», annuisco. «Ma non posso andarmene fino alla fine del mio turno. Sono qui da sola». Mi giro e mi avvicino alla cameriera, che sta aspettando di passarmi gli ordini dai tavoli.

Lui si alza dal suo posto, e io lo seguo con lo sguardo mentre si dirige verso l'ufficio di Dana. Dove sta andando esattamente? Vorrei fermarlo, ma non posso lasciare la mia posizione al bar. Cavolo.

«Sapevo che eri una stronza avida». Robin appare dal nulla.

Accidenti, sembra seguire tutto ciò che faccio. «Sono cosa?»

«Quello era Ethan Wolf. Delle Industrie Wolf. È un milionario. Dimmi che non lo sapevi».

«Cosa vuoi?»

«Ti ho visto toccarlo. Sei dietro ai suoi soldi? È fidanzato, lo sai. Rubi anche gli uomini fidanzati?» Il suo viso ha un tic.

Faccio un respiro profondo. «Non sono affari tuoi, e lui non è-» Quasi le lascio sfuggire che non è fidanzato, ma non è un'informazione che dovrei avere. «Lasciami in pace e basta».

I miei occhi vagano verso l'ufficio ogni pochi secondi, aspettando di vederlo uscire. È con Dana da oltre quindici minuti, e una spiacevole pressione si forma nel mio stomaco. Di cosa stanno parlando così a lungo? Non può essere niente di buono.

Quando finalmente lasciano la stanza, si stringono la mano e si abbracciano come buoni amici. Resto lì a occhi spalancati, fissando mentre lui torna al bar, mette alcune banconote accanto al bicchiere di whisky che lo aspetta, lo beve in un sorso e esce in strada.

Senza una sola parola.

Se n'è andato senza parlarmi. Perché? Apro il telefono e gli mando un messaggio.

*Che cosa significava?*

Alla fine del turno, sto per esplodere. Perché non mi risponde?

Appena chiudo a chiave la porta d'ingresso dopo l'ultimo cliente, vado nell'ufficio di Dana. Lei alza la testa dalle pagine sulla sua scrivania e sorride.

Beh, almeno sta ancora sorridendo. È un buon segno, vero?

«Siediti», dice e indica la sedia di fronte a lei, e io mi siedo obbedientemente.

«Oggi ho ricevuto una visita da Ethan Wolf. Capisco che vi conoscete».

Annuisco, e lei continua. «Ha espresso un *disappunto*». Inclina la testa ed enfatizza la parola in modo che io capisca che era un po' più aggressivo di come lo mette lei. «È preoccupato che tu sia qui così tardi la sera. Non sembra piacergli».

«Cosa?» Salto su dalla mia sedia. «Non gli piace? Spero che lo abbia messo in riga», ribollisco.

Dana ride forte. «Mi ha detto che avresti reagito così. Vuole offrirti una posizione, e vuole che ti liberi dal tuo lavoro qui per questo».

Un altro lavoro? Di che diavolo sta parlando? Non ho nessun altro posto dove andare. «Non voglio andarmene. Mi piace lavorare qui. Vivo qui». La sensazione di ansia mi sopraffà. Mi sento male.

«Ha offerto di entrare come investitore nel bar». Si ferma e fa una pausa, lasciandomi digerire le sue parole. «E io ho davvero bisogno dei soldi. Mi dispiace. Ho dovuto rinunciare a te per ottenere l'investimento di cui ho bisogno».

Sprofondo di nuovo nella sedia sconfitta. «Quindi sono licenziata?»

«Non licenziata, no... Sollevata dai tuoi compiti. Sei libera di continuare a vivere qui finché ne avrai bisogno». Agita le mani.

«Oh, quindi lui mi permette di continuare a vivere qui? Come hai potuto accettare?» Sto perdendo il controllo. È proprio come Michael. Potrebbe essere che mi sia sbagliata così tanto nel valutarlo?

«Mi dispiace. Ha detto che ti offrirà un nuovo lavoro. Pensavo lo avresti voluto. È un passo avanti per te. E io ho bisogno dei soldi. Vuoi che gli parli di nuovo?»

Scuoto la testa. Me la vedrò io con Ethan.

So che è tardi. Probabilmente sta già dormendo, ma non m'importa. Sfonderò la sua porta se necessario finché non dirà a Dana di ridarmi il mio lavoro. L'unico lavoro che ho, l'unico posto che mi ha accettata per quella che sono.

Lascio Lunis, armata della mia rabbia, e noto un uomo grosso appoggiato a un'auto nera davanti all'ingresso. Quando mi vede, si raddrizza e inizia a camminare verso di me.

Cazzo. Sono immediatamente spiazzata, incerta sulle intenzioni di questa persona. Quando si avvicina, corro. Con mio sgomento, lui mi insegue. Ho poche possibilità di vincere con lui, certamente non con scarpe bagnate e appiccicose, ma forse posso raggiungere una strada più trafficata.

«Hope! Fermati! Mi ha mandato Ethan», grida.

Ethan? Mi fermo e mi giro verso l'uomo con preoccupazione. Lui rimane in piedi a una distanza di sicurezza da me e dice di nuovo: «Ethan mi ha mandato a prenderti».

Sapeva che sarei stata arrabbiata. I miei pugni si serrano. «Mi porterai al attico?»

Annuisce, e io torno a passo pesante verso l'auto e vado con lui.

Quando ci fermiamo davanti all'edificio, l'autista si gira verso di me e mi porge una busta. «Ethan mi ha chiesto di dargliela».

Scendo in strada e l'auto si allontana.

Do un'occhiata dentro la busta. È una chiave. Potrebbe essere la chiave del suo appartamento? Quest'uomo mi confonde terribilmente. Mi ha fatto licenziare e poi mi lascia una chiave?

Saluto la guardia all'ingresso e dico il mio nome. Mi squadra con gli occhi socchiusi. I miei vestiti macchiati non fanno una buona impressione, ma è chiaro che ha ricevuto istruzioni di farmi entrare.

Uso la chiave nell'ascensore, salgo e la inserisco nella porta. Entro nell'appartamento, pronta a scagliarmi contro Ethan con la mia rabbia, ma è buio e lui non si vede da nessuna parte. Mi muovo cautamente verso la camera da letto, non sapendo cosa aspettarmi, e lì lo trovo addormentato nel letto.

È sdraiato a pancia in giù, una coperta lo copre fino alla vita, il busto nudo. Il tatuaggio del lupo risalta sulla sua schiena liscia e il viso è affondato nel cuscino. Lo osservo per qualche istante, come si guarda un leone che dorme, sapendo che in qualsiasi momento potrebbe svegliarsi e divorarti.

Non m'importa se dorme. Mi ha lasciata senza lavoro.

«Ethan», lo chiamo, ma non c'è risposta.

«Ethan!»

Si muove e si gira su un fianco, gli occhi appena aperti. «Bambi?» Mi sorride con un'espressione assonnata. Il mio cuore salta un battito, ma non è sufficiente per indebolire la rabbia che mi scorre nelle vene.

«Vieni a letto». Allunga la mano verso di me, ma io resto in piedi, fuori dalla sua portata.

Si strofina gli occhi, cerca di svegliarsi e si mette a sedere. «Cosa c'è che non va?»

«Cosa c'è che non va? Hai il coraggio di chiedermelo? Mi hai fatto licenziare dall'unico lavoro che sono riuscita a trovare. Ecco cosa c'è che non va. E non sei nemmeno rimasto per dirmi cosa hai fatto».

Il mio rimprovero non sembra disturbarlo minimamente. Sbadiglia. «Ho chiesto a Dana di liberarti dal lavoro perché voglio offrirti qualcos'altro».

«Cos'altro puoi offrirmi? Possiedi un bar? Vuoi che pulisca la tua casa al posto di Madeleine?»

Socchiude gli occhi. «No. Voglio trovarti una posizione in una delle mie aziende. Abbiamo diverse posizioni aperte e sono sicuro che potresti adattarti a una di esse».

«Un ruolo nella tua azienda? Pensi che io sia un caso di beneficenza? Come potrò adattarmi se non ho nemmeno finito la laurea?»

«Hai studiato per una laurea? Quale?» Inclina la testa.

Merda. Mi è sfuggito. «Amministrazione aziendale. Ma non mi sono laureata, quindi è irrilevante». Non chiedere perché non l'ho fatto. Per favore, non chiederlo.

«Eccellente. È persino meglio di quanto mi aspettassi. Cerco il potenziale, non le lauree. Se l'hai studiato, significa che ti interessava. Ora andiamo a dormire. Ne parleremo domattina. Sono così stanco». Sbadiglia di nuovo.

Non sono pronta per dormire. «Voglio il mio lavoro al Lunis. Non deciderai tu dove lavoro». È come Michael di nuovo. Non cadrò in questa trappola una seconda volta. Non sono più così ingenua come un tempo.

«D'accordo. Parlerò con Dana domattina e ti farò riavere il

tuo lavoro. Penso comunque che dovresti almeno ascoltare cosa ti offro prima di decidere». Si sdraia e si rannicchia nel cuscino.

«Possiamo parlarne domattina, per favore? Ho un mal di testa terribile».

Non posso aspettare fino a domattina. «Perché l'hai fatto? Perché sei venuto a prenderti il mio lavoro?» Alzo la voce.

Lo sguardo sorpreso sul suo viso sembra genuino. Non capisce perché sono arrabbiata.

«Stavo solo cercando di aiutarti a ottenere qualcosa di meglio. Io lavoro di mattina e tu di sera. Volevo che avessi un lavoro durante l'orario normale così che potessimo vederci».

I campanelli d'allarme nella mia testa suonano forte. Michael voleva che lasciassi il lavoro per potermi vedere di più. È così che è iniziato. Quella era la scusa. Pensavo fosse romantico, ma non è passato molto tempo prima che mi ritrovassi sola, senza amici, senza supporto e senza lavoro. Dipendevo da lui. Non posso lasciare che Ethan faccia a pezzi la fragile vita che sto cercando di costruirmi.

Vado in soggiorno e mi fermo davanti alla finestra che si affaccia sulle luci scintillanti della notte. Inspira... Espira...

Non so cosa fare.

Sento dei passi leggeri dietro di me, e poi le sue braccia mi avvolgono, abbracciandomi da dietro, e mi sciolgo nel suo abbraccio. Mi sento al sicuro tra le sue braccia e non posso ignorare quanto sia diverso da ciò che conoscevo.

«Mi dispiace», mi sussurra all'orecchio. «Non pensavo che Dana te l'avrebbe detto oggi. Altrimenti sarei rimasto. Avevo in programma di dirtelo domattina. Pensavo saresti stata felice di avere un lavoro migliore. La chiamerò domattina e mi assicurerò che tu riabbia il lavoro. Riceverà anche l'investimento che ho promesso e tutti saranno felici. Per favore, non essere arrabbiata».

Mi giro verso di lui e vedo il rammarico nei suoi occhi. Come fa a non capire cosa ha fatto?

«Mi hai tolto l'unica cosa che ho. Il mio lavoro», dico, con una lacrima ribelle che mi scende sulla guancia.

Annuisce e bacia via le mie lacrime, poi bacia dolcemente la mia bocca.

«Non era mia intenzione. Lascia che lo sistemi», dice tra un bacio e l'altro. «Sono tornato a casa e tu non c'eri. Avevo bisogno che tu fossi qui. E quando mi hai detto che non potevi lasciare il bar, mi sono fatto prendere la mano. Mi dispiace di essermi comportato come un idiota. Lascia che lo sistemi».

Sorrido. Le sue parole penetrano e conquistano il mio cuore pezzo per pezzo.

*Non prenderti tutto il mio cuore. Per favore, lasciamene qualche pezzo.* Ne avrò bisogno quando non mi vorrai più. Quando dovrò ricostruirmi.

Chiudo gli occhi e ignoro il fatto che sto camminando ciecamente verso il bordo del precipizio e mi abbandono al suo abbraccio, fingendo che mi voglia come io voglio lui.

«Vieni a letto», sussurra e prende la mia mano, tirandomi dietro di sé.

Penso di star perdendo la battaglia.

## CAPITOLO 28
## *Ethan*

Sto facendo il mio solito percorso di corsa, pensando a quello che è successo ieri sera. Ho fatto un grosso errore. Non mi ero reso conto di quanto fosse grave finché non ho visto le lacrime. Pensavo che le sarebbe piaciuto un lavoro migliore che guadagnasse di più. Ho persino lasciato al mio autista una chiave dell'appartamento in modo che potesse venire qui dopo il lavoro e dormire tra le mie braccia. Solo quando l'ho vista piangere ho capito di aver sbagliato. Ma non è tutto perduto. È rimasta, e questo mi ha riempito di gioia.

Chiamerò presto Dana e sistemerò tutto. Se Bambi vuole lavorare in un bar, può lavorare in un bar. Possiamo risolvere questa situazione.

Non posso credere di voler stare con lei. Cosa significa? Non lo so, ma mi è già chiaro che ho perso la battaglia. Pensavo che una buona scopata potesse farmela uscire dalla testa, ma ha fatto l'esatto opposto. Sto andando troppo velocemente verso il profondo, e non so come fermarmi.

Controllo i miei messaggi mentre salgo in ascensore.

Invito a un evento di raccolta fondi venerdì. Odio gli eventi, ma se la mia assistente mi ha inviato l'invito, probabilmente è un evento a cui sarei interessato. Vado agli eventi di raccolta fondi se la causa mi sta a cuore. Infatti, l'evento è per adolescenti scappati di casa.

Confermo la mia presenza, più uno.

Automaticamente, scrivo un messaggio a Olive per informarla dell'evento. Ma il mio dito esita sul tasto proprio prima di premere Invia.

Forse porterò Bambi?

Mi piace l'idea. Me la immagino vestita con un meraviglioso abito da sera, al mio braccio mentre entriamo. Sì. Voglio che tutti la vedano con me. Voglio dichiarare che è mia.

Devo parlare con Olive. Al più presto. Ho bisogno del suo consenso per sciogliere l'accordo tra noi.

Apro la porta con una mano e premo il pulsante di chiamata con l'altra. Sono solo le sei e mezza, ma Olive si sveglia presto come me. È un buon momento per parlare prima di immergermi nel turbine delle mie conversazioni d'affari.

Madeleine sta lavorando in cucina, quindi vado nella mia stanza per parlare in privato. Mi fido di lei, ma questi non sono segreti miei da rivelare.

«Olive» dico quando risponde, «dobbiamo parlare».

«Vuoi porre fine al nostro accordo» replica, completando il mio pensiero. Come fa a sapere sempre cosa sto per dire?

«Sì. Lo sai che ti voglio bene, ma voglio frequentare Hope, e non voglio nasconderlo» dico, cercando di essere completamente onesto mentre entro in camera da letto e inizio a togliermi i vestiti sudati. Bambi è ancora sepolta sotto le coperte. Almeno non è scappata via.

«Capisco, naturalmente. Dovresti farlo. Sapevo che questo

giorno sarebbe arrivato quando l'ho vista con te». La voce di Olive trema.

Mi siedo sul bordo del letto. «Sai che voglio solo il meglio per te, vero? Forse è il momento di dirlo ai tuoi genitori? Sei una donna adulta. Sei indipendente. Sei forte. So che hai paura della loro reazione, che ti taglino fuori. Credi che il rapporto con loro valga la pena di vivere questa menzogna? Dormire con uomini ripugnanti come me contro la tua volontà? È questo che vuoi per il resto della tua vita?»

Ora che ci stiamo lasciando pubblicamente, se non dirà la verità, dovrà frequentare di nuovo gli uomini. Le faccio il mio discorso per la centesima volta. Ho cercato di convincerla a fare coming out e vivere la sua vita per così tanto tempo, ma non è mai d'accordo.

La sento soffocare un singhiozzo. «Ethan, sei l'uomo meno ripugnante che ci sia. Lei sarà felice».

«Ti aiuterò in tutto ciò di cui hai bisogno. Ho un fondo di venture capital. Investirò nella tua azienda. Ti aiuterò a stare in piedi da sola. Non hai bisogno dei tuoi genitori. Mi prenderò cura di te. Inoltre, potrebbero ancora sorprenderti» le dico. «In realtà, sono abbastanza sicuro che non ti cacceranno solo perché sei lesbica».

La sento tirare su col naso. «Verrai con me?»

«Cosa?» La mia bocca si spalanca.

«Verrai con me a dirglielo?»

«Sì. Quello che vuoi». La sosterrò con tutto ciò che posso.

Parliamo per un altro minuto prima che io riattacchi e mi volti per trovare Hope seduta sveglia nel letto dietro di me, la bocca aperta per lo stupore.

«Olivia è lesbica?»

Alzo un sopracciglio. «Avevi detto che ti aveva raccontato tutto.»

«Mi ha detto che non state uscendo insieme e che avete entrambi motivi per apparire in pubblico insieme. Pensavo fosse tutto.»

«Merda. Credevo te l'avesse detto. Non va bene. Non dovresti saperlo.» Chiudo gli occhi. «Per favore, promettimi che non dirai niente a nessuno.»

«Non dirò nulla», dice Hope in fretta. «Non preoccuparti. Cosa intendevi quando le hai detto che volevi uscire con me?» I suoi occhi azzurri mi fissano.

«Voglio che tu venga con me a un evento di beneficenza venerdì.»

Un'espressione di delusione le attraversa il viso. «Um... non posso... devo lavorare. Non...» Il suo sguardo si abbassa e cerca di evitare di guardarmi.

Perché non vuole venire con me? È ancora per quello che è successo ieri? Ho promesso che avrei sistemato le cose. Dobbiamo parlare, ma prima ho bisogno di una doccia. «Vado a fare una doccia, poi continueremo questa conversazione.»

Quando esco dalla doccia, lei è ancora a letto. La guardo, cercando di interpretare la sua espressione. Non sembra arrabbiata. Allora perché è ancora a letto?

Solleva il bordo della coperta. «Vuoi unirti a me?»

Non posso rifiutare un simile invito. Mi sdraio accanto a lei, annegando nei suoi occhi azzurri. Si morde il labbro inferiore, cercando di persuadermi a toccarla, ma non mi muovo.

Mantiene il mio sguardo, poi allunga la mano e tocca il mio petto nudo. La mia pelle formica, e lei avvicina le labbra, baciandomi dolcemente.

Ricambio il suo bacio con il mio, faccio scorrere la lingua sulle sue labbra, poi le succhio delicatamente.

Geme, il che è sufficiente per accendermi completamente. Indossa la mia camicia, che è di diverse taglie più grande per lei.

E sono sorpreso di scoprire quanto sia sexy. Raggiungo sotto la sua camicia larga, felice di scoprire che non indossa il reggiseno. Accarezzo il capezzolo con il pollice con movimenti circolari sempre più piccoli, sentendolo indurirsi sotto la mia mano.

Ho bisogno di vederla. Vedere questa bellezza. Le sfilo la camicia, lasciandola nuda davanti a me, i suoi capezzoli rosa che chiamano il mio nome.

«Mostrami dove vuoi che ti tocchi», le sussurro, incoraggiandola a essere coraggiosa con me. Mi guarda dritto negli occhi, l'azzurro brillante dei suoi che incontra i miei con intensità. È pronta per la sfida.

Prende la mia mano e la posa sul suo basso ventre, poi la guida in un percorso diretto verso il suo paradiso.

Sto ansimando pesantemente. Voglio essere dentro di lei così tanto. Ma ho bisogno di pazienza.

Coopero volentieri, raggiungendo in basso, trovando la sua fessura e accarezzandola attraverso il tessuto finché non muove il bacino in coordinazione con i miei movimenti.

Sposto il tessuto di lato, rivelando la sua vagina bagnata e gonfia per me. Trovo il suo piccolo bottoncino e lo massaggio mentre la mia bocca esplora la sua, tutti i suoi sapori. Quando è completamente bagnata e pronta, la giro sulla pancia, morendo dalla voglia di penetrarla da dietro, di vedere il suo fantastico sedere mentre la scopo.

Lei si rigira. «No.»

«Perché no? Ti prometto che ti piacerà. Forse anche più dell'ultima volta. Se non ti piace, non lo faremo più.»

Mi fissa come se stesse valutando le mie parole. I suoi occhi si spalancano. Poi si gira di nuovo sulla pancia.

Sto passando le mani sul suo sedere perfetto e rotondo. Voglio colpirlo con il palmo, ma non è ancora pronta per questo. Invece, la accarezzo, separo le sue natiche e faccio scorrere le dita tra le sue gambe. Muovo le dita dentro la sua fessura a un ritmo costante. È così sexy, così bella.

I suoi capelli le coprono il viso, quindi non riesco a vedere come si sente. Mi sporgo in avanti, le sposto i capelli indietro e la bacio di nuovo, assicurandomi di poter vedere la sua espressione. Ho bisogno di vedere come si sente per potermi fermare in tempo.

Mi posiziono tra le sue gambe e mi strofino lentamente su di lei, spalmando il mio membro con i suoi umori. Voglio che sia vicina all'orgasmo quando la penetro.

Mi chino e prendo un preservativo dal cassetto accanto a me, e lo indosso.

«Sei così sexy», le sussurro all'orecchio, «Ho sognato di scoparti da dietro fin dalla prima volta che ti ho vista».

Si blocca per una frazione di secondo, e il suo corpo si irrigidisce. Troppo? Ma poi continua a muovere il bacino contro di me.

«Ti piace il dirty talk?» le chiedo, e lei annuisce, con un timido sorriso sulle labbra. «E a me piace essere dentro di te. Mi piace scoparti».

Le sollevo il sedere in aria e la metto in ginocchio, con la testa appoggiata sul cuscino.

Faccio scorrere le dita sul suo ano, e lei si contrae. La scoperò anche lì, ma questo aspetterà un'altra volta.

Allungo la mano e le accarezzo di nuovo il clitoride, poi mi posiziono lentamente alla sua apertura. Le mie mani accarezzano il suo corpo, percorrendolo fino alla vita stretta e al sedere rotondo, poi mi spingo dentro e aspetto che si rilassi. È fradicia, ma sento che è tesa e così stretta.

Porto la mano intorno al suo stomaco e la mando tra le sue gambe per continuare a strofinare. Non mi muovo, aspettando che lo stimolo superi la soglia della paura. Appena si lascia andare, mi spingo dentro, questa volta fino in fondo, con una grande spinta finché non sono incastrato in lei fino alle palle.

Gemo ad alta voce perché la sensazione è sublime. Cazzo.

«Stai bene?» le chiedo, ansimando.

Lei geme, «Mi sento così piena».

«Vuoi che mi fermi?»

«No! Non fermarti. Ti voglio».

Mi muovo, spingendomi dentro e fuori. I nostri fianchi si scontrano con un rumore forte. Mi sorprende quando si permette di gridare ad alta voce. Cazzo, è così brava. Devo immaginare qualcos'altro. Non devo venire prima di lei.

Lei si spinge contro di me, più in profondità, più forte, cercando il suo climax, e io aumento il ritmo, pompando dentro di lei con forza.

Avvolgo le mani attorno ai suoi seni, e ondeggiano nei miei palmi, pesanti e pieni. Le pizzico i capezzoli, sapendo che le piace. Lei urla e crolla sotto di me. Le sue contrazioni sono forti, così forti che fanno male.

Aspetto che il suo orgasmo svanisca, continuando a scivolare dentro e fuori di lei con spinte continue. Sono vicino.

Esco, mi tolgo il preservativo e mi strofino sulla sua schiena, coprendo il suo sedere con il mio fluido bianco, e marcandola come mia.

Mia.

## CAPITOLO 29
## *Ethan*

«Merda!» Sputo il caffè bollente dopo che mi ha bruciato la bocca. Me lo merito perché sto rispondendo a un'email e bevendo allo stesso tempo. Ma nulla potrà rovinare il mio buon umore dopo la mattinata fantastica che ho avuto. Sono sicuro che in ufficio pensino che io sia bipolare dopo la settimana scorsa. Solo pochi giorni fa, ho urlato contro tutti, e oggi ho sorriso a tutti.

I sentimenti che provo per Bambi mi stressano ma allo stesso tempo mi emozionano.

Non pensavo di esserne nemmeno capace, di poter provare sentimenti per qualcuno in questo modo. Non lo volevo, questo è certo. Tutti gli psicologi che mi hanno mandato dopo Anna hanno lavorato su di me per ore e hanno costruito le loro ville con i soldi che i miei genitori hanno pagato loro. Sono riusciti a resettarmi e a reintegrarmi nella società e a fermare la furia incontrollata in cui ero. Ma non sono riusciti ad aprire di nuovo il mio cuore. Ero condannato. Almeno, questo è ciò che pensavo fino ad ora.

Questi sentimenti sono sfuggenti. Mi si sono insinuati addosso senza che me ne accorgessi, si sono infilati sotto le mie unghie, sotto la mia pelle, e sono andati in profondità finché non ho potuto più ignorarli. Sono semplicemente così felice quando sono con lei. E non pensavo di poter essere di nuovo felice.

Non riesco a smettere di pensare a lei, anche adesso che non mi è accanto. Sto solo aspettando che torni a casa, così posso portarla di nuovo nel mio letto. Dobbiamo parlare del futuro e vedere come procedere da qui. Anche se le ho fatto riavere il lavoro, la questione di questi turni mi crea difficoltà.

Prendo un panno e pulisco il laptop e il pavimento del soggiorno dal caffè, mi risiedo nella poltrona e continuo a scrivere l'email.

Il mio telefono suona, interrompendo di nuovo il mio lavoro.

«Jess», rispondo. «Che succede?» La mia voce riflette la mia felicità, e non cerco nemmeno di nasconderla.

Abbiamo diversi compiti aperti, e mi chiedo quale di questi abbia avuto progressi così importanti da spingerlo a chiamarmi per aggiornarmi dopo il normale orario di lavoro. Abbiamo un orario fisso sul calendario per gli aggiornamenti regolari.

«Accendi la TV, Wolf».

«Cosa?» Chiedo di nuovo, non sicuro di aver capito cosa volesse.

«La TV!» Le sue parole sono brevi, e il tono serio della sua voce mi fa alzare dalla sedia e cercare il telecomando.

Sto cambiando canale per arrivare a quello delle notizie. Sullo sfondo, vedo un giovane uomo con i capelli ricci che parla alla telecamera. Accanto a lui, e leggermente dietro, c'è un uomo più anziano con i capelli brizzolati. Sembra la versione più vecchia del primo. Padre e figlio, presumo. Riconosco il padre, ma non sono sicuro da dove.

Alzo il volume per sentire cosa stanno dicendo.

«È accesa. Cosa sto vedendo qui?» Chiedo a Jess.

«Ascolta e basta», dice. «E dovresti sederti». Riattacca, lasciandomi a guardare il telefono.

Concentro di nuovo la mia attenzione sullo schermo. Il reporter proietta l'immagine di una donna, e l'aria mi si svuota istantaneamente dai polmoni. La mia visione si offusca come se un grande martello mi fosse caduto addosso. Non ho aria. Mi siedo, crollando sul divano come se le mie membra fossero di gomma.

Nell'immagine sembra diversa, più giovane e più innocente. I suoi capelli sono lunghi, luminosi e acconciati in una treccia alla moda, e indossa un completo lussuoso. Ma non c'è dubbio che sia lei.

Quegli occhi blu, non puoi sbagliarti. L'immagine cambia, e ora sullo schermo viene mostrata una foto di Bambi con questo uomo dai capelli ricci, fotografati a quello che sembra una sorta di evento sociale.

La mia mano trema un po' quando premo il telecomando per tornare all'inizio del servizio. Che diavolo è questo?

Perché la mia Bambi è nelle notizie, e cosa c'entra quest'uomo con lei?

Mi fermo e premo play, aspettando che il reporter parli. Non sono sicuro di voler sentire quello che sta per dire.

*«La polizia chiede l'aiuto del pubblico per localizzare Ayala Summers, scomparsa dallo scorso agosto. Ayala, ventidue anni, è sparita da casa sua e non è stata più vista da allora.*

*«Ayala soffre di ansia e gravi allucinazioni psicotiche. È mentalmente instabile e ha bisogno di farmaci. La sua vita è in pericolo.*

«*Passo la parola al signor Michael Summers, che ora rilascerà una dichiarazione alla stampa*».

Non riesco a far entrare aria nei polmoni.

Ayala Summers? Allucinazioni? Chi diavolo è? Perché il nome Summers mi suona così familiare? Cerco di scavare il nome dalle profondità della mia mente.

Summers è uno dei più grandi studi legali degli Stati Uniti. Mi hanno contattato diverse volte, cercando di convincermi a trasferire il mio business da loro, ma non ho mai accettato di parlare con loro. Ho Ryan, e la nostra amicizia è preziosa. Non ho intenzione di sostituirlo.

*Hai sempre saputo che il suo nome non era Hope.*

L'immagine sullo schermo cambia. L'uomo ora è in piedi dietro un microfono, pronto a parlare, e cerco di concentrarmi sulle sue parole.

Sotto la sua immagine appare ora l'iscrizione Michael Summers, marito della scomparsa Ayala Summers.

Suo marito? Mi sento come se mi avessero pugnalato al petto, e sto sanguinando sul tappeto. È sposata, cazzo?

Sposata?

Continuo a guardare, incapace di fermarmi, come assistere a un incidente d'auto mentre accade.

«*Mia moglie, Ayala, manca da casa da due mesi. Ho dedicato tutte le mie risorse per riportarla a casa sana e salva ma non sono riuscito a trovarla. Siamo preoccupati per lei*».

Si asciuga una lacrima dall'angolo dell'occhio e continua.

«*Purtroppo, Ayala non sta bene e ha bisogno di cure mediche. Senza di esse, è mentalmente instabile e potrebbe farsi del male. Voglio che torni da me così posso prendermi cura di lei e assicurarmi che sia al sicuro. Chiediamo a chiunque pensi di aver visto la donna nella foto di contattare il numero sullo schermo e aiutarci a salvare Ayala*».

Suo padre gli si avvicina e lo abbraccia. Rimangono per un momento l'uno nelle braccia dell'altro, confortandosi a vicenda.

L'immagine si ripete continuamente sullo schermo con il numero di telefono.

Mi alzo, corro in bagno e vomito l'anima.

Rimango seduto sul pavimento per lunghi minuti. Le mie gambe non si muovono. Non sono nemmeno sicuro di essere cosciente. Tutto ciò in cui credevo, tutto era una bugia. Una grande bugia.

Mi sforzo di riacquistare i sensi e mi alzo, bevo un bicchiere d'acqua, e dopo essermi ripreso un po', prendo di nuovo il telefono.

«Jess».

«Hai visto?»

«È vero? È lei?» Conservo ancora questo barlume di speranza che ci possa essere qualche errore. Forse è un brutto sogno, e mi sveglierò da un momento all'altro.

«Mi dispiace, Wolf, ma sì. È sua moglie, e lui ha dei documenti sul suo ricovero psichiatrico. Sembra che stia dicendo la verità.»

Sospiro. «Come può essere?»

«Mi dispiace di non essere riuscito a trovare queste informazioni nell'indagine che mi hai chiesto di fare. Non so perché, ma lui non l'ha mai denunciata come scomparsa. Né alla polizia, né a nessun altro. Non fino ad ora.»

«Ha detto che l'ha cercata per tutto questo tempo.»

«Forse ha assunto investigatori privati invece di rivolgersi alla polizia. Non lo so. Ma non ho trovato nulla quando ho cercato.»

Chiudo gli occhi e inspiro. «Grazie, Jess.» Attacco.

La tazza di caffè che ho bevuto prima è la prima cosa che mi capita sotto mano. La scaglio contro il muro, guardando come si frantuma e il caffè si sparge ovunque. Ma non c'è alcun senso di soddisfazione in questo. Non so cosa fare di me stesso.

Voglio strapparmi i capelli. No, voglio strapparle i capelli dalla testa. Voglio farla soffrire. Voglio riprendermi il mio cuore.

Prendo di nuovo il telefono e provo a chiamarla, ma sta lavorando e non risponde, quindi digito con le dita tremanti.

> È vero? È corretto? Sei sposata cazzo? Mi hai preso in giro tutto questo tempo?

Invio il messaggio, anche se non so che risposta mi aspetto.

Come può essere che ho passato tutto questo tempo con qualcuno mentalmente instabile? Qualcuno che ha bisogno di pillole psichiatriche, e non me ne sono accorto? Quanto sono fottutamente incasinato per non essermene accorto?

O forse me ne sono accorto e l'ho ignorato?

Rivivo nella mia mente le situazioni strane.

Tutta questa sceneggiata che ha messo su, che ha paura di me? Pensavo fosse stata aggredita sessualmente, ma in realtà era sposata cazzo e aveva paura di essere scoperta. Pensavo fosse spaventata, ma soffre solo di ansia e allucinazioni.

Ricordo di aver pensato quanto fosse strano che avesse camminato fino a casa a piedi nudi. Chi lo fa? E che vive in un ripostiglio? Sapevo che c'era qualcosa di strano. Sapevo che non era il suo vero nome. E ora so che non c'è nulla di vero in lei. Fottuta bugiarda traditrice.

Non mi trattengo e le scrivo la mia opinione.

Ecco perché non mi ha detto nulla di sé. Pensavo fosse timida, ma voleva nascondere la verità. Che idiota che sono. È completamente psicotica.

Chiudo gli occhi, e la sua immagine mi appare davanti.

Ethan Wolf, l'uomo d'affari, l'imprenditore, con tutti i soldi e gli investigatori privati, e una piccola donna con grandi occhi azzurri mi ha messo al tappeto.

## CAPITOLO 30
### *Ayala*

Oggi io e Nicky lavoriamo al bar, e sto versando drink accanto a lei. Il mio corpo si muove a ritmo di musica. Adoro i turni con lei. È la mia unica amica al Lunis, e balliamo insieme dietro il bancone, cosa che aumenta le mance, con grande disappunto di Robin.

Penso a Ethan in continuazione. La nostra relazione è salita di livello. Anche se nessuno dei due parla dei propri sentimenti. So che lui non vuole una relazione a lungo termine, ma mi rende felice, e credo che anche lui sia felice con me.

Da alcuni giorni sto riflettendo sulla possibilità di dirgli la verità. Di rivelare la mia vera identità.

Sarà in grado di accettarlo? Di affrontare il fatto che non potrò vivere con il mio vero nome? Che sono ancora sposata? Vorrei sperare di sì. Voglio credere che non mi abbandonerà.

Mi ha invitato a questo evento venerdì. Vuole che ci andiamo come coppia in pubblico. Qualcosa che non potrà mai accadere, e non voglio mentirgli di nuovo. Voglio porre fine a tutte le bugie. Voglio che sappia la verità. La nostra relazione è autentica. Sono innamorata di lui, e le bugie contaminano il nostro rapporto, macchiandolo con il veleno che porto con me.

Non ho scelta. Devo dirglielo presto. Raccoglierò il coraggio, ne conserverò ogni goccia e mi aggrapperò forte perché possiamo superare la tempesta insieme.

Siamo circa a metà turno quando noto che il chiacchiericcio costante al bar si è spento. Alzo la testa e mi guardo intorno, cercando di capire cosa mi sono persa.

Tutti gli occhi sono su di me. Questa è la prima cosa che noto, e automaticamente faccio un passo indietro, urtando il bancone alle mie spalle. Cosa sta succedendo?

La televisione sopra di me sta trasmettendo un notiziario, e mi rendo conto che lo sguardo di tutti alterna tra lo schermo e me. Sento attraverso il rumore il mio peggior incubo. Il mio nome. Il mio vero nome.

Mi giro a guardare lo schermo e scopro che l'inferno mi ha trovata.

Lì, dentro il piccolo riquadro, c'è il mio caro marito che mi denuncia come scomparsa.

Scomparsa.

La mia foto è ovunque sullo schermo, e l'unica cosa a cui riesco a pensare è Ethan. Oh merda.

Guardo Nicky, e lei ricambia lo sguardo. I miei occhi si spalancano quando sento la storia che racconta.

«Non è vero, Nicky», le sussurro e spero che mi creda. Che sappia che non sono questa donna pazza di cui stanno parlando. «Non sono pazza. Sta mentendo».

Si avvicina a me e mi stringe la mano. «Ti credo».

Sono intrappolata dietro il bancone. La gente si sta già radunando intorno a me. Faccio un passo indietro, cercando di pensare a come fuggire. Dana esce dall'ufficio e mi guarda. Dall'espressione sul suo viso, capisco che ha visto anche lei le notizie.

Dana grida di spegnere la TV. «State tutti pensando che la donna al telegiornale assomigli alla nostra Hope, vero? Ma la nostra Hope non è scomparsa. È con noi da anni e continuerà ad esserlo per anni a venire. Dai, torniamo tutti a bere. Il prossimo giro lo offro io». Suoni di gioia risuonano in tutto il bar. La gente scuote la testa e torna ai propri affari. Sono pronta a baciarle i piedi in questo momento.

«Vai», mi sussurra, con gli occhi fissi nei miei.

«Cosa?»

«Vai. Devi scappare da qui. Non so quanti di loro si siano convinti adesso e quanto durerà. Troppe persone ti riconosceranno qui. Se non vuoi tornare da lui, scappa». Mi stringe la mano con entrambe le sue, e ci abbracciamo.

Annuisco.

«Grazie, Dana. Per tutto».

Tira fuori alcuni dollari dalla tasca. «Prendili. Ne hai più bisogno tu di me in questo momento».

Li prendo da lei con mano tremante e mi affretto fuori dal bar e verso la mia stanza.

Devo fare i bagagli. Ora ho molti più vestiti di quanti ne avessi quando sono arrivata e non sono sicura che entrino tutti nel mio zaino. Lascio indietro i vestiti e gli oggetti meno utili e metto in valigia solo alcune magliette e pantaloni. Indosso il cappotto, poi prendo il telefono dal comodino. Devo chiamare Ethan. Devo spiegare.

Accendo lo schermo e vedo le chiamate perse e i messaggi.

Lo sa.

Mi siedo sconfitta sul letto. Il mio cuore fa male. Stringo gli occhi e le lacrime bagnano le mie guance. Pensa che io sia una bugiarda, che sia pazza come ha detto Michael. Di tutte le persone al mondo, pensavo che Ethan avrebbe capito. Che avrebbe saputo che sono sempre stata vera con lui. Ma crede alla storia che gli hanno venduto in TV. Ho mentito sul mio nome e non ho menzionato di essere sposata, ma tutto il resto ero io. Sono stata più me stessa con lui di quanto non lo sia mai stata nel mio rapporto con Michael.

Non ho più motivo di restare qui. Gli scrivo un messaggio e lo invio.

Spengo il telefono e lo lascio sul comò. Tiro su il cappuccio del cappotto, indosso gli occhiali da sole, mi metto lo zaino in spalla ed esco in strada, tenendo la testa bassa, proprio come il mio primo giorno qui, cercando di farmi più piccola, di non occupare spazio e di non attirare l'attenzione di nessuno.

Non posso restare a New York. Devo sparire, evaporare per qualche settimana finché questa storia non sarà dimenticata e nessuno si ricorderà più del mio viso.

È stato un errore spendere soldi per vestiti e cose non necessarie invece di risparmiare per le emergenze. Pensavo di potermi costruire una vita qui. Mi sono adagiata, e ora devo pagarne il prezzo.

Mi affretto verso la fermata dell'autobus, cercando di decidere dove dovrei andare, ma poi mi rendo conto di una cosa. Sono su tutti i canali di notizie. Viaggiare con i mezzi pubblici è come puntarmi addosso una grande freccia luminosa. Qualcuno mi riconoscerà. Devo trovare un posto dove nascondermi nel frattempo e aspettare che il clamore si plachi. L'ho già fatto prima. Posso farlo di nuovo.

Dopo che l'ondata sarà passata, ricomincerò da capo da qualche altra parte. Michael si arrenderà e i canali di notizie si stancheranno della storia.

E alla fine, sarò dimenticata.

## CAPITOLO 31
### *Ethan*

Dopo aver chiamato il mio assistente e cancellato tutti i miei appuntamenti per domani, sto cercando di decidere dove andare. Ho bisogno di aria. Ho bisogno di camminare, conquistare la montagna e schiarirmi le idee. Devo uscire di qui prima di impazzire.

Perché sto impazzendo.

Ryan mi ha già chiamato decine di volte. Anche Olive. Persino Maya ha chiamato. Tutti hanno visto, tutti sanno.

Ma non ho voglia di parlare con nessuno in questo momento. Forse dopo aver sfogato un po' di questa energia e lavato gli occhi nella natura, mi sarà più facile fingere che vada tutto bene, che non mi sia mai importato.

Come ha fatto a provocare così tanti danni in così poco tempo?

La bottiglia di whisky è già mezza vuota, e probabilmente entro la fine della serata la finirò tutta. Sto cercando di raggiungere l'agognato offuscamento dei sensi, ma non riesco a arrivarci. La sua espressione quando viene, quegli occhi azzurri quando mi guarda, non riesco a cancellare tutto in un giorno. Non sono sicuro che riuscirò mai a cancellarla dalla mia mente.

Il mio telefono emette un bip per un nuovo messaggio.

**Hope**
Mi dispiace. Ti auguro una buona vita.

Tutto qui? È tutto ciò che la traditrice ha da dirmi? Pensavo che si sarebbe scusata con più di questo. Che mi avrebbe detto quanto le dispiaceva. Non può essere seria.

Per lei era tutto un gioco. Ho dormito con una donna sposata. Chissà con quanti uomini l'ha fatto prima.

*Cazzo.*

Il mio pugno colpisce il muro e fa un buco nell'intonaco. Il sangue sgorga dalle nocche. Vedo il sangue, ma non sento dolore. Non sento nient'altro che un dolore acuto nel petto per il cuore che mi ha preso, calpestato e che ora batte nel suo pugno serrato.

Colpisco il muro ancora e ancora, ma nulla allevia il dolore. Nulla aiuta.

«Ethan! Che diavolo stai facendo?» Sento la voce di Ryan. Come è arrivato qui? Quando è entrato?

Mi tira indietro, lontano dal muro. No! Ho bisogno di far tacere le voci. Ho bisogno che qualcos'altro faccia male, qualcosa che non sia il mio cuore. Resisto e lotto con lui.

«Lasciami», gli urlo. «Vai a casa».

Ma lui non si arrende e lotta con me finché non mi arrendo, mi arrendo e sprofondo sul pavimento, sconfitto.

Si siede sul pavimento con me. Distolgo lo sguardo. Non voglio vederlo in questo momento.

«Parlami», dice.

Cosa ho da dire? Cosa posso dire che possa aiutare?

«Ethan, dov'è lei? Dov'è Hope?»

«Vuoi dire Ayala Summers? Perché era tutto una bugia. Una grande, grassa bugia», dico, sputando ogni parola.

«Sei andato da lei? Le hai chiesto spiegazioni?» Cerca di afferrarmi il braccio, e io lo allontano da lui. Non voglio che nessuno mi conforti in questo momento.

«No». Gli lancio il telefono, permettendogli di vedere da solo gli ultimi messaggi che ci siamo scambiati.

«L'hai chiamata traditrice e bugiarda?» Alza un sopracciglio.

«È quello che è».

Si morde il labbro. «Quindi la lascerai andare così? Senza parlarle? Senza lasciarle spiegare?»

«Cosa c'è da spiegare? Ha avuto successo. Mi ha ingannato alla grande». La rabbia esce da me in onde violente.

Ryan si tira di nuovo in piedi, controllando l'ambiente circostante. Posso vedere l'espressione scioccata sul suo viso mentre vede la distruzione che ho causato.

Il muro dietro di me è macchiato del mio sangue, e un piccolo buco appare nel mezzo. Il mio laptop è rotto e sparso sul pavimento. E la bottiglia di whisky mezza vuota giace sul tappeto. Tutto questo riassume la situazione.

«Sai cosa mi ricorda questo?» dice a bassa voce.

Rabbrividisco. «Non è la stessa cosa». Lo guardo. «Per niente». Ma lo è.

«È proprio come con Anna. Hai cercato di distruggere te stesso e tutto ciò che ti circondava. Anna è morta. Non potevi parlarle di quello che era successo. Non potevi avere una chiusura. Ma Hope è ancora qui. Devi parlarle».

«C'è una grande differenza. Ero io il colpevole per quello

che è successo ad Anna. Non è colpa mia se Hope, scusa, Ayala, mi ha ingannato. Devo farci l'abitudine». Sorrido amaramente.

«È una bugiarda e una puttana che ha ingannato tutti, me compreso. È lei la colpevole!» urlo.

«Non sei tu il colpevole, Ethan. Non per quello che è successo ad Anna, e non ora. Ma stai cercando di distruggere te stesso in ogni caso».

Mi alzo e cerco di colpirlo, ma l'alcol che scorre nel mio sangue mi rallenta. Fa un passo indietro ed evita il mio colpo.

«Beh, almeno ora sei in piedi», dice e sorride storto, schivando un altro mio pugno.

Barcolla sui miei piedi. La stanza gira. Il sangue dalle mie dita gocciola sul pavimento, macchiandolo in bellissimi piccoli cerchi.

*Goccia. Goccia.*

Ryan guarda il pavimento. «Devi occuparti di quello».

Non ne ho voglia. Voglio il dolore. Voglio usarlo. Mi aiuta a concentrarmi.

«Quando litigo con Maya, cosa che succede spesso», aggiunge con un ghigno, «tu ci sei sempre per me, dandomi prospettiva. Non ti porterò a bere perché vedo che te ne sei già occupato tu, ma ti metterò davanti uno specchio», dice. «Non puoi lasciare che finisca così. È ovvio che sei pazzamente innamorato di lei. Devi parlarle. Darle la possibilità di spiegare prima di buttare via tutto».

Cerco di protestare, di dire che non la amo, ma non ha senso. Perché la amo.

«Cosa ha da spiegare? È mentalmente instabile. Ha delle allucinazioni. Non posso credere a una parola di quello che dice».

«Ti è sembrata instabile? Sei uscito con lei e non hai notato nulla. Chiediti perché. Perché tutta la storia mi suona sospetta, per essere onesto».

Cammina nel mio soggiorno, evitando i vetri rotti.

Alzo lo sguardo. «Che vuoi dire?»

«Suo marito-» Trasalisco, e Ryan cambia le sue parole. «Michael Summers sostiene che abbia bisogno di farmaci, giusto? Ma lei lavora in modo ordinato, è attenta e parla in modo logico. Non mostra segni di malattia. Lui ha detto che era delirante e ansiosa. Non quadra.»

«Ha delle ansie,» dico. Ricordo come si è ritratta da me all'inizio.

«Ansie per cosa?» chiede Ryan.

«Gli uomini. Me. C'erano dei segnali. Li ho solo interpretati male.»

Restiamo in silenzio per un lungo minuto. Poi Ryan dice, «Non credo sia ansia. Non del tipo che lui sostiene, almeno.» Inclina la testa. «Ha ancora paura di te?»

«No.» Cerco di capire dove vuole arrivare. «Ma ormai mi conosce. Sa che non le farò del male.»

«Esatto. Sa che non le farai del male. Uno stato mentale psicotico non è qualcosa che scompare improvvisamente solo perché ti conosce. Non è una condizione razionale,» fa notare. «E suo marito ha detto che era in una condizione molto grave. Ha spiegato che aveva bisogno di farmaci, che era in pericolo, giusto?»

Annuisco.

«Quindi se non prende i farmaci, la sua condizione dovrebbe peggiorare, non migliorare.»

«Cosa stai dicendo, Ryan? Arriva al punto.» Sto perdendo la pazienza.

«Penso che abbia paura degli uomini perché le è successo qualcosa. Non perché ha delle allucinazioni.» Sembra che stia passando in rassegna tutte le possibilità nella sua testa. «Ha senso.»

Questi erano i miei pensieri iniziali, che fosse stata aggredita sessualmente. Ma non riesco a capire quale sia la verità. Non posso fidarmi di lei. «Come posso distinguere la verità dalle bugie se non posso fidarmi di lei? Mi ha mentito. Potrebbe essere psicotica.»

Un'immagine appare nella mia mente, inondandomi. Il ricordo di un evento a cui non avevo mai dato importanza, e ora la scena si svolge nella mia testa come se stesse accadendo di nuovo proprio adesso.

Sto camminando per la strada vicino al mio ufficio, e una donna con lunghi capelli biondi è seduta su una panchina, guardando una mappa. Sembra persa, cercando qualcosa sulla mappa.

Il mio impulso di aiutare prende il sopravvento, e le chiedo se ha bisogno di assistenza. Il suo viso si alza, e rimango sbalordito dalla vista. Il suo viso... È così livido e gonfio. Cazzo.

Era lei. Quegli occhi blu.

«Era lei!» grido.

Ryan mi guarda come se avessi perso la testa.

«Era lei sulla panchina quel giorno. Finalmente ricordo dove l'avevo vista prima. Oh mio Dio, non posso credere di non aver fatto questo collegamento fino ad ora. Ho un'ottima memoria per i volti. Come ho potuto dimenticare occhi come i suoi?»

Ryan continua a guardarmi, punti interrogativi nei suoi occhi, aspettando che io spieghi.

«Alcuni mesi fa, ho visto una donna seduta vicino agli uffici. Le ho chiesto se avesse bisogno di aiuto. Assomigliava alla foto che hanno mostrato in TV, con lunghi capelli biondi e il suo viso...» Corruccio la fronte. «Era deformato dalle botte.

Il suo occhio era completamente chiuso, e il suo viso era nero e blu e gonfio. Ecco perché non l'ho riconosciuta quando l'ho incontrata qualche settimana dopo. Il suo viso sembrava completamente diverso. I suoi capelli sembravano completamente diversi. Ma i suoi occhi... Non potrei mai dimenticarli. Mi ha fatto impazzire tutto questo tempo. Sapevo di averla vista prima. Non posso credere che fosse lei.»

Cammino avanti e indietro per la stanza, passando la mano non insanguinata tra i capelli. «È scappata via, e ho pensato che fosse l'ultima volta che l'avevo vista. Non posso credere che fosse Hope. Non posso crederci!» Deve avermi riconosciuto ma non ha detto nulla, lasciandomi credere che fosse la prima volta che ci incontravamo.

«Cazzo, Ryan. Il suo viso.» Lo guardo scioccato. Ryan aveva ragione. È stato lui a farle questo. Ha paura di lui, e ora è sola, e lui la sta inseguendo. Invece di aiutarla, l'ho mandata a sopravvivere da sola. E se lui l'avesse già raggiunta? E se le succedesse qualcosa a causa mia? Cazzo infernale.

«Andiamo,» dico, prendendo il telefono e le chiavi e precipitandomi verso la porta.

«Dove pensi di andare?»

«Vado a cercarla!»

«Sei fottutamente ubriaco. E stai gocciolando sangue ovunque,» mi dice con voce calma.

Oh mio Dio, non riesco a capire come mi sopporti. Guardo la mia mano e la scia di sangue che sto lasciando dietro di me. Ora ho un obiettivo. Qualcosa da fare invece di crogiolarmi nella mia rabbia. Dovrebbe essere ancora in turno. Vado in bagno, lavo e bendo la mano ferita. Il mondo continua a girare. Non posso guidare in queste condizioni.

«Mi porti tu o cosa?» chiedo a Ryan, non aspettando una risposta e uscendo dall'appartamento. Lui mi corre dietro.

Irrompo nel Lunis. Il bar è ancora aperto, quindi almeno questa volta non devo scassinare. Mi guardo intorno, ma non è al bancone né ai tavoli. Non aspetto e salgo al piano di sopra nella sua stanza.

Uno sguardo veloce è tutto ciò di cui ho bisogno per capire che se n'è andata.

Ci sono alcune cose rimaste qui, ma il cassettone è quasi vuoto. Non è qui, e non sembra che abbia intenzione di tornare. Cazzo. Signore dei Cazzi.

Vado al suo cassettone, sperando che abbia lasciato un indizio su dove sia andata, ma non c'è nulla. Do un'ultima occhiata, e vicino al letto vedo il suo telefono.

L'ha lasciato indietro. Dannazione. Non ho modo di localizzarla. Sotto il telefono c'è un biglietto piegato, e lo apro con attenzione.

> *Ethan,*
> *Mi dispiace. Non ho mai voluto che tu ti facessi male. Non volevo un uomo nella mia vita, ma tu hai insistito e ti sei fatto strada nel mio cuore. In poco tempo, mi hai rivelato mondi che non sapevo esistessero. Grazie per avermi aiutato a scoprire me stessa. Ti amerò sempre,*
>
> *Ayala.*

Mi sento soffocare. È innamorata di me.

Avrei dovuto venire qui appena l'ho scoperto. Perché l'ho lasciata andare?

*Perché sei un figlio di puttana che crede a tutto ciò che dicono al telegiornale invece che alla donna che ami, ecco perché.*

Ripensandoci, raccolgo tutto ciò che resta dei suoi effetti personali, il telefono e il biglietto. Le restituirò tutto quando la troverò. Perché cazzo ribalterò il mondo fino a quando non succederà.

## CAPITOLO 32
## *Ethan*

Irrompo nell'ufficio di Dana.

«Perché hai assunto Hope?» chiedo, camminando avanti e indietro nel piccolo ufficio.

«Forse dovresti sederti?» suggerisce lei.

«Rispondi alla domanda, per favore». Dico per favore, ma il mio tono non ammette repliche. Non ho pazienza per i giochi in questo momento.

«Sembrava qualcuno che aveva bisogno di aiuto».

«E questo è tutto? Non la conoscevi prima? Magari la sua famiglia?»

«No. Il giorno in cui l'ho assunta è stata la prima volta che ci siamo incontrate. Aveva dei lividi sul viso, che cercava di nascondere con il trucco. Sapevo che era nei guai, che probabilmente veniva picchiata a casa. E sapevo che nessun altro l'avrebbe assunta. Non potevo buttarla in strada».

«Ha detto che veniva picchiata?»

«No, ma potevo capirlo. Il mio ex marito mi picchiava. Riconosco i segni. Conosco tutte le scuse. Era ovvio. Ho visto me stessa in lei, quindi dovevo salvarla».

Chiudo gli occhi ed espiro. Troppi casi, troppe facce. La mia app è solo una goccia nell'oceano. «Hai idea di dove potrebbe essere andata?»

«Ho avuto l'impressione che prima di iniziare a lavorare qui vivesse per strada. Non aveva altro posto dove vivere. Quindi non so dove sia andata. Perché non è con te? Pensavo che-»

«Hai pensato male». Lascio l'ufficio.

---

Ho assunto tre investigatori privati a tempo pieno per cercarla, ma sono passati tre giorni e ancora nessuna traccia. Sto perdendo la testa, e chiunque si metta sulla mia strada assaggia la mia rabbia. I dipendenti, i manager... Nemmeno Ryan è immune.

«Che vuoi?» rispondo quando chiama. La linea dovrebbe essere libera per gli aggiornamenti di Jess.

«Speravo che magari oggi non venissi in ufficio. Puoi lavorare da casa».

«Assolutamente no. Devo essere in ufficio. I dipendenti devono vedermi». E ho bisogno di distrarmi.

«Ethan, non puoi venire in ufficio in queste condizioni. Non ti rimarrà più nessun dipendente se continui a urlare contro di loro».

Cazzo. Vorrei mandarlo al diavolo, ma so che ha ragione. Non posso stare in ufficio così, non finché non la trovo. «Va bene, rimarrò a casa».

Mi alleno duramente in palestra a casa, cercando di sfogare la mia aggressività sul tapis roulant e sui manubri invece che sulle persone intorno a me. Ma correre sul tapis roulant non dà lo stesso effetto che correre all'aperto. Forse dovrei uscire per un po'. Scendo e mi asciugo il viso con un asciugamano. Lo squillo del mio telefono mi fa sobbalzare.

«Jess? Dimmi che hai trovato qualcosa».

«Sono riuscito a contattare i suoi genitori. All'inizio si sono rifiutati di parlare con me. Ho mentito dicendo che lavoravo per Summers. Non li ha contattati. Non hanno sue notizie da quando è scomparsa. Non sapevano nemmeno che fosse scappata fino a poco tempo fa».

«Non lo sapevano? Che vuoi dire?»

«Michael ha detto loro che era ricoverata in ospedale dopo aver avuto un esaurimento nervoso, e ci hanno creduto. Sono loro che hanno iniziato le ricerche dopo aver capito che non era lì. Ecco perché non avevo trovato nulla fino ad ora».

«Cazzo». È scomparsa da due mesi e lui non la stava nemmeno cercando? Che razza di marito è?

«Non ha fratelli, ma c'è un parente lontano che vive a Philadelphia».

«Dove?» Mi sto già mettendo le scarpe.

«Gli ho parlato, e sostiene di non avere sue notizie da anni».

«Devo verificare di persona».

«Ti sto mandando l'indirizzo», dice e riattacca.

Ricevo un messaggio con i dettagli, e in due minuti sono già fuori, pronto a partire.

---

IL VIAGGIO A PHILLY non ha portato risultati. Lo zio continua a sostenere di non averla vista da quando era bambina. E né una ricompensa finanziaria né le minacce lo hanno convinto a dire altro. Guido verso casa, con la mascella serrata così forte che fa male. Come si fa a trovare qualcuno che non vuole essere trovato?

Il mio telefono squilla e rispondo rapidamente.

«Novità?»

«Ho trovato una donna che sostiene di averla vista tre giorni fa sul treno per Brooklyn», dice Jess.

«Brooklyn? Perché dovrebbe andare a Brooklyn? Conosce qualcuno lì?» Non ha alcun senso.

«Non lo so. Ma l'ha descritta abbastanza bene, e gli orari corrispondono. Ha detto che aveva un grosso zaino e camminava di notte, indossando occhiali da sole. Le è sembrato strano, ed è per questo che se lo ricorda».

«Ok. Voglio che tu lo verifichi. Prendi tutte le persone di cui hai bisogno, non importa quanto costi». Riattacco.

Ho paura di farmi illusioni. Al diavolo, Bambi. Dammi un segno di vita. Dove sei andata?

So che non può volare. Jess avrebbe scoperto se avesse avuto dei passaporti, veri o falsi. Abbiamo anche controllato tutti i treni e non abbiamo trovato nessuno che corrispondesse alla sua descrizione.

E so che non è tornata da suo marito perché lui la sta ancora cercando, quel figlio di puttana.

---

Prendo la macchina e guido verso Brooklyn. Se è lì, girerò in zona finché non la trovo. Chiamo di nuovo Jess mentre sono in strada per individuare l'area quando all'improvviso mi viene un'idea.

«Jess», dico mentre risponde alla chiamata. «Quando hai detto prima che è stata avvistata sul treno per Brooklyn, intendevi il treno vero e proprio o alla stazione?»

«Devo verificare. A cosa stai pensando?»
«Ho un'idea. Voglio solo sapere se ha senso».
Lo sento parlare sull'altra linea ma non riesco a distinguere le parole.
«Ethan?»
«Sono qui».
«Era alla stazione diretta a Brooklyn, non sul treno».
«Quale stazione?»
«Trentatreesima Strada».
«Certo», mormoro. «Sto andando lì».
«Perché pensi che sia lì?»
«Ho un'idea». Premo sull'acceleratore e suono il clacson ad alcuni veicoli che vanno troppo lenti per i miei gusti. «È vicino a dove l'ho vista la prima volta. Probabilmente conosce un po' la zona. Potrebbe averci dormito prima. Puoi scoprire se ci sono rifugi per senzatetto o centri di accoglienza per donne nelle vicinanze? Voglio che mandi la tua squadra lì per aiutarmi con le ricerche». È impossibile sapere dove si stia nascondendo.

«Ci sto lavorando». Jess riattacca, e io mi dirigo verso la stazione. Ero sicuro che avrebbe lasciato New York, ma se è rimasta, probabilmente è tornata a ciò che conosce.

## CAPITOLO 33
## *Ayala*

Sbircio attraverso le scale della stazione. Ieri non c'erano letti liberi nel rifugio, quindi ho dovuto dormire sul treno, e ho fame. Mi copro di nuovo con il cappotto, chiudendo la cerniera, grata per il freddo esterno che giustifica questo nascondermi. Sembro un orsacchiotto, ma è più difficile per qualcuno riconoscere il mio viso. Lo spero. Per essere più sicura, aggiungo una sciarpa e ci affondo il viso.

Mi aspetto quasi che una squadra SWAT mi salti addosso, ma non succede nulla. Le persone per strada camminano come al solito e nessuno mi nota.

La strada è affollata. E se una di queste persone avesse visto la mia foto?

Affondo ancora di più il viso nella sciarpa. Per fortuna, ci sono negozi di alimentari proprio sopra la stazione e non devo andare lontano.

Cammino velocemente ed entro nel negozio. Il venditore alza la testa e mi fissa. Continua a seguirmi mentre cammino per il negozio, e rabbrividisco. Non so se mi sta esaminando perché pensa che stia per rubare qualcosa, vedendo il mio strano abbigliamento, o perché mi riconosce. Non sono pronta a correre il rischio e torno fuori per cercare un altro negozio.

Sto lì, guardandomi intorno, cercando di decidere dove andare, e una familiare Jeep nera si ferma sul marciapiede accanto a me, quasi investendo alcuni pedoni. Come diavolo mi ha trovata?

Il finestrino si abbassa e appare il viso di Ethan. Il mio cuore affonda alla sua vista. L'ho perso.

No, non è mai stato mio da perdere.

«Sali in macchina», ordina, con la voce pericolosamente bassa.

«Perché? Che motivo ho per venire con te?»

Si morde il labbro inferiore. «Se ti ho trovata io, può farlo anche questo tuo marito. Sali subito».

Forse dovrei andare con lui. Non è bene rimanere esposta per strada. Chiudo gli occhi ed espiro. Cosa dovrei fare? Mi ha chiamata traditrice e bugiarda. Ma questo è Ethan. E nonostante tutto, mi fido di lui.

«Sali. Attiriamo troppa attenzione». I suoi occhi scrutano i dintorni, correndo avanti e indietro.

Ha ragione. Micheal mi sta cercando. E ora, il grande veicolo, la discussione... Stiamo attirando un'attenzione indesiderata. È solo questione di tempo prima che qualcuno faccia il collegamento. Apro la portiera e salgo sul sedile del passeggero. Ethan parte prima che io possa anche solo allacciare la cintura di sicurezza.

Guidiamo in un silenzio opprimente. Noto che una delle sue mani è bendata, ma ho paura di chiedere. Ho paura di guardarlo, paura di sapere cosa sta pensando. La mia mente è inondata di domande. Dove mi sta portando? Cosa farà ora che sa?

Compone un numero e mette il telefono in vivavoce. «Jess, annulla le ricerche. L'ho trovata».

«Cosa? davvero?»

«Sì. Annulla tutto». Riattacca.

Chi diavolo è Jess? «Come mi hai trovata?» oso chiedere.

Gira la testa, e l'oro nei suoi occhi turbina. Non riesco a leggere la sua espressione.

«Ho assunto un'intera squadra per trovarti. Pensavo che avessi lasciato New York, ma poi qualcuno ti ha vista alla stazione. Ti ho cercata in tutti i rifugi nelle vicinanze e ho vagato per le strade per due ore. E all'improvviso, eccoti lì, in piedi sul marciapiede».

I muscoli del suo viso si ammorbidiscono, e mi rendo conto di quanto sia teso.

Restiamo in silenzio finché non arriviamo al attico, e mi tolgo il cappotto nel suo soggiorno. L'aria è così densa che potrei tagliarla con un coltello.

L'appartamento sembra diverso. Disordinato. C'è un buco nel muro e una macchia rossa che qualcuno ha cercato di pulire. Scambio sguardi tra il buco e la sua mano, chiedendomi se siano collegati. Ho la sensazione che lo siano. Quanto bene lo conosco?

Getta la sua giacca sul divano e si gira verso di me, e per alcuni momenti restiamo semplicemente lì a fissarci in silenzio.

E poi è su di me. Labbra, mani, corpo. Mi inghiotte, mi conquista. È ovunque. Le sue mani mi accarezzano come se fossi un oggetto prezioso che gli è appena stato restituito. Ovunque tocca, lascia una scia di fuoco.

Il mio corpo si sveglia immediatamente come se non fossimo mai stati separati. Il mio cervello si disconnette, lasciando che il mio corpo prenda il controllo come se fossi un animale controllato dai miei bisogni. Mi tolgo i vestiti, lasciandoli cadere sul pavimento sotto di me. Lui cerca di togliersi le scarpe senza permettere alle sue labbra di lasciare le mie e quasi cade. Ci bramiamo l'un l'altro, siamo impazienti, desideriamo il contatto pelle a pelle e non possiamo aspettare un altro momento.

Quando finalmente i vestiti sono fuori dalla nostra strada, mi solleva leggermente tra le sue braccia e avvolge le mie gambe intorno alla sua vita.

Mi porta sul divano, cercando di non rompere nessun punto di contatto tra di noi. Abbiamo entrambi bisogno l'uno dell'altro. Siamo disperati l'uno per l'altro. Tutto il resto è irrilevante. Siamo gli unici due ad esistere in questo momento.

Le sue spinte sono dure e veloci. Come se stesse cercando di farmi male. Gemo e afferro il suo sedere, tirandolo più vicino a me. Ho così tanto bisogno di lui che mi strofino contro il suo membro pulsante. «Non posso... non posso...» ansimo mentre la sensazione dentro di me cresce, inondando i miei sensi e scuotendo il mio corpo fino al midollo. Il suo ritmo aumenta e mi aggrappo a lui mentre si spinge più forte dentro di me.

«Cazzo, Bambi!» urla mentre viene forte dentro di me.

Continuiamo ad ansimare sul divano per quello che sembra un'eternità dopo un potente orgasmo. Non voglio tornare alla realtà.

Perché ho accettato di tornare qui? Non riuscirò a sopportarlo se mi chiederà di andarmene di nuovo. Non abbiamo nemmeno parlato di quello che è successo. Abbiamo solo scopato come animali prima di dire una parola.

«Preservativo!» grido inorridita mentre sento il suo seme gocciolare tra le mie gambe. «Non hai messo il preservativo».

Lui salta in piedi. «Cazzo!» si passa le mani tra i capelli, un movimento che ho imparato a conoscere quando è stressato o frustrato. «Non prendi la pillola?»

Scuoto la testa. La sensazione di isteria aumenta. «No, la mia prescrizione è scaduta e non avevo modo di rinnovarla.

Cosa farò?» Il momento perfetto è andato perduto. La realtà ci morde il sedere.

«Andrò a prendere la pillola del giorno dopo». Cerca di calmarmi, ma è chiaro che è in panico anche lui. «Vado subito. Tu resta qui e parleremo. Non osare andartene!»

Lo guardo raccogliere i suoi vestiti dal pavimento e indossarli rapidamente.

Cosa abbiamo fatto? Come ho potuto essere così irresponsabile?

«Aspetta qui». Mi dà un'ultima occhiata prima di uscire, lasciandomi sola con i miei pensieri.

Perché ho dormito di nuovo con lui? Dopo che mi ha insultata e ha pensato che l'avessi tradito? Quanto in basso posso cadere?

Ma mi stava cercando, mi ricorda l'angelo sulla mia spalla. È andato a cercarmi. E non solo lui, ma ha detto che c'era un'intera squadra che cercava di trovarmi. Questo significa qualcosa, no? Che gli importa? Almeno un po'? Deve essere così.

Il mio cuore è suo. I frammenti che gli ho dato, pezzo per pezzo, compongono quasi tutto il mio cuore. Mi resta poco da dare, e se mi prende altro, non potrò più guarire.

Prendo una coperta e mi rannicchio sul suo divano, in attesa.

---

Torna con uno sguardo preoccupato. Mi dà la pillola e si siede accanto a me, guardandomi mentre la inghiotto.

«Appena finiamo la nostra conversazione, prenderò un appuntamento con un ginecologo. Non voglio più pensare ai preservativi».

Cosa? Sta parlando del futuro? Sta prendendo un appuntamento per me? Cosa significa?

Si morde di nuovo le labbra e si passa una mano tra i capelli, e so che vuole dire qualcosa. Sollevo il suo palmo bendato e ci passo delicatamente le dita sopra. «Cosa ti è successo?»

Indica il buco nel muro. «Ho perso il controllo», dice con voce rotta. «L'ho perso completamente».

Rimango in silenzio, permettendogli di continuare.

«Quando ho visto le notizie e ho capito che eri sposata e... instabile...» Alza gli occhi verso i miei. «Perché è questo che ha detto, vero? Che sei pazza? Ho pensato che il mondo mi crollasse addosso. E ho reagito nel modo più stupido possibile. Ti ho incolpata. Mi dispiace tanto. Mi dispiace per le cose che ho detto, per le parole terribili. Non so cosa stessi pensando».

«Me lo meritavo», intervengo. «Sono stata una codarda. Per giorni, ho discusso con me stessa su come dirti la verità. Ma ogni volta che ne avevo l'opportunità, mi tiravo indietro. Era sulla punta della lingua ogni volta, e ogni volta mi fermavo. Non volevo scoprire come avresti reagito. Non volevo che mi cacciassi». Rido, ma non c'è umorismo dietro. «E alla fine, è successo comunque».

«Volevi dirmelo?» I suoi occhi si spalancano.

«Certo che volevo. Volevo dirtelo più di qualsiasi altra cosa. Volevo che tu sapessi chi sono così non avrei dovuto nascondere la verità. Odiavo mentirti».

Prendo fiato. «Ma in realtà, hai sempre saputo chi ero. Anche se non conoscevi il mio nome, sapevi chi ero. Sono sempre stata me stessa quando sono con te». Cerco di farglielo capire chiaramente, e non sono sicura di riuscirci. Le lacrime mi inondano gli occhi.

«Allora, qual è il tuo vero nome?» Fa la domanda più basilare, quella che nessuna coppia dovrebbe fare a questo punto.

«Ayala Beckett. Questo è il nome che mi hanno dato i miei genitori. Summers è il mio cognome da sposata». Dico il nome Summers con disgusto. Non sarò mai più Summers.

«Eri tu la donna sulla panchina. Vero? Con la mappa? Quello è stato il nostro primo incontro?»

Annuisco.

«Sapevo di averti già vista prima. Non riuscivo a capire dove, e poi tutto è diventato chiaro. È stato lui a farti questo? I lividi sul viso?»

Annuisco di nuovo.

«È per questo che sei scappata da lui? Ti picchiava?»

«Sì».

«Perché non sei andata alla polizia?»

Non riesco a trattenere lo sbuffo che mi esce. «Perché pensi che non l'abbia fatto? L'hai visto. Persino tu hai creduto alla sua storia. Sono mentalmente instabile. Ha dei documenti. Ha la tutela su di me. E viene da una famiglia rispettabile e conosciuta. È rispettoso e credibile. La polizia mi ha riso in faccia. Hanno detto che è mio marito e che dovrei andare dal dottore e non dalla polizia. Nessuno mi avrebbe creduta. Nemmeno i miei genitori mi hanno creduta», dico con la voce che si spezza.

«Hai provato a dirlo ai tuoi genitori?»

«Sono corsa da loro la prima volta che lui-» Non riesco a dire le parole. Ma devo, devo tirarlo fuori, dirgli tutto. Niente più segreti. «La prima volta che mi ha violentata da dietro».

Ethan rimane in silenzio. Osservo mentre le sue mani si stringono a pugno e la sua mascella si irrigidisce.

«Mi violentava continuamente», dico a bassa voce. «All'inizio, non capivo che fosse uno stupro. Tornava semplicemente a casa e pretendeva che facessi sesso con lui. Diceva che è quello che una moglie deve fare per suo marito. Non volevo sempre. Non mi piaceva fare sesso con lui. La maggior parte delle volte faceva male e altre volte era appena tollerabile. Ma lui pretendeva, mi forzava, e io cedevo».

Faccio un altro respiro profondo e raddrizza le spalle, raccogliendo tutto il coraggio che posso per continuare. «Un giorno, è tornato a casa dopo una brutta giornata in ufficio. Non ho avuto il tempo di dire una parola. Mi ha trascinata in cucina, mi ha piegata sul tavolo e mi ha strappato i pantaloni. Gli ho detto che avevo le mestruazioni, così mi ha penetrata nel sedere. Non ha usato lubrificante e non mi ha preparata. Ho urlato. Ho urlato così forte. Pensavo mi stesse spaccando in due. Non si è fermato finché non ha finito, e poi mi ha lasciata lì, sanguinante e...

Per una settimana, non mi sono alzata dal letto. Non riuscivo a camminare. Ha detto a tutti che ero malata. Ma ero distrutta. Ho pensato di uccidermi, ma non volevo morire. Volevo che morisse *lui*. Volevo ucciderlo. E poi volevo solo lasciarlo».

«Quel figlio di puttana». Ethan si alza e inizia a camminare per la stanza. Impreca e colpisce di nuovo il muro. Aprendo un buco più grande, rabbrividisco un po'. «Se lo vedo, lo *ucciderò*. Lo ucciderò, cazzo!»

Vado da Ethan e gli metto una mano sul braccio, cercando di farlo sedere di nuovo, ma lui si scuote via. «Sono scappata da lui dai miei genitori. Pensavo che mi avrebbero protetta. Ma ha convinto anche loro. Ha mostrato loro tutti questi documenti. Ha detto loro che avevo allucinazioni e ansia e che ero un pericolo per me stessa. Che avevo tentato il suicidio, che avevo cercato di fargli del male. Li ha nutriti di bugie, e loro le hanno mangiate tutte. Gli hanno permesso di riportarmi indietro. All'inizio ero arrabbiata con loro, e ho interrotto i contatti. Ma ora capisco che hanno solo preso la decisione sbagliata. Sono caduti nel suo gioco. Non volevano farmi del male. È solo molto convincente. Persino tu gli hai creduto. Non so come abbia ottenuto tutti quei documenti...»

Non volevo piangere, ma le lacrime mi scorrono sulle guance.

«Con i soldi si può comprare qualsiasi cosa...» mormora Ethan. «Quindi non eri sotto cure psichiatriche?»

«No. Mai. Non ho visto nessun dottore e non ho bisogno di farmaci. So che non mi credi...»

«Ti credo. Non avrei mai dovuto credere a lui invece che a te». Mi tira a sé e mi arrendo al suo abbraccio. «Non gli permetterò di portarti via da me». Ethan si allontana di qualche centimetro e mi solleva il mento in modo che possa guardarlo negli occhi. L'espressione sul suo viso è intensa.

Gli credo. Qui sono al sicuro.

«Da quanto tempo sei sposata?»

«Da poco più di due anni».

«Perché lo hai sposato?» mi chiede, e io rabbrividisco per il senso di colpa. Il senso di colpa che mi tormenta di notte. Come ho potuto permettergli di farmi questo?

«Io... Devi capire che non sapevo che sarebbe stato così. Non sapevo che sarebbe stato violento. All'inizio era gentile, persino dolce. Mi aveva convinta che mi adorava. Era ricco e proveniva da una famiglia nota e rispettata. Io vengo da una famiglia normale, comune. Quando mi ha sommersa di soldi e attenzioni, ero frastornata. Pensavo che mi amasse. Tutti mi guardavano come se avessi vinto alla lotteria. È stato anche il mio primo. Quando ho fatto l'amore con lui e mi ha fatto male, ha detto che sarebbe migliorato con il tempo. Ma non è mai successo. Dopo un po', ha detto che ero semplicemente scarsa a letto, e gli ho creduto».

Mi copro il viso con le mani. Come ho fatto a non capire chi fosse allora?

Mi ci vuole un minuto per ricompormi prima di continuare. «I veri problemi sono iniziati qualche mese dopo il matrimonio. Sono sorti problemi al suo lavoro. Tornava a casa frustrato e...» Mi fermo e prendo un respiro. È difficile spiegare come ho fatto a rimanere dopo una cosa del genere. Come gli ho creduto in quel momento. Nessuno può capire quanto si voglia credere alle scuse e alle giustificazioni, semplicemente perché lo si ama. O almeno così credevo.

«Si è scusato e mi ha supplicato di perdonarlo. Che era stato un errore isolato. E all'inizio l'ho perdonato. Lentamente, è peggiorato. Lanciava oggetti per casa, poi mi picchiava senza un vero motivo. Poi mi ha colpito semplicemente perché gli ho servito del cibo che non gli piaceva e mi ha gettato addosso della zuppa bollente». Mi tocco la cicatrice sulla spalla. «Ho presentato una denuncia alla polizia, ma lui mi ha costretto a ritirarla».

«Costretto?»

«Sì». Abbasso lo sguardo. «Mi ha fatto capire che non ne sarebbe derivato altro che umiliazione per me. Poi, quando si è reso conto che non c'erano conseguenze, è peggiorato. Dopo il... sai, sono scappata dai miei genitori, ma anche da lì mi ha riportata indietro, e dopo il mio ritorno mi ha fatto capire chiaramente che non avevo la possibilità di rifiutarlo. Ho capito che la mia unica opzione era sparire e ricominciare da capo altrove. Ho pianificato la fuga per mesi».

Alzo lo sguardo, studiando la reazione di Ethan. Vorrà che rimanga qui dopo tutto questo? Ma non ho scelta. Devo dirgli tutto. Non posso continuare con le bugie.

«Poi è arrivato un altro giorno in cui è tornato a casa arrabbiato. Il mio piano di fuga non era pronto. Volevo risparmiare ancora un po' di soldi». Ricordo quel giorno e rabbrividisco. «Aveva perso una causa importante e suo padre, che è anche lui un avvocato, lo aveva incolpato della sconfitta. A Michael non piaceva nulla. Non il cibo, non come mi vestivo, niente. Mi ha semplicemente preso a pugni ripetutamente, e poi quando ero a terra, mi ha preso a calci fino a farmi perdere i sensi».

Ethan mi guarda come se fosse sotto shock. È immobile e non sono sicura di cosa stia pensando. Ma devo finire, quindi vado avanti.

«Pensavo che mi avrebbe uccisa. Che fossi già morta. Ma dopo qualche ora, mi sono svegliata da sola a casa, sul pavimento. Michael non c'era».

«Ti ha lasciata sul pavimento?»

Annuisco. «Ripensandoci, credo che sperasse che morissi e sia uscito per procurarsi un alibi. Aveva messo sottosopra la casa, in modo che sembrasse ci fosse stata un'intrusione. Immagino che avesse intenzione di vendere alla polizia una storia su un ladro».

«Ma sono sopravvissuta. Mi sono svegliata con un dolore terribile. Credo mi abbia rotto una costola. Avevo il viso gonfio. Era la prima volta che mi colpiva in faccia. Di solito evitava di colpirmi il viso in modo che potessi continuare ad andare agli eventi con lui, posando come la sua meravigliosa e premurosa moglie». Mi fermo un momento, lasciando che Ethan assimili tutto.

«In quel momento, ho capito che quando fosse tornato, avrebbe posto fine alla mia vita. Così ho fatto le valigie con alcune cose e i soldi che avevo e sono andata il più lontano possibile. Mi hai vista su quella panchina qualche giorno dopo».

Ethan si alza e cammina avanti e indietro per la stanza. Lo

osservo e mi mordo il labbro. Ora sa tutto quello che c'è da sapere su di me.

«Non so cosa fare. Dimmi cosa devo fare!» grida. «Sono così arrabbiato che sto impazzendo. Voglio trovarlo e ucciderlo».

«Vieni da me». Tendo la mano verso Ethan. Lui la prende e si siede di nuovo sul divano accanto a me. Trema di rabbia. «Se mi credi, è sufficiente. Non ho bisogno di vendetta».

Noto che la fasciatura sulla sua mano sta diventando rossa. «Ethan, stai sanguinando», dico, ma lui non sembra preoccuparsene.

«Sapevo che eri stata violentata». Mi guarda. «L'avevo intuito dalle tue reazioni a letto. Ma non immaginavo una storia del genere. Non sapevo che fosse tuo marito e che l'abuso fosse durato per due dannati anni. Non so come gestirlo». Allunga la mano verso la mia guancia ma si ferma poco prima, indietreggiando.

«Non devi aver paura di toccarmi», sussurro. «Sono ancora la stessa donna che conoscevi. Mi hai salvata. Mi hai insegnato a vivere. Mi hai mostrato che il mio corpo non è né rotto né rovinato». Gli accarezzo il viso.

«Sei così forte», sussurra mentre avvicina le sue labbra alle mie.

«Non sono forte. Sono debole. Così debole che gli ho permesso di controllarmi per due anni. Due anni in cui mi ha tolto tutto quello che avevo. La mia laurea, il mio lavoro, i miei soldi, il mio corpo e la mia anima fino a quando non è rimasto nulla di me. Ha lasciato solo un'ombra. Per due anni non ho fatto nulla per fermarlo».

Piango ed Ethan mi asciuga le lacrime con i baci.

«Sei così forte», ripete. «Sei sopravvissuta all'inferno. Hai cercato di scappare e non ti sei arresa finché non hai trovato un modo». Mi bacia, cerca di attirarmi dentro di sé e io glielo permetto, donandomi a lui in ogni modo che conosco.

«Ti amo», sussurra, e io mi blocco, pensando di non aver sentito bene. Ma lui lo ripete, assicurandosi che lo senta. «Ti amo, Ayala».

Sentire il mio vero nome dalla sua bocca è più di quanto possa sopportare in questo momento.

«Lo dici sul serio? Dopo tutto quello che hai appena sentito su di me?»

«Conosco una donna che si è salvata quando non aveva nessuno che la salvasse». I suoi occhi sono cupi ora. «È la donna più straordinaria che abbia mai conosciuto e la donna che amo».

«Ti amo, Ethan», sussurro incredula.

Mi solleva tra le sue braccia e mi porta in camera da letto.

## CAPITOLO 34
## *Ayala*

«Sto ordinando qualcosa da mangiare per noi», dice Ethan, alzandosi dal divano, dove siamo stati seduti nell'ultima ora, e dirigendosi in cucina per scegliere un menù da uno dei cassetti. «Sto morendo di fame. Prendiamo del sushi».

Prende il telefono e inizia a comporre il numero.

«Aspetta», dico, e lui si ferma e mi guarda. «Voglio la pasta».

È lì in piedi con il telefono in mano. Mi fissa.

«Che c'è?» chiedo mentre continua a fissarmi.

«Oh, niente». Sorride, e il mio interno si scalda. «Che tipo di pasta?»

«Mmm... Una pasta Alfredo sarebbe perfetta».

Compone un numero. «Due pasta alfredo, per favore».

Siamo sdraiati a letto dopo cena, la mia testa appoggiata sul suo petto, e gli racconto della mia infanzia nella scuola femminile. Degli studi a Stanford e di come Michael mi abbia convinta a lasciare la scuola per vivere con lui. Di come mi abbia impedito di lavorare e mi abbia tenuta lontana da tutti quelli che conoscevo finché non sono rimasta sola.

Quando lo dico ad alta voce, mi rendo conto di quanto sia stata stupida. Quanto sia stata stupida a non accorgermene fino a quando non era troppo tardi. Michael mi aveva mostrato il suo vero volto solo dopo avermi privata di tutto ciò che avevo, quando non avevo più scelte e nessun posto dove andare. Mi sfrego il collo.

«Devo fare qualcosa. Affrontarlo. Deve lasciarti andare».

«Michael mi ha dichiarata incapace, ha ottenuto la tutela legale su di me, ed è mio marito. Ho perso il mio diritto legale a una vita indipendente a causa dei documenti che ha falsificato. Se sapesse che sono qui, potrebbe semplicemente mandare la polizia a riportarmi da lui. Non avresti modo di fermarlo». Cerco di convincere Ethan a desistere. L'altro motivo per cui cerco di convincerlo a lasciar perdere è che ho paura che non riesca a controllarsi. Che uccida Michael e finisca solo in prigione. «Dobbiamo farlo legalmente così che io possa essere libera».

«Lo so». Si passa una mano tra i capelli. «E sto facendo tutto il possibile. Spero che sarà sufficiente».

«Deve essere sufficiente». Sono nascosta in casa da una settimana, impossibilitata ad uscire. Se Ethan non può liberarmi, nessuno può farlo.

La verità ci ha avvicinati, e il fuoco che pensavo mi avrebbe consumata ora brucia con una luce brillante, proteggendomi.

Mi fido di lui.

Gli accarezzo il braccio e faccio scorrere le dita sull'uccello tatuato sul suo braccio. Raccolgo il coraggio per chiedergli del tatuaggio per la prima volta.

«Me ne parli?» Mi rendo conto che il tatuaggio, il nome sotto di esso, ha molto significato, specialmente da quando ho realizzato che il simbolo della sua prima azienda è quasi lo stesso.

«Anna era la mia sorellina. Il tatuaggio è in sua memoria». Chiude gli occhi come se tornasse a quei giorni. «Quando eravamo piccoli, i miei genitori ci portarono in viaggio sulla Costa Est. Un giorno vedemmo un minuscolo uccello con le guance rosa, e mia madre disse che l'uccello si chiamava colibrì di Anna. Divenne il suo uccello preferito, l'uccello che portava il suo nome». Il suo sguardo si offusca con i ricordi.

«Cosa le è successo?» chiedo con voce bassa.

Ci mette un po' a pronunciare le parole. «Si è suicidata», dice in un pesante respiro.

Mi blocco, inorridita. «Quanti anni aveva?»

«Io avevo diciassette anni e lei tredici».

Il mio cuore salta un battito. «Tredici? Dio. Perché? Cosa le è successo?» Non riesco a capire. Era solo una ragazzina.

«Io. Io sono ciò che le è successo». Si alza dal letto, indossa i pantaloni, afferra una camicia ed esce dalla stanza di corsa.

Mi alzo, avvolgo il mio corpo nudo in una coperta e lo seguo in salotto, giusto in tempo per vederlo sbattere la porta dietro di sé.

Cosa intende? Ha detto che si è suicidata. L'ha fatta suicidare lui? Non capisco. Come può avere senso? Mi vengono in mente tutte le cose che mi ha detto in passato.

Cose di cui non è orgoglioso. È questo che intendeva?

Torno in camera per vestirmi e vedo che ha lasciato il telefono nella stanza. Vorrei chiedergli di tornare da me, dirgli che sono qui per lui. Non dovrebbe scappare da me. Lo amo. Ma mi ha impedito di chiamarlo. Non posso nemmeno uscire a cercarlo. Tutto ciò che posso fare è aspettare.

Ha solo bisogno di sfogare la tensione. Ho risvegliato

ricordi spiacevoli per lui, e ha bisogno di un momento per pensare.

Frugacchio negli armadietti della cucina. Madeleine mantiene la cucina in condizioni migliori di un ristorante.

Farina, uova, latte. Tiro fuori gli ingredienti per la mia torta preferita con gocce di cioccolato. Quando sono stressata, cucino. Quando Ethan è stressato, corre o va in palestra. Ecco perché lui ha questi muscoli stupendi su cui posso sbavare, e io ho questo sedere grande. Giro la testa per dare un'occhiata al mio sedere nello specchio. Almeno a Ethan piace.

Quando la torta è in forno e l'aroma riempie la casa, non ho più nulla con cui occuparmi. Quindi cammino avanti e indietro, pregando che la porta si apra.

Passano le ore. Lui non è ancora qui, e la mia preoccupazione si trasforma in panico. Giro per la casa, incapace di rilassarmi. Mi siedo sul divano, mi alzo e mi siedo di nuovo. Vado alla porta e la apro solo per guardare. Ma non c'è nessuno fuori. E se gli fosse successo qualcosa? E se Michael sapesse della nostra relazione?

Il mio telefono suona, e ci corro, sperando che forse sia Ethan che mi chiama. Numero sconosciuto.

«Pronto?» rispondo.

«Ehi, sono Ryan. Sei ancora a casa di Ethan, vero?»

«Sì. Ma lui non è qui».

«Lo so. Sto andando a prenderlo. Ho bisogno che tu ci apra il garage».

«Prenderlo da dove?» Aggrottò le sopracciglia.

«Mi ha chiamato la polizia. L'hanno arrestato per aggressione. Sto andando a farlo rilasciare su cauzione».

«Cosa?» urlo. «Cauzione? Aggressione? Di cosa stai parlando?» Dio, la mia peggiore paura mi viene in mente, «È Michael?» chiedo esitante.

«No», dice Ryan, e io tiro un sospiro di sollievo. «Ti spiegherò tutto quando arriviamo. Adesso devo andare alla stazione. In breve, è andato in un bar, si è ubriacato completamente e una discussione è degenerata. Hanno chiamato la polizia e li hanno arrestati entrambi. Questo è quello che so al momento. Volevo solo farti sapere che tornerò presto con lui».

Lo ringrazio e riattacco.

Ethan era così sconvolto quando è uscito di qui. Pensavo che fosse andato solo a fare una breve corsa per sfogare le sue emozioni. Ma bere e aggredire qualcuno? Mi mordo il labbro. Spero che stia bene e che non gli sia successo nulla fisicamente.

Quando Ryan mi manda un messaggio per aprire il cancello, mi metto in piedi vicino alla porta e li aspetto. Quando appaiono attraverso le porte dell'ascensore, sussulto, coprendomi la bocca con la mano.

Ethan è completamente ubriaco, a malapena riesce a reggersi in piedi. Un segno blu si sta già formando sulla sua guancia. La sua mano, che era quasi guarita, sta sanguinando di nuovo, e ci sono macchie di sangue sui suoi vestiti. Puzza di alcol.

Mi avvicino a lui e gli tocco il braccio, ma lui mi scuote via come una mosca fastidiosa. Mi ritraggo ferita. Non l'ho mai visto in uno stato simile.

Entra nella camera da letto con passi traballanti, la rabbia ancora presente in ogni suo movimento, e sbatte forte la porta dietro di sé.

Guardo Ryan, ma lui si limita ad alzare le mani. «Non faceva una cosa del genere da anni. Non capisco cosa sia successo. Gli costerà caro.»

«Non pensavo che avrebbe colpito qualcuno», mormoro.

«È successo qualcosa tra voi due?» chiede.

«No. Ma gli ho chiesto del tatuaggio, quello sul braccio. Il colibrì?»

Ryan apre la bocca e sul suo viso si dipinge un'espressione di comprensione. «Sì, ha senso. È tornato ai suoi vecchi schemi comportamentali. Cosa ti ha detto?»

«Solo che è in memoria di sua sorella e che si è suicidata.»

Ryan annuisce ma non dice altro.

«Ha anche detto che si è suicidata a causa sua. È vero, Ryan? Ha fatto qualcosa a lei? È pericoloso?» Non ci conosciamo così bene. Forse mi sono precipitata in questa relazione troppo in fretta. Forse è come Michael. Forse Ethan ha dei punti deboli e cambierà? Mi colpirà?

«No. Non è pericoloso. Beh, forse pericoloso per se stesso.»

«Cosa significa, Ryan? Pericoloso per se stesso? Cosa è successo lì?»

Mi guarda come se mi stesse esaminando. «Non l'ho visto ridursi in questo stato da anni. Pensavo che avesse superato tutto, ma a quanto pare si porta ancora dietro il senso di colpa. Si sta ancora punendo per la sua morte.»

«Ti prego, dimmi cosa è successo, Ryan.» Devo saperlo. Ho bisogno di capire.

«Dev'essere lui a dirtelo. Non posso dire nulla oltre a ciò che è disposto a condividere. Lascia che si rilassi un po' e smaltisca la sbornia. Forse si aprirà con te. Sei la prima persona a cui ha parlato di sua sorella. Questo è un progresso.»

«Puoi restare? Ho paura.» Ho paura di scoprire che non è chi penso che sia. Non lo sopporterò di nuovo.

Ryan mi mette una mano sul braccio. «Posso. Ma qui sei al sicuro. Ne sono certo. Ti prenderai cura di lui? È vulnerabile ora. Non lasciare che si metta nei guai, per favore.»

Annuisco e prometto mentre chiudo la porta dietro di lui.

Quando entro nella camera da letto, trovo Ethan sotto la doccia, in piedi sotto il getto, con la testa contro il muro. Sembra sconfitto. Non come l'Ethan che conosco, quello che metterebbe New York sottosopra per trovarmi, per proteggermi.

Che diavolo è successo con sua sorella che non riesce a superare dopo tanti anni?

Mi spoglio ed entro nella doccia, poi lo abbraccio da dietro. Lui sussulta, e per un momento penso che stia per rifiutare il mio gesto, ma si volta verso di me, gli occhi arrossati, e mi avvolge tra le sue braccia. Lo abbraccio, gli trasmetto la mia forza e lo conforto. Restiamo in piedi, in silenzio, e l'acqua calda scorre su entrambi, lavando via il sangue, lo sporco e le emozioni.

Prendo lo shampoo e alzo una mano verso la sua testa. Lui mi aiuta e si china un po' per permettermi di raggiungerlo. Passo le mani sul suo cuoio capelluto, massaggiandolo e insaponando lo shampoo. Si arrende al mio tocco, sospirando. Posso vedere che lo calma. Mi prendo il mio tempo e non ho fretta. Poi passo al resto del suo corpo, eliminando l'odore di sangue e alcol e riportando alla luce il profumo del mio uomo. Il suo meraviglioso odore maschile che amo.

Non c'è nulla di sessuale in questo, solo due persone che si confortano a vicenda e si aiutano a superare il passato. Lui mi rafforza non meno di quanto io rafforzi lui.

A letto, mi stringe a sé, mi abbraccia forte come se stessi per scomparire, e si addormenta in pochi secondi.

Rimango nel suo abbraccio perché so che ora ha bisogno di me. È il mio turno di sostenerlo. Di essere qui per lui.

Allungo la mano e spengo entrambi i nostri telefoni. Niente corsa alle cinque del mattino, niente corsa in ufficio prima delle sette. Domani parlerà con me.

Ci svegliamo tardi. Ethan cerca il telefono, sospira e prova a controllare che ora sia.

Mi lancia uno sguardo arrabbiato.

«Perché il mio telefono è spento? Non mi sono svegliato in tempo per la mia corsa.»

«Correre non è importante adesso. Lo è il tuo stato d'animo. Avevi bisogno di dormire, e dobbiamo parlare.» Faccio scorrere le dita sulla barba incolta del suo viso, e lui si arrende al mio tocco.

«Ti ho raccontato i miei segreti. Tutte le cose orribili che ho passato. L'umiliazione, il dolore, e ora siamo più vicini di prima. Non ti sei allontanata da me. Non mi allontanerò nemmeno io da te», dico con voce dolce, cercando di convincerlo ad aprirsi con me. «Basta segreti.»

Scuote la testa. «Non è la stessa cosa. Tu eri la vittima. Io sono il colpevole. È diverso. Mi odierai.»

«Non posso odiarti. Sono innamorata di te.» Sorrido dolcemente.

«Non sono sicuro che mi amerai ancora dopo questa storia. Non sono disposto a correre il rischio.»

«Dovrai fidarti di me, Ethan. Come io mi sono fidata di te.» Rimango in silenzio, aspettando. Deve decidere se valgo la sua fiducia. In caso contrario, questo segreto avvelenerà la nostra relazione.

Si gira sulla schiena e guarda il soffitto. Mette un braccio sulla fronte e parla.

## CAPITOLO 35
### *Ethan*

«Poco prima del mio compleanno, i miei genitori andarono in vacanza ai Caraibi e mi lasciarono a fare da babysitter a mia sorella Anna. Ovviamente, non volevo farlo. Chi vuole fare da babysitter a una sorellina? Eravamo uniti, andavamo insieme alle partite dei Knicks, ma lei aveva anche tredici anni, una ragazzina ribelle che non era disposta a fare nulla di ciò che le chiedevo». Inspira bruscamente.

«Da adolescente quale ero, non appena i miei genitori lasciarono la casa, organizzai una festa di compleanno. Procurai alcolici e comprai birra. Pensavo di essere figo. Che sarei stato più popolare. Tutto ciò che mi interessava era quante ragazze sarebbero venute e se avrei potuto fare sesso. Chiesi ad Anna di uscire di casa. Lei decise di farmi arrabbiare e rimase».

Mi volto verso Ayala con un sorriso, ma non c'è nulla in esso se non dolore. Quanto ero arrabbiato con Anna, e quanto catastrofico fu quel momento.

«La festa fu un successo. La casa era piena. Qualcuno deve aver divulgato la notizia della festa, e folle di persone che non conoscevo nemmeno invasero il posto. Stavamo bevendo, divertendoci... A un certo punto, andai in una delle stanze con una ragazza che mi piaceva. La festa continuò, sapevo che alcune ragazze erano ubriache fradice, ma non mi importava finché stavo per fare sesso».

Faccio una pausa un momento, prendendo fiato. «Dopo che la festa finì, Ryan ed io pulimmo la casa come meglio potevamo. I miei genitori tornarono e rimasero scioccati. Mi misero in punizione per un mese e mi diedero ogni tipo di lavoro da fare. Fin qui, una normale storia del liceo, vero?»

Ayala annuisce senza dire una parola. Distolgo lo sguardo da lei, incapace di affrontarla. Incapace di affrontare il momento in cui si rende conto che non sono una persona così buona come pensa.

«Dopo la festa, il comportamento della mia fastidiosa sorellina cambiò completamente. Non era più fastidiosa. In effetti, non c'era più. Rimaneva nella sua stanza la maggior parte dei giorni, sola e silenziosa».

Sento il mio polso accelerare mentre i ricordi mi inondano. L'odore di metallo e sangue mi sale al naso, e un'ondata di nausea mi assale. Sto per vomitare. Faccio respiri profondi, calmando il mio stomaco in subbuglio, e continuo.

«Circa tre mesi dopo quella festa, tornai a casa da scuola e vidi l'acqua gocciolare giù per le scale. All'inizio non capii cosa fosse. Pensai ci fosse una perdita. Salii al piano di sopra e vidi l'acqua scorrere sotto la porta del bagno. La porta era chiusa a chiave, e ci misi un minuto a rendermi conto che Anna era dentro. Bussai alla porta, iniziai a prenderla a pugni. Ero isterico. Urlai, ma lei non rispose. Finii per prendere a calci la porta finché non si ruppe. Eccola lì, in una vasca piena d'acqua rossa, la testa penzolante all'indietro. Si era tagliata le vene». La mia voce si spezza, e non riesco ad andare avanti.

Ayala emette un grido soffocato.

«Ricordo di aver chiamato la polizia, chiedendo loro di venire. Feci tutto come se fossi in modalità automatica. Ero freddo, senza emozioni. Sapevo subito che era morta. Non c'era nulla da provare. Mi sedetti semplicemente alla fine del corridoio, sul pavimento, e aspettai. Quando i miei genitori arrivarono, mamma iniziò a urlare. Urlava e urlava. Non riusciva a fermarsi. Anche allora, continuai a stare seduto lì. Non potevo muovermi. Rimasi seduto lì per ore».

Ayala si copre la bocca con la mano e poi la abbassa. «Eri sotto shock. Eri ovviamente sotto shock. Nessuno ti si è avvicinato? Non ti hanno portato via?»

«No. Ero invisibile. Mamma era isterica. Aveva bisogno di tranquillanti. Non smetteva di urlare». Posso ancora sentire le urla riecheggiare nelle mie orecchie ancora oggi. «Papà si occupò di lei e di tutto il resto. Nessuno era interessato a me. Rimasi seduto lì fino al mattino. Un giorno dopo, scoprii che Anna aveva lasciato una lettera nella sua stanza. Alla festa che avevo organizzato, quella che pensavo fosse così figa e divertente? Qualcuno l'aveva violentata. Era scesa a cercarmi, ma io ero occupato a fare sesso. Qualcuno l'aveva notata e l'aveva portata nella sua stanza. L'aveva violentata più e più volte per tutta la serata. Nessuno aveva sentito e nessuno aveva visto. Per tutto quel tempo se l'era tenuto per sé. Non l'aveva detto a nessuno. Solo in una lettera. Si scoprì che il suo ciclo era in ritardo. Aveva solo tredici anni ma si rese conto di essere incinta di lui. Non vide altra via d'uscita se non morire. Tagliandosi le vene. Perché non ha parlato con me? con qualcuno?» Sbatto rapidamente le palpebre, cercando di non piangere. Lancio uno sguardo ad Ayala, sfidandola a distogliere lo sguardo da me. A vedere ciò di cui ho sempre avuto paura, che non sarebbe più stata in grado di guardarmi. Ma lei fa esattamente l'opposto. Si avvicina e mi bacia.

«Non sei tu il colpevole della sua morte. Non sei tu che l'hai violentata, e non sei tu che l'hai fatta suicidare. Eri un adolescente anche tu».

«Ho organizzato io la festa. Sono io che ho portato degli estranei in casa con una ragazzina di tredici anni. Mi stava cercando... A causa mia, è stata violentata». So di essere colpevole. Ho fatto tutto il possibile da allora per redimermi, ma non c'è perdono per una cosa del genere.

Ayala prende il mio viso tra le sue mani, costringendomi a guardarla. «Sì, hai organizzato la festa. Ma non potevi sapere che sarebbe successo questo. E i tuoi genitori non avrebbero dovuto lasciarti da solo. Sono sicura che sapevano che avresti fatto una festa. Non sei il primo-»

«Mio padre non mi ha mai perdonato. Mi odia ancora oggi. Non riesce nemmeno a guardarmi. Non riesco a perdonarmi nemmeno io. Non importa cosa dici, non rende la cosa meno colpa mia». Le volto le spalle, disimpegnandomi. Non posso più sentire le parole vuote.

Lei allunga le braccia e mi avvolge in un abbraccio, impedendomi di allontanarmi. «Quando mi hai detto che facevi a botte da adolescente, era per questo?»

«Sì. Ma è un eufemismo per tutto quello che ho fatto. Quell'anno è piuttosto vago per me. Mi sentivo come se stessi perdendo la testa. Ero ubriaco la maggior parte del tempo. Irrompevo nei bar per procurarmi l'alcol perché non me lo vendevano nei negozi. Andavo in collera con chiunque mi guardasse storto. Volevo sentire qualcosa. Ma niente aiutava. Non mi sono nemmeno diplomato, sai? Nessuno lo sa di me. Ho perso tutto l'ultimo anno di liceo. Sono stato arrestato alcune volte. Mia madre mi faceva uscire su cauzione ogni volta, e i miei genitori pagavano un sacco di soldi per nascondere le cose che facevo in modo che non avessi una fedina penale. Papà pagava affinché il loro buon nome non fosse danneggiato. Corrompevano chiunque fosse necessario affinché il nome della famiglia rimanesse pulito».

«Non hanno cercato di aiutarti?»

«Hanno fatto del loro meglio, credo. Mi hanno mandato da terapisti e psicologi che hanno cercato di convincermi che non ero colpevole della sua morte. Ma so di essere colpevole. A un certo punto, ho smesso di andarci. Non aiutava».

«E come sei uscito da questa fase?»

«Ryan mi disse qualcosa che non dimenticherò mai. Quando mi ubriacai per l'ennesima volta e irruppei in un altro negozio solo per divertimento, solo per creare distruzione, non potevo vedere di nuovo i volti accusatori dei miei genitori, così mi nascosi a casa sua. Mi disse che non era così che Anna avrebbe voluto che la ricordassi. E che non stavo rispettando la sua memoria. Aveva ragione. Quelle parole mi rimasero impresse nella testa. Quando mi ripresi un po', pensai a come avrebbe voluto che la ricordassi, poi trovai una ragazza che aveva bisogno di aiuto. Mi sentii così bene ad aiutarla. Così, pensai, poteva essere questo. Questo è ciò che devo fare. E fu allora che iniziai Savee». Prendo fiato.

«Ci è voluto del tempo, ovviamente, ma ho messo tutto me stesso in questa azienda. Ero in ginocchio a supplicare gli investitori per dei prestiti». Ricordo di aver reclutato Ryan per aiutarmi e di come abbiamo partecipato a un'infinità di riunioni per presentare il nostro business plan innumerevoli volte.

«All'inizio, era una linea di assistenza per chi pensava al suicidio. Tutti i centri di aiuto esistenti fino ad allora erano telefonici o non abbastanza efficaci, così ho adattato l'assistenza allo spirito dei tempi. È andata alla grande, e l'app ha preso slancio e ha fatto rumore nei media. Abbiamo ricevuto molte donazioni, e lentamente mi sono espanso. Ho aperto altre aziende. Ho avuto un successo che andava oltre i miei sogni più sfrenati. L'ho uccisa, ma è lei che ha costruito la mia carriera».

Mi sfugge un suono soffocato, qualcosa tra il pianto e la risata. Faccio soldi dalla morte di mia sorella.

«Ti amo», dice Ayala. «E ai miei occhi non hai fatto nulla che ti renda indegno di questo amore».

Ma è esattamente ciò che sono. Indegno. Ho deluso mia sorella. Ho deluso i miei genitori. Sono rotto dentro.

Scuoto la testa. «Sei così coraggiosa. Sei la mia eroina. Hai sofferto all'inferno per anni e non ti sei spezzata. Sei rimasta forte. Non riesco a credere quanto tu sia forte. Non come mia sorella-» dico, e la mia voce si spezza di nuovo.

«Sei arrabbiato con lei, vero? Arrabbiato perché si è uccisa? Senza spiegare? Senza chiedere aiuto? Era solo una ragazzina, troppo giovane. Una ragazza che non sapeva come affrontare ciò che le era successo. Non era debole, Ethan. Era solo una bambina spaventata. Va bene essere arrabbiato con lei per la strada che ha scelto. Va bene».

«Se mi avesse detto cosa era successo, forse avrei potuto salvarla... Avrei potuto...» Le lacrime mi scorrono sulle guance. Come può Ayala essere così comprensiva? Come fa a non vedere la bruttezza in me?

Mi abbraccia e bacia via le mie lacrime, e io la accarezzo, traendo forza da lei.

## CAPITOLO 36
## *Ayala*

Passo il mio tempo a casa di Ethan senza fare nulla. Madeleine mi tiene la mente occupata e mi racconta di sua nipote, che ora ha detto «baba», e vedo come Madeleine si illumina quando me ne parla.

A mezzogiorno se ne va, e rimango sola. Sto impazzendo. Sono così annoiata e sola. Vorrei andare a lavorare, ma non posso rischiare. Vorrei che Ethan fosse qui con me, ma è in ufficio, al lavoro. Non posso credere che siano passati quasi due mesi e sono ancora bloccata in questo appartamento senza niente da fare se non impazzire.

Ho già letto diversi libri che ho trovato nella sua biblioteca, ho messo una torta in forno che nessuno mangerà, mi sono allenata nella sua palestra domestica, e ora sono solo sdraiata sul divano cercando di concentrarmi su un film che non mi interessa affatto.

Il nome di Nicky illumina lo schermo del mio telefono.

Rispondo alla chiamata, felice di sentire la voce della mia amica. «Ehi, che succede?»

«Robin si è uccisa», dice senza preamboli.

«Cosa?» Salto giù dal divano. «Cos'è successo?»

«Non lo so. All'inizio del turno, Dana ce l'ha detto. I suoi genitori hanno detto che ha lasciato un biglietto, ma non so cosa ci abbia scritto. Pensi che sia legato al lavoro? Pensi che sia colpa mia? Non sono stata molto gentile con lei. E se l'avessi spinta troppo?»

«Assolutamente no. Era lei a non essere gentile. E odiava me, non te. Sosteneva che le stessi rubando le mance e gli uomini». Non sapevo che fosse in uno stato d'animo così basso. Merda, è come la storia della sorella di Ethan. Non puoi capire come si sentono le persone dentro. Forse era cattiva con me semplicemente perché stava soffrendo? Forse avrei dovuto cercare di capirla invece di arrabbiarmi. Il mio stomaco si contrae.

«Verrai al funerale?»

«Non posso. Non posso farmi vedere fuori. Lui mi sta ancora cercando».

«Ugh. Finirà mai? Hai una soluzione?»

«Non ancora», ammetto. «Ma sto cercando di rimanere ottimista».

«Incrocio le dita per te».

Pochi minuti dopo, il mio telefono squilla di nuovo e rispondo automaticamente, presumendo che sia Ethan che chiama da una linea dell'ufficio. Poche persone hanno il mio numero.

«Pronto?» rispondo, sperando che mi stia chiamando per farmi sapere che tornerà presto a casa. O che abbia un piano per tirarmi fuori dal pantano in cui sono sprofondata.

«Ayala». È la voce che appare nei miei incubi. La voce che non posso mai dimenticare. Mi paralizzo.

«Sai chi sono, vero?» continua, e io riattacco e lancio il telefono sul tavolo.

Inizio a tremare violentemente.

Come ha avuto il mio numero? Il telefono è registrato a nome di Ethan. Sa dove sono?

Corro verso la porta e giro tutte le serrature. Mi appoggio alla porta, ansimando. In preda al panico, mi guardo intorno come se stesse per uscire da una delle stanze.

Il telefono squilla di nuovo. «Per favore, smettila», lo supplico, ma continua a suonare senza sosta.

Prendo il dispositivo e premo il pulsante di spegnimento. Non voglio più sentire quella voce. Appare il messaggio di conferma dello spegnimento. Il mio dito rimane sospeso sullo schermo.

Sono forte. Ricordo le parole di Ethan. Non sono più nella stessa situazione di prima. Non sono più una ragazza giovane e ingenua. Michael non mi fa più paura. Non lascerò che mi faccia più paura. Gli dirò di andare all'inferno.

Faccio un respiro profondo e rispondo.

«Ayala, non è carino riattaccare a tuo marito», dice.

Rabbrividisco. Forse non sono così forte come pensavo. Faccio un altro respiro profondo.

«Credo che tu abbia dimenticato il tuo posto. Sei andata in un'avventura. È stato bello, e ora è il momento di tornare a casa prima di umiliarti. Prima che tutto il mondo sappia che puttana sei, una donna sposata che è scappata per dormire con un uomo che non è suo marito». Sputa l'ultima parola con disgusto.

«Non sei mio marito», dico dopo aver ritrovato la voce. «Non sarai mai più mio marito».

La sua risata mi fa rabbrividire.

«Tu mi appartieni, Ayala. Non puoi più prendere decisioni da sola. Non sei competente. Mi appartieni e devi tornare da me».

«Sul mio cadavere». So che Ethan non si arrenderà. Lotterà fino a quando non potremo annullare questo matrimonio.

«Posso arrangiarmi». Posso sentire il ghigno nella sua voce. «Ma è meglio per te tornare a casa da sola. Altrimenti».

«Altrimenti cosa? Mi prenderai con la forza? Mi stuprerai di nuovo? Mi picchierai fino a farmi perdere i sensi? Mi hai già fatto tutto questo. Non ho più paura di te».

«Ti sbagli, Ayala. Sono tuo marito. Sei mia. Mi appartieni. Sei al mio servizio sempre. Posso fare di te ciò che voglio».

«Sono una donna, non un giocattolo, non un oggetto. Non sono qui per servirti. E tu sei uno stupratore! Voglio il divorzio. Lasciami divorziare».

Ride come se avessi raccontato una barzelletta. «Non ci sono divorzi nella mia famiglia. Lo sai. Mio padre vuole candidarsi come governatore l'anno prossimo, e scandali e una moglie adultera...? Beh, non funziona per me. Torna di tua spontanea volontà, o il tuo nuovo ragazzo pagherà il prezzo delle tue azioni».

Ethan? Cosa sa di Ethan? Ethan è più forte di lui.

«Non ho paura di te, e nemmeno Ethan».

«Ne sei sicura?» Ricevo un nuovo messaggio sul mio telefono.

Lo apro con mani tremanti. Foto dopo foto di Ethan, mentre va in ufficio, con il completo che indossava questa mattina.

Continuo a scorrere. Il fotografo ora è in piedi vicino a lui, proprio dietro di lui. Una pistola è puntata alla schiena di

Ethan senza che lui se ne accorga, senza sapere di essere a un passo dalla morte certa.

Sussulto ad alta voce. Michael ucciderà Ethan?

«Vieni volontariamente, o il tuo amico...» Michael fa il suono di uno sparo e ride. «Hai due ore per decidere. Poi dirò al mio uomo che ha via libera. Oh, e non provare ad avvertirlo. Lo saprò se lo farai».

Riattacca.

Crollo sul pavimento. Perché ho risposto al telefono? Perché non sono semplicemente rimasta annoiata davanti al film?

Devo avvertire Ethan. Prendo il telefono per chiamarlo ma ricordo l'avvertimento. Michael sta tracciando anche i nostri telefoni? Non so cosa fare. Ethan non tornerà dal lavoro per altre due ore. Come posso avvertirlo? Devo decidere cosa fare. Non posso sopportare l'idea che gli accada qualcosa a causa mia.

Urlo, ma le pareti non mi rispondono.

Posso sopportare tutto ciò che Michael mi farà. Ho attraversato tutto e sono sopravvissuta. Non riuscirà a spezzarmi di nuovo. Ma non posso permettergli di far del male a Ethan.

Sono sconfitta. Ho perso la guerra.

Come uno zombie, cammino per la casa, cercando di assorbire le immagini e gli odori.

Metto la torta che ho preparato sul bancone e mi siedo per scrivere la mia lettera d'addio.

Come si dice addio alla persona che custodisce il tuo cuore? Rimango seduta con gli occhi chiusi e i pugni stretti per lunghi minuti prima di scrivere.

*Amore mio,*

*Quando sono arrivata a New York, speravo di costruire una nuova vita da sola, ma il destino aveva altri piani per me. Ti ha chiamato a me. L'uomo testardo che è apparso nella mia vita ancora e ancora fino a quando non ho potuto più negarti. Mi hai insegnato cos'è il vero amore. Mi hai insegnato che non sono danneggiata, che sono una donna degna di amore. Ti amo così tanto.*

*Nemmeno nei miei sogni più sfrenati avrei potuto immaginarti. Mi hai dato così tanto. Ora è il mio turno di salvarti.*

*Perdonati per me perché ho bisogno che tu perdoni anche me.*

*Ti prometto di essere forte per te.*

*Per sempre tua,*

*Ayala.*

Le lacrime gocciolano sulla pagina e la bagnano. La sposto, ma mi permetto di piangere, permetto alle lacrime di diminuirmi. Devo farlo ora perché non lascerò che Michael mi veda piangere.

Non mi spezzerà mai più.

Faccio le valigie con i miei vestiti, anche se so che non li indosserò mai più, e quando il telefono squilla, sono pronta.

Con un passo pesante, esco.

Continua…

Continua a leggere, Frantumi di Segreti.
il secondo libro del duetto.